Irena Wincior

Glück braucht der Mensch

Mit guten und fatalen Karten

Roman

Herstellung und Verlag: BoD – Books on Demand, Norderstedt

ISBN 9783751996341

Irena Wincior

Glück braucht der Mensch

Das Buch

Oscar hatte seine Trauer um die geliebte Helena einigermaßen überwunden und genießt sein Leben mit ihrer Tochter und ihren Enkeln Elena und Maxi, obwohl er sich sein Leben ganz anders vorgestellt hatte. Nichts macht ihn glücklicher, als seine Enkel aufwachsen zu sehen und an derer Entwicklung teilnehmen zu können. Elena und Maxi liebt er über alles. Seine Enkel vergöttern ihn und seine Tochter ist immer für ihn da. Seine Familie und seine ehrenamtliche Tätigkeit machen ihn glücklich und halten ihn jung. Was braucht er mehr, um glücklich zu ein.

Das Schicksal war aber unberechenbar gewesen und hatte ihn, diesen bemerkenswerten Mann, viel zu früh aus dem Leben gerissen und hinterließ in der Familie eine große Lücke. Nach Oscars Tod kam ihnen die Welt ein Stück ärmer vor.

Dieses Buch, wie auch die zwei ersten Teile der Trilogie, ist ein Roman und kein Tatsachenbericht. Das Beschriebene hat sich so nicht ereignet.
Trotz der vom Autorin in künstlerischer Freiheit gewählten fiktiven Handlungsabläufe mögen im Einzelfall Anklänge an Verhaltensweisen lebender oder verstorbener nicht immer vermeidbar gewesen sein; dies ist aber von der grundgesetzlich geschützten Freiheit der Kunst umfassend geschützt.

Irena Wincior

Glück braucht der Mensch

Mit guten und fatalen Karten

Roman

Knappe zwei Jahre waren vergangen, in denen manches passierte und das Leben immer weiter ging. Oscar leitet weiterhin *Die Tafel*. Vor einem Jahr richtete man eine Fahrradwerkstatt und eine kleine Schneiderei ein. Meistens kommen Kinder in die Werkstatt, wenn ein Reifen geflickt sein muss, wenn die Kette neu anzubringen ist oder die Beleuchtung nicht funktioniert. Manchmal reicht ein wenig Öl und das Fahrrad läuft wieder. Jedes Kind, welches kein Fahrradhelm besitzt, bekommt einen neuen. Die kleine Nähstube erledigt vor allem Änderungen: Hose oder Ärmel kürzen, Reisverschluss annähen und vieles mehr. Beide Angebote werden sehr gut von allen Bedürftigen angenommen.

Im letzten Jahr hatte Julia ihr Kind bei einem unglücklichen Sturz verloren. Sie war traurig und weinte viel. Alle wollten für sie da sein, aber ihre Trauer musste sie selbst bewältigen. Sosehr sie sich danach bemühte, in ihren gewohnten Tagesrhythmus zurückzufinden, sowenig gelang es ihr. Nichts war wie vorher. Außer Elena, die sie bei Laune hielte.

Ines, die keine Kinder haben wollte, hatte mal unüberlegt gesagt: >> Man sollte nicht meinen, dass man etwas lieben kann, was noch gar nicht richtig existiert. Es fällt mir schwer zu verstehen, wie du um jemanden trauern kannst, den man gar nicht gekannt hat.<<

Sie hatte sich zwar bei Julia für ihre Worte entschuldigt, weil sie sie nicht kränken wollte, aber unsensibel blieb es doch. Ines war dafür bekannt, ihre Meinung zu sagen, ohne zu überlegen, ob sie jemanden damit verletzen würde. Julia kannte ihre Schwester sehr gut und konnte ihr nicht böse sein.

Julia und Dirk wünschten sich unbedingt ein zweites Kind, und der Altersunterschied zwischen ihren Kindern sollte nicht zu groß sein. Als Julia dann erneut schwanger wurde, war die Freude riesig groß. Es wurde spekuliert, ob es ein Mädchen oder ein Junge wird.
Julia konzentrierte sich jetzt auf das neue Leben in ihr und die Trauer war besiegt. Sie wünschte sich einen Jungen, einen Bruder für Elena. Sie schonte sich, sie nahm alle ihre Arzttermine wahr und die Schwangerschaft verlief ohne Komplikationen. Dirk musste beruflich nicht mehr so viel unterwegs sein, und er hatte endlich mehr Zeit für seine Familie.
Seit Elena wusste, dass sie ein Geschwisterchen bekommt, entwickelte sie sich zu Julias Beschützerin. Sie wurde sehr fürsorglich – wenn sie mittags nach Hause kamen, sorgte sie dafür, dass Julia sich auf der Couch ausruht: sie stellte ihr einen Hocker unter die Beine, brachte eine Decke und ein Glas Saft oder Milch. Als Julias Bauch dann immer mehr zu sehen war, hatte Elena tausende Fragen: Wird es ein Mädchen oder ein Junge sein?
Hat das Baby genug Platz in deinem Bauch? Muss es nicht trinken oder essen? kann das Baby atmen? Zuletzt noch die Frage über die Geburt, bzw. wann es geboren wird.
Julia hatte sogar überlegt, wie sie Elenas nächste Frage, wie kommt das Baby in deinen Bauch? , beantworten

könnte. Zum Glück hatte Elena diese Frage nicht gestellt. Elena liebte ihre Hand oder ihren Kopf an Julias Bauch zu legen. Als das Baby sich zum ersten Mal bewegte, fragte sie ihre Mutter: >> Mami, tut das nicht weh? Darf es so strampeln?<<

Sie sprach auch sehr viel zu dem Ungeborenen und nannte es meistens Baby.

Sobald klar war, dass Julia einen Jungen erwartet, haben alle intensiv über einen Namen nachgedacht. Jeder durfte mehrere Vorschläge machen. Im Angebot waren: Pascal, Jonas, Denis und Timo. Elena legte ihren Kopf auf Julias Bauch und flüsterte: >>Du bist Max, Maxi. Gefällt es dir? Mir gefällt es. <<

In dem Moment strampelte das Baby und Elena rief: >>Er ist damit einverstanden! Er möchte Maxi heißen.<<

Dirk und Julia schauten sich an, lächelten und Dirk meinte: >>Warum eigentlich nicht? Dann bekommen wir eben einen Max.<<

Elena verbesserte ihn: >>Nicht Max, sondern Maxi. Erst wenn er groß wird, dann werden wir ihn Max nennen. <<

>>Da hast du Recht, mein Kleines. Ab sofort sagen wir nicht mehr Baby oder es, sondern Maxi<<, bestätigte Julia.

>>Was wird bloß Opa dazu sagen? Wird ihm Maxi auch gefallen?<<

Dirk zuckte mit den Achseln und verdrehte die Augen. Als Elena ihr Gesicht verzog, sagte Julia entschlossen:>> Ganz bestimmt. Wenn wir in zwei Wochen Opa wieder besuchen, dann werden wir ihm sagen, dass es ein Junge wird, und dass er Maxi heißen soll. Opa weiß noch gar nicht, was wir bekommen. Das möchte ich ihm nicht am Telefon sagen.<<

>>Darf ich es Opa sagen, dass ich einen Bruder bekomme? Ich freue mich so sehr auf Maxi und warte schon lange auf ihn. Ich werde seine große Schwester sein und ich werde alles für ihn tun: ihn beschützten, mit ihm spielen zu Hause und im Garten, mit ihm spazieren fahren, und wenn ich in die Schule komme, werde ich ihm vorlesen.<<

>>Du hast dir schon schön Gedanken gemacht. Uns freut es, dass du deinen Bruder schon jetzt liebst<<, schmunzelte Dirk.

Mit Elena konnte man immer was Neues erleben. Eines Tages fuhren Mutter und Tochter mit dem Bus in die Stadt. Der Bus war voll und alle Sitzplätze waren besetzt. Elena saß auf Julias Schoß, neben ihnen ein Junge, vielleicht vierzehn Jahre alt. Eine hochschwangere Frau war eingestiegen und blieb neben ihren Plätzen stehen. Elena sagte zu dem Jungen: >>Du musst aufstehen und der Frau Platz machen. Sie bekommt ein Baby. Das solltest du in deinem Alter schon wissen. Es gehört sich einfach so.<<

Der Junge schaute Elena verwundert an, sagte aber nichts und machte seinen Platz frei. Die Frau bedankte sich bei ihm und sprach dann Julia an: >>Sie haben aber eine aufgeweckte Tochter. Bestimmt macht sie Ihnen viel Freude<<, und zu Elena: >>Vielen Dank an die kleine Beschützerin.<<

Elena erzählte ihr, dass ihre Mama auch ein Baby erwarte, dass es nicht mehr lange dauern wird, dass sie einen Bruder bekommt, und dass er Maxi heißen soll, dass sie den Namen ausgesucht hatte.

>>Und was bekommen Sie? <<, fragte nun Elena.

>>Bei mir wird es ein Mädchen sein. Vielleicht bekommen wir später auch noch einen Jungen.<<

>>Und wie heißt das Mädchen? Ich heiße Elena.>>

>>Mein Mann und ich, wir haben uns noch nicht so richtig entschieden. Uns gefallen Sophie, Laura oder Friderike. Spätestens wenn das Kind da ist, müssen wir uns festlegen.<<

>>Wenn wir ein Mädchen bekommen sollten, dann könnte mir Laura auch gefallen<<, entgegnete Elena und lächelte die Frau an.

>>Sie haben bestimmt viel Spaß mit solcher Tochter<<, bemerkte erneut die Frau Julia gegenüber.

>>Ja, das stimmt. Mit ihr wird einem nie langweilig<< und ein Lächeln huschte über ihr Gesicht.

Nun mussten Julia und Elena aussteigen. Elena drehte sich noch zu der Frau um, um ihr alles Gute zu wünschen. Die Frau wünschte wiederum Elena viel Vergnügen mit Maxi. In solchen Momenten musste Julia immer wieder über ihre Tochter staunen und stolz auf sie sein. Elena war wirklich viel weiter mit der Entwicklung, als andere Mädchen ihres Alters. Die Erzieherin im Kindergarten meinte es auch. Obwohl Elena mutig und sehr direkt auftreten konnte, mussten sich ihre Eltern nie für sie schämen. Sie hatte ein gutes Gespür dafür, im richtigen Moment die richtigen Worte zu wählen. Man musste sie einfach mögen. Sie hatte sehr schnell gelernt, Erwachsene nicht mit >>du<< anzusprechen, was auf manche Menschen wirklich Eindruck machte. Julia stellte sich vor, wie Elena zur Schule geht, studiert und einen guten Beruf lernt. Zum Schluss, wie sie heiratet und sie und Dirk Großeltern werden. *Mein Gott, was für verrückte Gedan-*

ken habe ich heute – bis dahin vergehen mindestens noch zwanzig Jahre, sagte Julia zu sich.

Ein anderes Mal waren Elena und Dirk auf dem Spielplatz. Als zwei Jungs einen Streit angefangen hatten und sich gegenseitig schubsten, hatte Elena geschlichtet. Zuerst fragte sie, warum die Jungs sich streiten: Beide wollten mit einem Bagger spielen und später den Sand mit einem Lastwagen an eine andere Stelle transportieren. Elena hörte ich alle genau an, schüttelte nur den Kopf, überlegte nicht lange und sagte: >>Ihr könnt doch beide zusammen spielen und abwechselnd den Bagger und das Auto benutzen. Gute Jungs machen es so.<<
Die beiden verdrehten die Augen, nickten und schon waren der Streit und die Rauferei vergessen. Dirk lobte seine Tochter und fragte gleichzeitig: >>Hattest du keine Angst, dass die Jungs auf ich losgehen könnten?<<
>>Nein, ich hatte keine Angst. Ich wollte doch bloß, dass sie friedlich zusammen spielen. Außerdem hättest du mich bestimmt beschützt.<<
>>Ja, gute Väter machen es so,<< und beide lachten unbeschwert.
Solche und viele andere Auftritte gab es immer wieder und niemand wurde Elena böse. Außer einmal im Park. Sie waren zu dritt unterwegs. Ein Sonntagsspaziergang bei herrlichem Wetter. Vor ihnen ging ein älterer Mann mit seinem Hund spazieren. Als der Hund nicht auf seinen Herrchen hören wollte, traktierte ihn der Mann mit einem Stock. Paar Schritte weiter machte der Hund mitten auf dem Spazierweg sein Geschäft und die beiden gingen danach einfach weiter. Elena riss sich aus Dirks Hand und lief zu dem Mann.

>>Warum schlagen Sie Ihren Hund?<<, fragte sie ganz aufgeregt. >>Das darf man doch nicht tun. Sie sollen ihren Hund vielleicht besser erziehen. Und Sie sollen den Kot ihres Hundes aufsammeln. Es gibt hier genug Stellen mit extra Tüten dafür. Haben Sie sie noch nie gesehen?<<

>>Statt zu antworten fragte er Julia und Dirk: >>Ist es Ihre Tochter? Sie haben anscheinend bei der Erziehung versagt. Menschen anzupöbeln ist nicht die feine Art.<<

Julia und Dirk versuchten ruhig zu bleiben und Dirk zwinkerte seiner Tochter zu.

>>Was die Erziehung betrifft, da lässt Ihre viel zu wünschen. Unsere Tochter hat auch einen Hund, mit dem sie liebevoll umgeht. Wenn Sie schon einen Hund halten, dann müssen Sie auch hinter ihm sauber machen. Und einen Hund zu schlagen, kommt auch nicht in Frage. Mehr hat unsere Tochter nicht gesagt<<, erklärte Dirk.

>>Ist schon gut, ich gehe zurück und räume den Haufen weg<<, gab der Mann nach. Als er zurückkam, entschuldigte er sich bei allen.

>>Recht haben Sie: Irgendwann wird es keine Spaziergänger mehr geben.<<

>>Könnte gut ein<<, pflichtete Julia ihm bei.

>>Und das mit dem Stock war wirklich eine Ausnahme. Ich liebe meinen Hund und behandle ihn gut,<< behauptete der Hundebesitzer und streichelte dabei liebevoll seinen Hund. Zu Elena sagte er, dass sein Hund Benny heiße, und, dass er ihn aus dem Tierheim hätte.

>>Hoffentlich. Sollten Sie es wieder tun, werde ich Sie anzeigen müssen.<<, entgegnete Dirk entschlossen.

Der Mann sprach jetzt Elena an:>> Magst du Gummibärchen? Ich war heute in der Apotheke und habe welche bekommen.<<

Elena zuckte mit den Achseln und schien nach den richtigen Worten zu suchen.

>>Ich darf von Fremden nichts annehmen und auch nicht mit Fremden irgendwohin gehen. Ich musste das Mami und Papi versprechen.<<

Julia mischte sich ein: >>Wenn du möchtest, darfst du, wir sind dabei.<<

Elena, die nicht nachtragend war, überlegte kurz und meinte dann gütig: >>Na gut. Ich bin Ihnen nicht mehr böse<<, und sie strich Benny über den Kopf.

Eine Angelegenheit beschäftigte Elena seit mehreren Tagen. Sie fragte sich, wo Maxi schlafen würde und ob er ihr Zimmer bekäme. Sie hätte nichts dagegen auf ihr Zimmer zu verzichten. Eines Nachmittags fragte sie dann endlich ihre Eltern: >>Wo wird Maxi schlafen?<<

>>Im Kinderbett in unserem Schlafzimmer<<, sagte Julia als Antwort. Sie überlegte, was Elena auf dem Herzen haben könnte.

>>Und später? Wir haben kein Zimmer für Maxi. Wir können uns mein Zimmer teilen. Ich habe nichts dagegen. Mein Zimmer ist groß genug für uns beide.<<

>>Vielleicht werden wir in eine andere Wohnung umziehen<<, meldete sich Dirk.

Über die Wohnsituation hatten sich Julia und Dirk schon öfter unterhalten. Höchstens noch zwei Jahre wollten sie in der jetzigen kleinen Wohnung bleiben. Am allerliebsten wäre ihnen ein Eigenheim mit ganz viel Platz für alle und mit einem großem Garten – der Garten als Kinderparadies. Beide waren der Meinung, dass ein Garten der ideale Spielplatz, um unbeschwerte Stunden zu genießen, wäre. Dort könnten ihre Kinder toben, klettern und der Fantasie freien Lauf lassen. In einem Haus zu leben, auf das man stolz sein kann und das man liebt. Das wollten Julia und Dirk erreichen.

In zwei Jahren wollten sie sich dann entscheiden: Miete oder Eigenheim. Weder Dirk noch Julia waren in einem Einfamilienhaus aufgewachsen. Ihre Kinder sollten es besser haben, da waren sie sich einig. Julia träumte manchmal und sah in ihren Träumen ein schönes, geräumiges Haus, mit einem großen Garten, mit einer Hollywood Schaukel, einem Strandkorb und einer großen Spielecke für die Kinder. Die Familie verbringt viel Zeit draußen mit Spielen und Grillen im Sommer. Im Winter bauen sie gemeinsam einen Schneemann, haben viel Spaß bei einer Schneeballschlacht. Ein schöner Traum.

Julia hatte angefangen, ein Tagebuch zu schreiben. Sie wollte nicht oft und nicht viel schreiben – nur über die wichtigsten Ereignisse und Gefühle, die sie beschäftigten.

Julias Tagebuch, erster Eintrag

Ich sehne mich nach meiner Mutter, die mir übers Haar strich, die immer für mich gesorgt hatte. Sie fehlt mir immer noch sehr.

Ich bin so froh, dass es Zeugen des Unglücks gab. Hätten wir gedacht, dass Mutter sich vor den LKW warf? Vielleicht.

Ich habe meine Mutter geliebt, obwohl ich sie manchmal hasste. Immer auf Achse, immer ruhelos, ohne sich eine Pause zu gönnen, um mal darüber nachzudenken, was sie eigentlich tat.

So war sie immer, außer, wenn sie ihre depressive Phase hatte. Da war ihr alles egal, auch Vater und wir Kinder.

Ich kann mich jederzeit an sie erinnern als eine schöne und kluge Frau.

Warum hatte sie ihre Geschichte die ganze Zeit geheim gehalten? Ich glaube nicht an eine Verpflichtung, Kindern die volle Wahrheit zu enthüllen, aber in diesem Fall fühlte ich mich belogen.

Dieses Geheimnis warf seinen langen, dunklen Schatten bis in die Gegenwart meiner Mutter. Die Vergangenheit kann die Gegenwart durchdringen.

Warum halte ich die Geschichte geheim? Habe ich Angst, dass man mich weniger mögen wird? Oder möchte ich den Ruf meiner Mutter schützen? Ich weiß es nicht.

Meinen Vater Maximilian vermisse ich auch. Ich sehne mich nach ihm. Ich möchte, dass er mich fest an sich drückt und mir versichert, dass alles gut sei. Ich darf nie vergessen, dass er ein guter Vater für mich war. Auch als er die ganze Wahrheit erfuhr. Julchen, hatte er mich liebevoll genannt.

Oscar ist auch mein Vater, aber es fühlt sich anders an. Vielleicht deshalb, weil ich ihn erst als Erwachsene kennenlernte. Eben auf einer anderen Basis. Ich habe wirklich Glück – einen Vater zu bekommen und einen Opa für meine Kinder. Er ist der Beste, wie Elena sagt. Er möchte unermüdlich überall helfen und öfter auch ohne sein Geld. Bei mir, bei uns, spielt oft sein Geld eine Rolle. Manchmal ist es mir unangenehm. Er weiß es aber geschicklich zu machen, wenn er sagt: *Ich tue es nur für Elena.* Was kommt auf uns zu, wenn Maxi sein Enkel wird? Da wird er die Gelegenheit bestimmt nutzen.

Hauptsache er verwöhnt die Kinder nicht zu sehr. Angeblich sind alle Großeltern so, wenn sie genug Geld haben. Wir leben in einer schrecklichen Welt, die von Selbstsucht, Macht und Geld regiert wird, in einer Welt mit wenig Zeit, viel Stress und Leistungsdruck. Die Welt ist nun einmal nicht so, wie wir sie uns wünschen. Wir werden aber alles tun, damit unsere Kinder ihren Weg finden. Mitzuerleben, wie die Kinder heranwachsen, wie sie sich selbst begreifen lernen, wie sie reifer werden – was soll noch schöner sein?

Werde ich loslassen können, wenn die Zeit reif dafür wird?

Wenn Elena größer wird, werde ich ihr ein Tagebuch schenken, in dem sie alles aufschreiben kann. Es ist ganz interessant, wenn man später liest, was man geschrieben hatte, was man erlebte und was überhaupt geschehen war.

Ich bin glücklich mit meiner Familie: mit Dirk und Elena und mit Oscar. Nicht mehr lange, und unsere kleine Familie wird größer, wenn Maxi auf die Welt kommt. Und wenn wir noch ein Haus haben, dann bin ich überglücklich. Ein Eigenheim, eine Familie, ein guter Job – was kann man sich noch mehr wünschen?

So viel wollte Julia gar nicht schreiben, aber es hat ihr richtig gut getan und sie war mit sich zufrieden. Wenn Dirk nichts dagegen haben sollte, wollte sie ihm ihre aufgeschriebenen Gedanken zum Lesen geben.

Das Glück ist kein Geschenk Gottes,
es ist nur ein Darlehen.
Theodor Fontane

So wie schon früher Oscar Briefe an Helena schrieb, und sie die erst viel später lesen konnte, so schrieb er weiter an sie, auch wenn sie seine Briefe weder lesen noch beantworten konnte. Einen Brief hatte er heute verfasst:

Geliebter Engel Helena,

in diesen Tagen muss ich noch öfter als sonst an dich denken. Du fehlst mir! Die Jahre vergehen, und ich schreibe dir weiterhin Briefe, die du mir leider nicht beantworten kannst. Vielleicht schreibe ich sie nur für mich, um einen Augenblick lang zu glauben, du seist bei mir. Ich hatte geträumt, ich hätte dich wiedergesehen. Du hast mir zugelächelt, wir haben uns erkannt und dann geküsst. Nun bitte ich jeden Abend den Himmel, mich noch einmal dasselbe träumen zu lassen.

Ich werde dir immer wieder schreiben, um dir zu sagen, ob mein Traum wiedergekommen ist. Ich werde dir auch schreiben und dir immer wieder sagen, dass ich dich liebe. Dein Geruch, der Geruch deiner Haare und deiner Haut sind immer bei mir.

Ich habe eine neue Weisheit kennengelernt: >>Das Gestern muss vergessen werden, das heute ist wichtig – wegen des Morgens.<<

Vergessen? Das kann ich nicht. Ich frage mich manchmal, was die Leute über mich denken, wenn ich mit dir spreche und dir Briefe schreibe. Vielleicht glauben sie, dass mit mir nicht alles in Ordnung wäre, vielleicht bin ich für sie ein Fall für den Psychiater. Mir ist es egal, Hauptsache mir geht es dabei gut.

Ich hatte Angst zu lieben. Ich hatte die Liebe mal verloren und wollte mich leichten Herzens nicht erneut darauf einlassen. Ich spürte, dass du mir am Anfang nicht vorbehaltslos vertrauen konntest. Man konnte eine Trennung von Jahren nicht in wenigen Tagen oder Wochen ungeschehen machen. Sie hatte bei uns beiden tiefe Spuren hinterlassen. Manchmal muss man erst den falschen Weg gehen, um den richtigen zu finden. Wir hatten unseren Weg doch gefunden. Jahrelang hatte ich alles verdrängt und mich verschlossen. Ich hatte eine Mauer um mich errichtet. An diesem Tag, als ich dich im Krankenhaus besuchte, war die Mauer zu Staub verfallen.

Ich würde deinen Verlust immer spüren, so als würde ein Stück meiner Seele fehlen. Es klingt verrückt, nicht wahr?
Du hattest so wenig Zeit, dein Glück zu genießen. Ich werde doppelt glücklich sein. Einmal für mich – und einmal für dich.

Du wärest bestimmt eine ausgezeichnete Oma für deine Enkel gewesen. Elena möchte so viel wissen – es liegt in der Natur des Menschen, neugierig zu sein. Und sie ist neugierig, klug und intelligent. Sie ist noch ein Kleinkind, aber für ihr Alter sehr aufgeweckt. Schade, dass du sie nicht kennenlernen und lieben konntest. Der plötzliche Verlust riss mir den Boden unter den Füßen weg. Es tut immer noch weh. Es gibt Wunden, die nicht vernarben. Wunden, die immer schmerzen.

Paar Tage später hatte Oscars Haushaltshilfe sich vorgenommen, alle Bücherregale sauber zu machen. Sie war sehr gründlich und arbeitete selbständig, was Oscar besonders gefiel. Sie war für ihn eine >>Perle<<, die er auch entsprechend entlohnte. Beim Abstauben der vielen Bücher fand sie einen Brief, der in einem Lieblingsbuch von Helena zwischen den Seiten lag. Er war nicht in einem

Briefumschlag. Sie hatte ihn aber nicht gelesen, so was würde sie nie tun.

Oscar war zu dem Zeitpunkt nicht zu Hause und so legte sie den Brief auf den Küchentisch hin, damit er ihn gleich sieht, wenn er nach Hause kommt.

Als er Heim kam und den Brief bemerkte, wusste er sofort, dass Helena ihn geschrieben hatte. Ihre Briefe schrieb sie fast immer per Hand. Er erinnerte sich an den Tag, als er ihr das Geschenk machte. Sie mochte keine Kugelschreiber, schon in der Schule bevorzugte sie den Fühler. Sie erzählte ihm mal über ihre Patentante – Tante Erika. Sie war verheiratet, aber ihre Ehe blieb kinderlos. Und so übertrug sie ihre Liebe auf ihre Patenkinder. Helena mochte sie von ihren vier Patenkindern am meisten. Vielleicht war es auch Mitleid mit Helena. Sie lobte Helena für gute Noten in der Schule, dafür, dass Helena nett, hilfsbereit und ehrlich war. Er wusste, dass Helena ständig eine gute Tochter sein wollte. Erst im erwachsenen Alter wusste sie warum – sie wollte ihre Eltern für ihre eigene Behinderung >>entschädigen<<, obwohl sie nicht eine geringste Schuld an der Behinderung trug.

Zum fünfzehnten Geburtstag wollte Tante Erika Helena was Besonderes schenken. Helena wünschte sich einen guten Fühler. Den hatte sie auch bekommen, sogar mit Gravur. Dieser Fühler begleitete sie durchs Gymnasium und Studium, und danach im Beruf.

Oscar setzte sich am Küchentisch hin und sammelte sich, bevor er angefangen hatte zu lesen:

Lieber Oscar, jeden Morgen, wenn ich erwache, bekomme ich einen neuen Tag geschenkt und erlebe diesen Tag voll. Mein fast ganzes Leben habe ich immer nur gegeben und nie gelernt, zu empfangen.

Ich habe in der Zeit mit dir so viel anzunehmen gelernt: Deine Liebe und deine Fürsorge.

Ich schien unfähig zu Liebe und Leidenschaft zu sein, schien die Fähigkeit dazu verloren zu haben, und hatte ernste Zweifel, dass ich sie je wiederfinden würde. Aber alles nimmt ein gutes Ende für den, der warten kann.

Ich bin froh, dass Du wieder in mein Leben zurückgekommen bist, und ich bin glücklich, dass wir die Vergangenheit hinter uns gelassen haben.

Du hast mir gezeigt, wie ich Dich lieben kann, wie es ist, von Dir geliebt zu werden. Wenn ich so liebe, dass ich Dich wie die Luft zum Atmen brauche… Du bist einzigartig, und Du hast mir eine Menge gegeben, woran ich mich festhalten kann. Ich war für mich selbst eine Fremde. Glück ist unser natürlicher Zustand, aber ich hatte verlernt, wie man glücklich ist. Ich musste erst lernen, um das Glück zu finden und auch manches verlernen. Ich habe alles mitbekommen, was ich brauchte, um glücklich zu sein. Ich habe das, was ich mitbekommen habe, nicht zu gebrauchen gewusst. Ich war buchstäblich blind an beiden Augen. Ich sah mich, wie ich einmal war oder wie ich sein wollte. Ich sah mich nicht als die, die ich wirklich war. Ich habe mich von der Vergangenheit fesseln lassen. Dank Dir richtete ich meine Aufmerksamkeit auf die Gegenwart und ich sehe das Leben, wie es wirklich ist. Ich lernte mich dem Augenblick zuzuwenden, um ihn voll zu erleben. Ich lebe nicht für morgen, weil ich gelernt habe, auf mein Herz zu hören, weil ich den Reichtum des Heute erfuhr. Ich habe gelernt jeden Tag so zu leben, als stände ich am Rande des Lebens.

Du hast einmal zu mir gesagt: >>Denke immer daran, dass du etwas Besonderes bist, einfach, weil du da bist.<<

Ich stellte mir die Frage, was mich glücklich macht. Die zu beantworten war leicht. Wenn ich zurückblicke, habe ich das Gefühl, als wäre ich mein Leben lang immer nur in Hetze gewesen, ohne Zeit zum Nachdenken oder Atemholen, wie in einem Wirbelsturm gefangen. Als der Wirbelsturm mich absetzte, sah ich, dass meine Haare grau zu werden begannen und sich Falten breitmachten. Ich war nicht mehr das Mädchen mit den langen Haaren und mit den leuchtenden Augen, in das Du Dich auf den ersten Blick verliebt hattest.

Ich hatte gelernt, sich zu schützen, Abstand zu nehmen, um nicht verletzt zu werden. Du hattest mich nie verletzt. Du machst mich glücklich. Dich beobachten, wie Du arbeitest, Dich anzusehen, Dich zu küssen und zu berühren, macht mich glücklich. Ich weiß, wer ich bin und was mich sonst noch glücklich macht. Ich bin glücklich, wenn ich mich nicht mit mir selbst beschäftige, sondern wenn ich anderen Dienste leiste und ihnen meine Zeit zur Verfügung stelle. Ich übernahm die Pole Position, und es tut mir gut.
Ich bin glücklich mit Dir.
Mit Dir wurde ich freundlicher, liebevoller, geduldiger, ich kann lachen, ich war bereit zu vergeben. Ich lernte es, Schläge einzustecken, und ich lernte es, entsprechend zu reagieren. Jeden Morgen beginnt ein neuer Tag mit Dir – ein neues Leben kann man nicht beginnen.
Früher war ich von Schuldgefühlen gepeinigt – bei Dir wurden sie weniger und ich kann sie sogar manchmal vergessen. Allmählich lernte ich, mir selbst zu verzeihen.
Ich kann mit Dir so gut lachen. Lachen ist eine Medizin, die ich für sehr lange vergessen habe. Je mehr ich lache, desto mehr kann ich es tun. Du warst meine erste Liebe und wirst meine letzte Liebe bleiben. Es ist schön und beruhigend, Dich an meiner Seite zu haben; ich kann Dir vertrauen und mich auf Dich voll verlassen. Es bedeutet mir so viel. Vertrauen ist das Wichtigste und auch das Zerbrechlichste auf der Welt. Ohne Vertrauen ist alles zum Scheitern verurteilt. Auf einer Lüge kann man nichts Dauerhaftes aufbauen.

Auch ich muss endlich die Wahrheit sagen – Julia muss alles erfahren.

Du hast mal zu mir gesagt: >>Die Liebe erträgt alles, sie glaubt alles, sie hofft alles, sie duldet alles. Die Liebe hört niemals auf.<<

Wenn ich immer mehr krank werde, wird die Liebe wirklich alles ertragen? Ich werde mit der Zeit eine Last für Dich sein. Noch weiß ich, wer wir sind, aber wie lange noch? Ich habe eine große Angst vor der Demenz. Ich mache mir Sorgen, dass ich das Leben als vegetieren, nicht verkraften werde…

An dieser Stelle endete abrupt Helenas Brief. Erinnerungen wurden wach, aber Oscar war erstaunt, dass er durch diesen Brief nicht traurig wurde. Helena hatte wieder bestätigt, dass sie glücklich war, glücklich an seiner Seite. Er suchte nach dem Datum, aber Helena hatte es nicht datiert. Es war gut möglich, dass sie den Brief nicht auf einmal geschrieben hätte. Sie hatte ihren Brief auch nicht vollendet, als ob sie irgendwann die Fortsetzung in Angriff nehmen wollte. Hat sie ihren Brief vergessen oder schrieb sie ihn schon lange Zeit vor ihren Tod? Das würde er nicht erfahren können und es war auch egal, wann Helena diesen Brief verfasst hatte. Wichtig war nur, dass sie an ihn schrieb.

Am nächsten Abend hatte er beschlossen noch einen Brief an Helena zu schreiben. Er redete mit ihr auf dem Papier, ließ sie all seine Gedanken wissen. Es hatte ein Ventil für seine Trauer gefunden. Ohne lange nachzudenken, kamen die Sätze, wie von selbst. Seine Gedanken wurden zu Worten, und Worte zu Sätzen. Als er seinen Brief beendet hatte, fühlte er sich viel besser.

Am späten Nachmittag, als er mit Filou unterwegs war, ist

er, wie jeden Tag, zum Friedhof gegangen. Er saß paar Minuten nur so da und genoss die absolute Stille. Auf dem Friedhof waren keine Besucher mehr da, niemand konnte in stören, niemand zuhören, was er sagt:

Erst heute habe ich deinen Brief gelesen. Ich weiß nicht, wann du ihn geschrieben hattest, aber es ist nicht wichtig. Deine Worte haben mir gefallen und sie schmeicheln mir. Vielleicht hast du noch mehr Briefe geschrieben, über die ich mich freuen würde.

Ich habe dir auch einen Brief geschrieben, den ich dir jetzt vorlesen möchte.

Er las seinen Brief vor:

Liebste Helena,
dich zu verlieren war unsagbar schwer, Dich zu vermissen noch viel mehr.
Ich vermisse Deine Klugheit, dein Wissen, Deinen Mut und Deine Aufrichtigkeit, Deine spannenden Geschichten aus deinem Leben.
Du kochtest die beste Pilzsuppe und die besten Klöße.
Ich liebte Deine Power und Deine soziale Ader.
Ich habe Dich so geliebt, wie du warst, und wollte Dich nie anders haben.
Ich werde nie dieses strahlende Gesicht vergessen.
Du bist und bleibst in meiner Erinnerung das Schönste, was mir je widerfahren ist.
Ich bin dankbar für die Erinnerungen an jede Minute.
Du warst diejenige, die mir die schönsten Erinnerungen geschenkt hat.
Du bist gestorben, aber Du bist nicht tot. Wer geliebt wird, ist nicht tot. Du kannst mich nicht mehr umarmen, liebhaben, mich lieben und mit mir schmusen. Immer sind aber irgendwo Spuren Deines Lebens. Sie werden mich für immer an Dich erinnern und Dich dadurch nie vergessen lassen.

Du warst der großartigste und würdigste Mensch, den ich gekannt habe.

Du warst das größte Glück auf Erden. Du hast kompromisslos geliebt.

Tränen zu stoppen ist schwer, ich liebe Dich immer noch sehr.

Ich kämpfe mit meinem Pflichtgefühl, das mir gebot, meine Familie nicht im Stich zu lassen. Ich lebte unter großem Stress, tat aber nach außen hin, als würde ich normal funktionieren. Jetzt, da Du nicht mehr da bist, ist alles kalt und leer in mir, und rings um mich ist alles dunkel. Es ist, als hättest Du alle Farben mit ins Grab genommen.

Julia hatte Recht, es tut gut, sich alles von der Seele zu schreiben. Wenn ich ein Blatt Papier vor mir habe, merke ich gleich, wie sich meine Gedanken sammeln und ich spüre Kraft und Mut zum Weitermachen.

Du brauchst keine Angst zu haben, dass mir alles zu viel wird. Arbeit macht das Leben lebenswert. Wenn die Menschen sich für unser Ehrenamt bedanken, wenn die Kinderaugen leuchten, dann vergessen ist die Mühe, es zählt nur das unvergessliche Erlebnis. Ich habe es Dir zu verdanken. Ich suchte mir etwas, für das es sich jeden Tag aufzustehen lohnt. Und ich habe es dank Dir gefunden – Die Tafel und die Familie.

Wie gerne hätte er statt Briefe zu schreiben und sie vorzulesen, mit Helena gesprochen. Für heute war es aber genug von Sentimentalität.

>>Komm, Filou, wir gehen Heim. Ich habe noch sehr viel zu tun<<, sagte er zu dem Hund. Jedes Mal, wenn er mit Filou sprach, musste er schmunzeln. Mit einem Hund zu reden fand er genauso eigenartig, wie mit seiner geliebten Helena.

Ein jeder hat seine eigene Art, glücklich
zu sein, und niemand darf verlangen,
dass man in der seinigen sein soll.
Heinrich von Kleist

Heute war Ines wieder auf dem Friedhof gewesen. Jede paar Wochen besuchte sie Vaters und Daniels Grab. Sie stellt jedes Mal Blumen in die Vasen und zündet eine Kerze an.

Als sie so da stand, stellte sie fest, dass sie Daniels Gesicht fast vergessen hatte. An alles andere, was sie gemeinsam erlebten, konnte sie sich noch ganz gut erinnern. Sie war ja die älteste und viel älter als Julia damals. Für beide war sie die große Schwester gewesen.

Heute verspürte sie das Bedürfnis, endlich das Grab ihrer Mutter zu besuchen. Sie liebte ihre Mutter, aber nicht immer. Wie gern hätte sie sich mit Mutter ausgesprochen. Sie hatte es immer wieder verschoben. Und dann war plötzlich Mutter tot, und es war für eine Aussprache zu spät. Sie machte sich große Vorwürfe. Als Mutter nach Swinemünde zog, da war es noch schwieriger. Sie wollte nicht unter Oscars Dach übernachten. Wie wollte mit ihm nichts zu tu haben. Sie konnte Mutter nicht verzeihen, dass sie Vater wegen Oscar verlasen hatte.

Vor einem Jahr besuchte sie mal Mutters Grab in Swinemünde. Obwohl Oscar sie nach Mutters Tod eingeladen hatte, hatte sie sich nicht bei ihm gemeldet. Nachhinein fühlte sie sich gar nicht gut – sie kam sich wie eine Verräterin oder eine Verbrecherin vor. Diesmal wollte sie es besser organisieren. Sie hat sich entschlossen, Oscars Gastfreundschaft in Anspruch zu nehmen, aber alleine mit ihm wollte sie trotzdem nicht sein.

Er hat ihr nichts getan, dass sie solche Abneigung ihm gegenüber haben müsste. Sie kannte ihn nicht wirklich, aber er hat etwas an sich, was ihr von Anfang an unsympathisch war. Ohne dass sie es benennen könnte. Oder doch? War nicht er schuld daran, dass Mutter Vater nach so vielen Jahren Ehe verlassen hatte? Seinetwegen war Vater unglücklich, während Mutter auf Wolke sieben schwebte. Eigentlich war das eine Sache zwischen ihren Eltern, aber sie konnte sich nicht damit abfinden.

Was sie überhaupt nicht verstehen konnte, war das Verhältnis zwischen Julia und Oscar. Julia schien glücklich zu sein mit ihrer Freundschaft mit ihm. Die Krönung war, dass Elena ihn sogar Opa nannte. Oscar Opa zu nennen, war in Ines Augen unverzeihlich. Julia hatte mehrmals versucht, ihr ihre Bewegungsgründe zu erklären. Entweder konnte oder wollte Ines es nicht verstehen. Als sie Julia am Telefon erzählte, dass sie in Swinemünde war, ohne Oscar zu besuchen, konnte wiederum Julia sie nicht verstehen. Wie gesagt, diesmal wollte Ines den Besuch besser planen. Sie telefonierte mit Julia und fragte sie, wann sie wieder in Swinemünde sein würde. Als ob Julia ahnte, worum es geht, fragte sie begeistert: >>Möchtest du Mamas Grab besuchen?<<

Julia schwieg eine Weile bevor sie weiter fragte:

>>Du wirst uns aber diesmal besuchen? Oscar wird sich freuen.<<

Hätte Julia bloß gesagt, dass sie sich freuen würde, wäre alles in Ordnung, aber so! Ines schluckte und sagte so gelassen wie möglich: >>Ja, ich möchte euch bei der Gelegenheit besuchen, wenn es dir recht ist.<<

Unerklärliche Tränen stiegen in Julia auf. >>Ich werde mich sehr freuen, wenn wir uns nächstes Wochenende in Swinemünde sehen würden. Vielleicht bringst du es fertig, sogar bei uns zu übernachten. Es ist Platz genug da.<<

Und wieder sagte Julia >>bei uns<<, statt bei Oscar.

Eine Woche später machte sich Ines mit gemischten Gefühlen nach Swinemünde. Sie war fest entschlossen, das Beste aus dem Besuch zu machen. Julia war nur alleine da, so dass die Schwestern genug Gelegenheit zum Gespräch hatten. Oscar hielte sich im Hintergrund auf. Er wünschte sich so sehr, dass die Schwesternliebe sich endlich wieder entwickeln würde. Er wünschte es für seine Tochter.

Das Wochenende verlief zumindest ohne Streit oder Meinungsverschiedenheiten bei den beiden Frauen. Oscar gegenüber war Ines reserviert, wie sonst. Als sie nach Hause fuhr, musste sie die ganze Zeit über Julia denken. Ihre Schwester war ganz anders als sie: Sie hatte einen anderen Charakter und sie waren sich nicht besonders ähnlich. Sie erinnerte sich jetzt, dass sie irgendwann gesagt oder gefragt hätte, ob Julia nicht im Krankenhaus mit einem anderen Baby vertauscht wurde. Immerhin wäre es rein hypothetisch möglich, dachte sie damals. *Quatsch, Schluss mit den dummen Gedanken.* Auf jeden Fall stand für sie fest, dass Oscar nie ihr Freund sein könnte. Egal wie nett, freundlich und zuvorkommend er sein mag, irgendwas hindert sie daran, ihm zu vertrauen. Mutter war mit ihm nicht verheiratet, er gehört nicht zur Familie. Freunde kann man sich aussuchen und eine Familie nicht.

Beim nächsten Besuch wollte sie Oscar oder sich selbst doch eine Chance geben. Julia zuliebe wollte sie versuchen etwas netter zu sein.

Nach diesen Gedanken fühlte sie ich besser. Julia war ihre Familie, die sie nicht verlieren wollte. Sie selbst möchte weder heiraten noch Kinder haben.

Manchmal dachte sie nach, wie es wohl mit ihrem Bruder Daniel gegangen wäre. Hätte er sie besser verstanden? Wäre er freundlich und nett zu ihr? Immerhin war sie seine große Schwester. Sie liebte ihn sehr, manchmal wurde er von ihr verwöhnt, und sie war fast immer an seiner Seite.

Nicht glücklich ist,
wer nicht glücklich zu sein glaubt.

Pubilius Syrus

Vor einiger Zeit fing Frau Veronika Nemec bei der Tafel an. Wo Not am Mann war, dort half sie. Sie war immer freundlich, nett und hatte für jeden ein gutes Wort. Sie war beliebt bei allen Helfern. Für ihr Alter sah sie sehr gut aus. Jeden Tag sah man sie sehr gepflegt.

Wenn Oscar im Büro arbeitete, versorgte sie ihn mit Kaffee und selbstgebackenem Kuchen. Wenn sie an manchen Tagen sehr lange arbeiteten, brachte sie für ihn und die anderen Helfer selbstgekochten Gulasch, der ausgezeichnet schmeckte. Oscar bedankte sich jedes Mal, ohne sich was dabei zu denken.

Und dann hatte Frau Nemec Geburtstag, zu dem sie Oscar eingeladen hatte. >>Es wird in kleinem Kreis gefeiert: Nur zwei Paare werden noch kommen<<, versicherte sie.

Als Oscar mit einem Blumenstrauß erschien, erfuhr er, dass die anderen Gäste abgesagt hätten. Er wollte nach Hause gehen, aber Frau Nemec wünschte, dass er trotzdem als einziger Gast bliebe.

>>Vielleich können wir trotzdem ein bisschen feiern. Ich habe mir so viel Mühe gegeben mit dem Kochen<< , bat Frau Nemec. Oscar war einverstanden, eine Stunde zu bleiben.

Nach dem Essen wollte Frau Nemec tanzen.

>>Bitte, Herr Baron, einen Walzer. Ich habe schon lange nicht mehr getanzt.<<

Auch diesen Wunsch wollte Oscar Frau Nemec erfüllen. Schließlich hatte sie Geburtstag. Nach dem Walzer tanzten sie noch ein Mal. Es spielte eine langsame und romantische Musik. Frau Nemec legte ihren Kopf auf Oscars Schulter. Ihm war es unangenehm und er meinte, er müsse unbedingt was trinken. Schon seit dem Essen wusste Frau Nemec, dass Oscar kein Alkohol trinkt. Jetzt erzählte er ihr warum. Sie erfuhr, dass er vor langer Zeit getrunken hatte, dass er deswegen seine Stelle verloren hatte, und nachdem man ihm eine zweite Chance gab, schwor er, nie wieder zu trinken. Inzwischen konnte er ganz offen über sein damaliges Problem reden.

>>Sie leben gesund, Herr Baron: Sie trinken nicht, Sie rauchen nicht und Sie treiben Sport.<<

Oscar antwortete nichts darauf, sondern fragte: >>Und Sie, Frau Nemec? Haben sie welche Hobbys?<<

>>Mit meinem verstorbenen Mann spielte ich Tennis. Alleine, beziehungsweise in einer kleinen Gruppe mache ich Nordwalking und Fahrradfahren. Ich bin so froh, bei der Tafel arbeiten zu können. Es macht so viel Spaß, für andere Menschen Gutes zu tun.<<

Oscar bedankte sich noch für ihr Engagement, verabschiedete sich dann und wünschte ihr eine gute Nacht.

Eine Woche später hatte Frau Nemec Oscar ins Kino eingeladen. >>Wie komme ich zu der Ehre? Eigentlich sollte....<<

Frau Nemec unterbrach ihn: >>Seien Sie nicht altmodisch, heutzutage kann eine Frau einladen, ohne Hintergedanken.<<

Oscar bedankte sich für die Einladung, wollte aber mindestens die Karten bezahlen.

>>Na gut, dann bezahle ich die Getränke und das Popcorn<<, konterte sie mit einem flauen Gefühl im Magen.

>>Einverstanden<<, gab sich Oscar geschlagen.

Im Kino saßen sie nebeneinander und ihre Hände berührten sich mehrmals beim Popcorn essen. Schließlich verzichtete Oscar auf das Popcorn. Es war ihm unangenehm. Nach dem Kino hatten sie einen Kaffee in einem kleinen Café getrunken. Oscar hatte die ganze Zeit überlegt, was er Frau Nemec sagen sollte, wie er ihr erklären könnte, dass er an ihr nicht interessiert wäre. Vielleicht merkt sie was, hoffte er. Frauen haben gewöhnlich eine gute Intuition.

Auch wenn ich sie nicht verletzen will, muss ich besser gleich sagen, was die Sache ist. Das erspart mir im späteren Verlauf unnötigen Ärger.

Er verglich stets die Frauen, die ihm nach Helenas Tod begegneten. Es geschah unbewusst. Er fand keine, die als Herausforderung gegen seine Erinnerungen an Helena antreten konnte. Auf dem Weg nach Hause schlang Frau Nemec plötzlich die Arme um ihn und suchte mit den Lippen nach seinen. Oscar schubste sie fort.

>>Tut mir leid<<, sagte sie. Aber in ihrer Stimme klang kein entschuldigender Tonfall durch, nur Enttäuschung. Oscar fragte sich, ob sie von ihm was wolle.

>>Herr Baron, es tut mir wirklich leid, dass es Sie verärgert hat, was vorhin passiert ist. Mache ich sie nervös? Es war nicht meine Absicht. Ich möchte nichts von Ihnen. Wirklich. Zugegeben, Sie sind ein attraktiver Mann, aber ich suche keine neue Beziehung. Es ist noch zu früh. Verstehen Sie? Ich dachte, wir könnten Freunde werden.

Oder glauben Sie nicht an Freundschaft zwischen Mann und Frau?<<

>>Doch, ich glaube daran. Ich glaube, dass ich verstehe, wonach Sie suchen. Eine Freundschaft mit dem gleichen Geschlecht reicht manchmal nicht. Mit einem Mann als Freund kann eine Frau auch über alles und über andere Sachen reden, Neues erleben, neue Horizonte eröffnen. Kommt Zeit, kommt Rat, und Sie finden den Richtigen. Habe ich mich verständlich ausgedrückt?<<

>>Besser könnte ich es nicht sagen. Ich bin ehrlich: Seit mein Mann tot ist, fehlen mir Gespräche mit einem Mann und er selbst fehlt mir sehr. Wir waren immer gute Freunde gewesen.<<

Oscar wollte die Situation retten und fragte: >>Wie lange sind Sie Witwe? <<

>>Seit zwei Jahren. Und Sie?<<

>>Wir waren noch nicht verheiratet. Wir waren der Meinung, dass auch ohne Trauschein man zusammen leben kann. Es ist noch nicht sehr lange her seit Helenas Tod.<<

Es war alles gesagt. Für mehr war jetzt nicht die Zeit. Weder Frau Nemec noch Oscar wollte über die schmerzliche Vergangenheit sprechen. Sie hatten sich verabschiedet ohne weiter zu reden. Auf dem Weg nach Hause dachte Oscar über Frau Nemec nach. Wie sollte er sich verhalten? Eine innere Stimmte sagte: Höre lieber auf deinen gesunden Menschenverstand.

Zwei Tage später begrüßte er Frau Nemec genauso wie alle anderen Helfer. Als sie ihm später eine Tasse Kaffee brachte, bedankte er sich förmlich. Anscheinend hatte sie verstanden, dass Oscar den ersten Schritt machen müsste, wenn er auf ihr Angebot eingehen würde. Er war aber entschlossen, keine engeren Kontakte mit ihr zu pflegen. Mit ihr nicht und mit keiner anderen Frau auch nicht.

Drei Wochen später fand sie für ihn einen Ersatz in Person eines Fahrers der Tafel. Herr Karol Duda war in ihrem Alter, sah gut aus, lebte alleine in einem großen Haus und war nie verheiratet. Oscar konnte ausatmen. Nur ein halbes Jahr später zog Frau Nemec zu Karol ein. Die beiden waren verliebt und glücklich. *Von wegen Freundschaft*, dachte Oscar. Er war zufrieden, weil er von Anfang an fast Klartext gesprochen hatte.

Da Oscar alles seiner Helena erzählte, sprach er auch über Frau Nemec bei einem Friedhofbesuch:

Mag sein, vielleicht hat mir ihr Interesse an mir geschmeichelt, ich weiß es nicht. Mein Ego müsste vielleicht mal wieder auf ein erträgliches Maß zurückgestutzt werden. Ich wollte nett sein, was sie falsch verstanden hat. Julia hätte sich bestimmt gefreut, wenn ich ... Aber wie gesagt: Ich will keine andere Frau lieben oder eine andere küssen, keine so sehr begehren, wie Dich. Ich kann es mir nicht vorstellen, zumindest noch nicht. Ich habe Julia, Elena und Dirk – meine ganze Liebe gehört ihnen und es fühlt sich verdammt gut an.

Am Morgen seines sechzigsten Geburtstages stand Oscar vor dem Spiegel. Er spürte kaum, wie rasch die Jahre an ihm vorbeizogen. Er war immer noch ein attraktiver Mann. Julia sagt es oft, und ihr glaubt er alles. Und er war sogar glücklich. Auch ohne seine geliebte Helena. Er war glücklich, dass er sie geliebt hatte, und dass sie ihn geliebt hat. Sein Glück hatte er auch seiner kleinen Familie zu verdanken. Nach Helena Tod hatte er ihr Nachthemd in einem Plastikbeutel aufbewahrt, weil er nicht wollte, dass der Geruch verfliegt. Er hatte ihn so konserviert. Heute früh hatte er den Plastikbeutel endlich entsorgt. Es ging ihm dabei gar nicht schlecht.

Er betrachtete sich im Spiegel und zum ersten Mal, seit Helena tot ist, hatte er das Gefühl, die Person im Spiegel zu erkennen. Seit er wusste, dass Julia ein zweites Kind bekommt, beschäftigte er sich in Gedanken mit seinem Haus. Ihm war klar, dass sein Haus zu klein geworden war. Wenn zur gleichen Zeit mehrere Besucher da sein sollten, wird es Platzprobleme geben. Außerdem sollten, seiner Meinung nach, in den Zimmern von Elena, Julia und Dirk keine anderen Besucher schlafen. Er hatte genaue Vorstellung zu dem Ausbau: Zwei große Zimmer mit Terrasse und ein Badezimmer. Beide Zimmer mit einer Außenjalousie und einer Markise. Auf jeder Terrasse ein Tisch und Stühle. Sonnenliegen gab es im Gartenhaus. Um eine wohnliche Atmosphäre zu schaffen, sollten die Zimmer vielleicht mit Schrankbetten ausgestattet werden.

Im Badezimmer plante er zwei Waschbecken, eine Dusche und eine Sitzwanne. Er machte sich im Internet schlau, um alles richtig zu machen. So hatte er erfahren, dass, wer sicher gehen will, informiert sich rechtzeitig vor Ausführungsbeginn beim zuständigen Bauamt. Bevor eine Baugenehmigung erteilt wird, darf mit der Ausführung nicht begonnen werden. Er nahm zur Kenntnis, dass die Baugenehmigung ein schriftlicher Genehmigungsbescheid der zuständigen Baubehörde ist, wenn dem Bauvorhaben nach öffentlichem Recht keine Hindernisse entgegenstehen. Sein Grundstück war groß genug und er durfte seine Pläne verwirklichen. Er beauftragte einen Architekten, der die beste Lösung finden sollte.

Oscars Wunsch war es, dass die neuen Zimmer und auch das Badezimmer voll in das Haupthaus integriert werden sollten. Über die Kosten des Anbaus brauchte er sich keine Sorgen zu machen: Monat für Monat bleibt von seiner Pension eine Summe übrig. Von seinen festen Ersparnissen hatte er auch kaum was ausgegeben. Wenn Julia mit Dirk und Elena bald kommen würden, wollte er ihnen seine Pläne vorstellen. Bei Bedarf könnten deren Wünsche noch berücksichtigt werden. Damit die Zeit des Wartens schneller vergeht, arbeitete Oscar viel im Verein und im Garten. Er hatte festgestellt, dass Gartenarbeit ihm gut tut und ihn entspannt.

Immer war Filou dabei, der eifrig in der Erde buddelte oder Löcher zuschüttete. Nachmittags gingen beide zum Friedhof. Sobald Oscar Blumen – aus dem Garten oder gekaufte in der Hand hat, weiß Filou anscheinend, dass der Gang zum Friedhof bevorsteht. Er bringt seine Leine und geht schnurstracks Richtung Friedhof. Heute will Oscar Helena über seine Pläne erzählen. Er setzte sich auf die Bank und fing an zu reden:

Liebste Helena, wir müssen anbauen. Damit alle sich wohl fühlen, brauchen wir noch zwei Zimmer und ein zweites Bad. Ein guter Architekt wird die Pläne machen. Wir haben noch Zeit – bis zur Geburt sind noch vier Monate. Zuerst wollte ich einen Innenarchitekten mit der Ausstattung der Räume beauftragen. Nun werde ich alles selbst aussuchen und einrichten. Es wird mir bestimmt Spaß machen. Wie gerne hätte ich dich an meiner Seite. Du mit deinem Sinn für Funktionalität und gleichzeitig für Eleganz.
In zwei Wochen lernst du Elena, deine Enkelin kennen. Ihr Lachen ist Musik. Du hättest sie geliebt.

Oscar konnte nicht weiter reden. Er musste seine Tränen wegwischen. Auf dem Weg nach Hause an solchen schönen Tagen spielte er mit dem Gedanken, sich ein Cabrio zuzulegen, ihn aber schnell wieder verworfen. Der jüngste war er nicht und vertrug seit einiger Zeit keinen Durchzug. Offen zu fahren konnte man nicht oft, und er fährt sowieso viel lieber sein Fahrrad.

Zu Hause angekommen fühlte er sich sehr vital. Das Wetter war schön und eine herrliche Ruhe im Garten. Er nahm sich vor, den Abend hier draußen mit einem guten Essen zu genießen. Ganz allein. Warum sollte er sich schließlich nicht mal selbst verwöhnen?

Zuerst deckte er den Tisch und stellte daneben eine große Gartenlaterne. Auf einer Platte legte er je eine Scheibe Käse und Schinken, paar Scheiben Gurke, Tomaten mit Mozzarella, ein Apfel und eine Kiwi. Aus dem Garten brachte er drei Rosen für die Vase. Zum Schluss kochte er eine Kanne Früchtetee, den Helena und er sehr mochten. Er war zufrieden mit sich und mit dem Essen. Schon lange aß er am Abend nicht viel, dafür aber mehr Obst. Heute wollte er sich wirklich verwöhnen und später vielleicht noch ein Eis essen. Der Gedanke an gemütlichen Abend war verlockend. Nach dem Essen holte er sich eine Zeitung von gestern. Er kam gestern nicht dazu, sie zu lesen. Er genoss die herrliche Ruhe im Garten, ab und zu zwitscherte ein Vogel.

Viele Menschen versäumen das kleine Glück,
während sie auf das Große vergebens warten.

Pearl S. Buck

Schon ganz früh war Oscar aufgestanden, um vom Bäcker frische Brötchen zu holen. Danach ging er noch einmal durch alle Räume um zu prüfen, ob wirklich alles in Ordnung sei.

Heute war endlich der große Tag – Julia, Dirk und Elena kommen für drei Tage und es wird sein Geburtstag nachgefeiert. Julia wollte eine selbstgebackene Torte und Oscars Lieblingsmohnkuchen mitbringen.

Nachdem er das Auto hupen hörte, war Elena schon in seinen Armen. Sie küsste ihn mehrmals auf die Wangen und fragte nach Filou, der in diesem Moment angelaufen war. Die Wiedersehensfreude war bei beiden unbeschreiblich. Elena sagte noch schnell zu Oscar: >>Opa, ich bekomme einen Bruder, der Maxi heißt. Ich bin jetzt mit Filou im Garten<<, und weg waren sie.

Oscar registrierte erst jetzt, was Elena zu ihm sagte. Anscheinend bekommt er einen Enkel. Jetzt waren Julia und Dirk auch ins Haus gekommen. Nach einer stürmischer Begrüßung sagte Oscar: >>Ich habe schon die Neuigkeit erfahren und gratuliere zu einem Sohn.<<

>>Hat sie dir auch den Namen verraten? Ich wette, dass sie es tat<<, bemerkte Julia.

>>Ja, das hat sie<<, sagte Oscar halblaut.

>>Es war wirklich Elenas Wunsch und nicht mein. Sie fand Maxi schön und richtig. Das musst du mir glauben,

Papa, ich habe damit nichts zu tun. Wir wollten Elena die Freude lasen <<, versuchte Julia zu erklären.

>>Ich sage doch nichts, ich....<<

Es war ihm nicht wohl, bei dem Gedanken, dass er so was glauben sollte.

>>Bestimmt denkst du, dass der Name von Maximilian abgeleitet wäre...<<

>>Nein, denke ich nicht. Und wenn schon – Maximilian war dir ein guter Vater gewesen. So lange, wie er dein Vater war, schaffe ich bestimmt nicht mehr.<<

>>Sag bitte nicht so was. Was sind schon zwanzig Jahre in deinem Alter? Du wirst mit Sicherheit noch alles erleben: Geburtstage, Einschulungen, Abitur und Studium deiner Enkel, Hochzeiten und die Geburt deiner Urenkel<<, und sie umarmte ihn und flüsterte ihm ins Ohr: >>Du wirst zum zweiten Mal Opa und du bist der beste Opa der Welt.<<

Oscar schaute auf ihr Bauch und fragte nach ihrem Befinden.

>>Alles in Ordnung, ich fühle mich gut. Dirk und Elena verwöhnen mich die ganze Zeit.<<

Nachdem Julia ausgepackt hatte, legte sie sich für eine halbe Stunde hin. Vor dem Einschlafen dachte sie: *So ein Haus brauchen wir. Es sprüht Wärme, Ruhe und Behaglichkeit.*

Am Nachmittag bei Kaffee und Kuchen bekam Oscar ein Bild von Elena: Sie hatte Mama, Papa, Opa sich und Filou gemalt. Es gab noch einen Platz frei, den sie für Maxi vorsorglich reserviert hatte. Alle Bilder, die Elena im Laufe der Zeit gemalt hatte, fanden Platz an einer großen Pinnwand.

>>Wenn Maxi später malen kann, wird die Wand zu klein<<, meinte Elena besorgt.

>>Keine Sorge, es kommt dann eine zweite Tafel an die Wand und du wirst bestimmt nicht mehr so viel malen wollen.<<

Das zweite Geburtstaggeschenk war ein Gedicht, das Elena auswendig gelernt und in ihm persönliche Glückwünsche eingebaut hatte. Ohne Lampenfieber rezitierte sie ihr Gedicht und erntete einen riesigen Beifall.

Oscar drückte sie fest, ohne ihr wehzutun und sagte: >>Du bist mein allerschönstes Geschenk. Wie lange hast du es lernen müssen?<<

>>Vielleicht zwei Tage. Elena lernt unheimlich schnell<<, meinte Julia mit Stolz auf ihre Tochter. Julia sah das strahlende Gesicht ihres Vaters, und in diesem Augenblick dachte sie, dass das Glück in sein Leben Einzug gehalten hatte. Sie beobachtete ihn kurz – ihr Vater war ein gut aussehender Mann von sechzig Jahren, mit dunklem, modisch kurz geschnittenem Haar, in das sich nur hier und da ein Anflug von Grau mischte. Er kleidete sich gut, wenn auch manchmal etwas konservativ. Julia fühlte sich wohl in dieser Beziehung, die sie aufgebaut hatten. Einen Vater, Großvater und Freund in ihm zu haben, Zeit füreinander zu haben und bei ihm in Swinemünde ausspannen zu können – all das bedeutete ihr viel. Auch Dirk war glücklich in dieser Konstellation. Oscar erzählte über seine Pläne und wollte Julias und Dirks Meinung hören. Sie sollten eigentlich einfach seine Pläne befürworten.

>>Papa, ist das wirklich notwendig? Wir leben hier nicht, sondern verbringen immer wieder nur wenige Tage in deinem Haus. Überlege es dir noch, ob sich das lohnt. Für uns reicht dein Haus auch ohne Anbau.<<

>>Für den Fall, dass zusammen mit euch auch Ines, oder Roland kommen würden, wird es eng. Und außer-

dem, sollten eure Zimmer nur euch zur Verfügung stehen. So wird es schöner und praktischer. Und hygienischer auch. Und umso mehr nach Maxis Geburt. Das Wert des Hauses wir dann auch steigen.<<

>>Wie immer denkst du an alle und alles, und am Wenigsten an dich selbst. Dir soll es dabei gut gehen. Nur dir. Wir haben auch eine Neuigkeit für dich. In zwei Jahren oder schon früher wollen wir ein Eigenheim haben. Unsere Kinder sollen sich wohl fühlen und nicht in einer Großstadt und in einem Mehrfamilienhaus aufwachsen müssen.<<

>>Das ist eine richtige Entscheidung. Habt ihr schon konkrete Pläne?<<, fragte Oscar neugierig.

>>Wir haben noch genug Zeit, um uns für den Ort zu entscheiden. Bei der Bank brauchen wir eine Beratung wegen des Kredits. Sag bloß nicht sofort, dass du uns finanziell helfen möchtest. Wir wollen es alleine schaffen.<<

>>Ich sage es trotzdem, dass ihr mit meiner Hilfe rechnen könnt. Nach meinem Tod werden das ganze Geld und das Haus dir gehören, Julia. Wozu warten, wenn man sich das Leben leichter machen kann? <<

>>Wenn wir mit dem Eigenheim soweit sind, werden wir dich bestimmt unterrichten und gegebenenfalls über die Finanzen mit dir sprechen. Ich verspreche es dir<<, sagte Julia versöhnlich.

Elena wartete schon ungeduldig auf das Ende der Kaffeetafel. Sie wollte mit Filou spazieren gehen und auch zum Friedhof, um ihre Oma zum ersten Mal zu besuchen. Auch sie bevorzugte zu sagen: >>Oma, statt Omas Grab zu besuchen<<. Im letzten Jahr waren die Besuche bei Opa viel seltener geworden: Mal war Elena krank, mal Julia fühlte sich nicht wohl oder das Auto war kaputt. Sie telefonierten dann fast jeden Tag.

Zu viert machten sie sich auf den Weg in den Park. Die Sonne schien, wie bestellt. Oscar erfuhr, wie Elena einen Mann über den Umgang mit seinem Hund belehrte.

>>Das war sehr anständig von dir, Elena<<, lobte Oscar seine Enkelin. >> War der Mann dir böse?<<

>>Ja, nein, er hat mir Gummibärchen geschenkt.<<

>>Ich sage dir, mit Elena kann man allerhand erleben und es ist auch gut so<<, ergänzte sie. <<Ich bin gespannt, ob unser Sohn die gleichen Eigenschaften, wie Julia, haben würde.>>

Filou führte Elena sofort zu der richtigen Grabstelle. Den Weg kannte er gut. Elena betrachtete eine Weile das Foto auf dem Grabstein.

>>Opa, Oma war sehr schön. Hast du sie sehr lieb gehabt?<<, fragte sie Oscar.

Mit Tränen in Augen schaffte er nur zu flüstern:
>> Sehr, ich liebte sie über alles. Ich liebte sie sehr, sehr lange.<<

Elena bemerkte die Anschrift auf der Grabplatte. Da sie noch nicht lesen konnte, bat sie Dirk, ihr die Worte vorzulesen. Oscar dachte: *Zum Glück muss ich es nicht vorlesen*. Julia dachte: *Zum Glück soll Dirk vorlesen, ich hätte es nicht geschafft*. Und so las Dirk:

Die Sonne scheint für dich, deinethalben,
und wenn sie müde wird,
fängt der Mond an,
und dann werden die Sterne angezündet.

>>Es ist schön. Hast du es geschrieben, Opa?<<, fragte Elena interessiert.

>>Geschrieben nicht, aber ausgesucht. Es freut mich, dass es dir wirklich gefällt.<<

Auf dem Weg nach Hause ging Elena mit Filou und Oscar in einer Reihe, und sie unterhielten sich über alles Mögliche. Elena fragte Oscar: >>Du hast mir noch nie erzählt, warum Oma sterben musste. War sie krank?<<

Oscar überlegte, was er ihr sagen kann, ob er ihr die ganze Wahrheit sagen sollte, für die er sich auch letztendlich entschieden hatte. Er war sicher, dass Elena es verstehen würde.

>>Ein Auto hatte Oma überfahren. Einfach so. Oma ist bei einem Unfall gestorben. Ein LKW Fahrer, der betrunken war, hatte sie auf der Straße nicht gesehen.<<

>>Aber niemand darf betrunken ein Auto fahren! Das ist nicht erlaubt.<<

>>Ja, es ist verboten, und trotzdem tun es viele. Woher weißt du so was?<<

>>Als wir einmal bei meiner Patentante waren und Papa was getrunken hatte, ist er nicht mehr sein Auto gefahren. Wir waren deshalb mit Taxi nach Hause gefahren. Du warst bestimmt traurig als Oma starb, aber jetzt hast du mich, Mama und Papa, Filou und bald auch Maxi. Und wir alle haben dich ganz lieb. Und Oma, die im Himmel ist, die passt auf uns alle auf.<<

Tränen stiegen in ihm auf und glitzerten in seinen Augenwinkeln.

>>Ja, ich liebe euch sehr und ihr seid irgendwie ein Ersatz für deine Oma. Jetzt aber genug damit. Du hast mich noch gar nicht gefragt, ob Filou was gelernt hätte.<<

>>Hat er? Was denn?<<

Und Oscar erzählte ausführlich über Filous Vorschritte:

>>Filou geht ganz nah am Fuß, wenn man es ihm sagt; er

kann apportieren, d. h. ein Stock oder ein Ball, nachdem man es geworfen hatte, zurückbringen; er kann auf seinen Hinterbeinen tanzen; er bleibt auf Kommando sitzen und liegen.<<

>>Er hat viel gelernt bei dir, Opa. Danke, dass du dich um Filou so gut kümmerst. Wenn Maxi da ist, dann kann Filou bestimmt auch nicht zu uns kommen. Wir brauchen ein großes Haus mit Garten für Filou. Am liebsten so ein Haus wie deins.<<

Oscar strich liebevoll Elena über die Haare. Er wusste nicht wieweit Elena über Pläne ihrer Eltern Bescheid wusste und so sagte er: >>Irgendwann wird Filou bei dir sein. Vielleicht schneller als du denkst.<<

>>Du kannst mich so gut trösten, wie sonst niemand, Opa.<< Oscar wurde warm ums Herz von so viel Liebe. Er dachte: *Helena, hast du das gehört? Ich glaube, ich gebe einen guten Opa ab. Elena macht es mir auch ganz leicht mit ihrem Zutrauen.*

Am Abend beschäftigten Oscar Gedanken über Max. Er hatte mit einem Jungen nicht gerechnet. Jungs sind anders als Mädchen. Mit Elena hatte er Erfahrung sammeln können. Und jetzt ein Junge! Wird er ihn auch so lieben wie Elena? Wie wird Maxi sein? Wird er ständig die beiden vergleichen? Er sagte sich dann, dass ein Enkel genauso viel Freude machen kann wie eine Enkelin. Und außerdem kann man mit Jungs ganz andere Sachen machen, die man in der Regel mit Mädchen nicht tut.

Julia klopfte an Oscars Tür. Immer noch musste er jedes Mal denken, dass Helena reinkommt, mit einem Becher Kakao für jeden. Alles hätte er dafür gegeben. Als er >>Komm rein<< sagte, stand Julia in der Tür. Zum ersten

Mal sah er, dass sie ihrer Mutter sehr ähnlich sieht: Langes, blondes Haar, schwarze Augenbrauen, lange Wimpern und die Körpergröße stimmte auch.

>>Du schuldest mir noch eine Geschichte. Bist du jetzt dazu bereit?<<

>>Einer schwangeren Frau soll man nichts abschlagen. Ich muss aber vorher Einiges über die Zeit vor der Hochzeit deiner Mutter schildern. Damit du die Zusammenhänge vielleicht besser verstehst.<<

Und er erzählte, dass Helena wegen Maximilian mit ihm Schluss gemacht hätte. Er berichtete darüber, dass sie sich damals verändert hätte, dass er ihr nicht gut genug wurde.

Sie wollte, dass er unbedingt das Abitur nachholte und studieren sollte er auch. Das wollte er auch, aber nicht sofort.

Alles, alles an ihr hatte ihm gefallen. Sie konnte alles sagen, tun und lassen, was sie wollte. Er war halb verrückt vor Sehnsucht und Verlangen. Und eines Tages, ohne Vorwarnung, war alles vorbei. Helena machte mit ihm Schluss gemacht. Ohne Wenn und Aber. Er konnte sie nicht vergessen und hoffte auf ein Wunder.

>>Man kann alles stehlen, aber nicht die Liebe einer Frau, hatte ich begriffen. Ich war eifersüchtig auf Maximilian, auf die Männer, die sie noch kennenlernen würde, auf die, die sie lieben würden, auf die, die sie lieben würde. Ich fühlte mich wie ein Gefangener in seinen Träumen. Ich verdrängte die Erinnerungen und den Schmerz. Am Anfang konnte ich nicht akzeptieren, dass Helena mich verlassen hatte.<< An dieser Stelle machte Oscar eine kurze Pause, bevor er weiter erzählen konnte.

>>Ich glaubte daran, dass auch aus Steinen, die einem in den Weg gelegt werden, man was Schönes bauen kann.

Und dann erfuhr ich, dass Helena heiraten wird. Ich konnte es nicht glauben. Ich versteckte mich in einem Beichtstuhl und verfolgte die Zeremonie. Mit eigenen Augen wollte ich sehen, dass Helena vergeben ist.<<

>>Was wolltest du dort? Das musste schrecklich für dich sein, Helenas Hochzeit zu erleben. Hast du dich bemerkbar gemacht?<<

Sein Herz klopfte wild. >>Ich wollte Helena sagen, wie sehr ich sie liebe, dass sie die einzige Liebe meines Lebens sein wird. Ich habe immer geglaubt, es wird die größte Liebe von der Welt werden, die nicht enden wird, bis einer von uns stirbt. Ich wollte ihr sagen, dass sie alles war, was ich liebe, alles woran ich glaube. Ohne sie gab es für mich kein Leben. Ich wollte ihr so viel an dem Tag sagen. Ich hatte auf so einen Tag so lange warten müssen. Als ich deine Mutter zum ersten Mal sah, war der erste Blick bereits von Liebe begleitet. Ich habe sofort erkannt, dass sie zu mir gehört.

Zum Glück kam ich in der Kirche doch zur Besinnung. Ich vergaß alles um mich. Ich hätte mich bloß lächerlich gemacht. Helena hätte ihren Maximilian nie vor dem Altar stehen lassen. Ich begriff, dass es zu spät sei, dass ich Helena für immer verloren hatte. Ich habe bitter geweint und erst nachdem alle die Kirche verlassen hatten, verlies ich den Beichtstuhl. Ich konnte damals nicht anders. Ich wusste, dass ich meine Trauer nicht überwinden könnte, sie würde bleiben und sie würde wachsen. Es gab Tage, an denen meine Kräfte zurückkehrten und mir halfen den Trübsinn zu vertreiben. Ich sagte mir, dass ein Mann sich nicht so gehen darf und nicht weinen sollte, aber letztendlich war mir alles egal. Warum sollten Männer eigentlich nicht weinen dürfen? Sie sind auch nur Menschen.<<

>>Und du hast nie aufgehört sie zu lieben<<, stellte Julia fest. >>Du hast sie nie vergessen können, obwohl ihr damals keine gemeinsame Zukunft hattet.<<

Oscar verstummte. Julia wartete auf die Fortsetzung. Aber Oscar blieb schweigsam. Seine Gedanken wanderten.

>>Wir können dieses Gespräch zu einem späteren Zeitpunkt fortsetzen, ich kann warten<<, schlug Julia vor. Sie musterte ihn mit Sorge. Er sah nicht mehr so mitgenommen aus wie noch vor einigen Wochen, aber die Anspannung war immer da, sie lag in seinen Augen. Sie wusste, dass Oscars Trauer über den Tod seiner Helena nicht gemindert war, nur seine Haltung war etwas gefestigter. Seine Gedanken waren sicherlich nicht in seinem Gesichtsausdruck zu lesen, seine Gefühle aber mussten sich darin widergespiegelt haben.

Oscar erzählte weiter mit klopfendem Herzen, dass Helena damals schwanger war, dass sie mit ihrer Überzeugung *Kein Sex vor der Ehe* bei Maximilian gebrochen hätte, dass sie ihn sehr lieben musste, wenn sie vor der Hochzeit mit ihm schlief, dass vielleicht es daran lag, dass sie reifer wurde und dass es wehtat.

<<Was hätte ich dafür gegeben, mit ihr schlafen zu können. Ich hasste Maximilian, obwohl ich ihn nicht kannte. Es tut mir leid, aber es ist die Wahrheit. Wenn ich die Augen zumachte, tauchte sofort vor meinem inneren Auge ihr Gesicht: ihre blauen Augen mit den schwarzen, langen Wimpern und ihr Lächeln. Ich konnte an nichts anderes denken, als an sie.>>

>>Es muss dir nicht leidtun, ich kann dich verstehen. Jahre später seid ihr euch nochmal begegnet und Mama

wurde schwanger mit mir. Die Geschichte ist mir bekannt. Hast du dich gefreut, Helena wieder zu sehen? Nach so vielen Jahren ihr gegenüber zu stehen?<<

Er fuhr sich mit der Hand durchs Haar. Er erinnerte sich immer noch lebhaft an jenen Tag.

>>Erfolglos hatte ich versucht, sie aus meinem Gedächtnis zu löschen. Es ging nicht. Am liebsten hätte ich vor lauter Schmerz und Trauer laut geschrien. Ich glaubte, dass das Verlangen nach ihr gestillt wäre, wenn ich einmal mit ihr geschlafen hätte. Doch ich habe mich getäuscht. Schon komisch – wir haben uns jahrelang, nicht gesehen, und dann in weniger als einer Woche zweimal.>>

<< Das ist Schicksal>>, meinte Julia.

Oscar fuhr weiter: <<Während der Affäre begehrte ich sie wahnsinnig. Ich war aber auch damit zufrieden, sie zu sehen, ihre Hände zu halten und sie zu küssen.
Ich hatte Gewissenbisse, weil meine eigene Frau nicht diese Gefühle in mir auslöste, aber das ließ sich nicht ändern. Gedanken an Helena ließen meinen Pulsschlag rasen. In unpassenden Momenten musste ich an sie denken. Offenbar war ich dagegen machtlos.
Ich fragte mich, wie lange diese Wirkung wohl anhalten würde. Vielleicht würde ich mit der Zeit, wenn die Erinnerung daran verblasste, vergessen, wie es gewesen war. Und im Lauf der Jahre wären auch meine Erinnerungen an sie verblasst<<.

>>Aber nach über zwanzig Jahren warst du wieder da. Wie aus dem Nichts warst du plötzlich in Helenas Leben in Deutschland.<<

>>Ich hatte so lange darauf gewartet, ich hatte mich so danach gesehnt. Ich begehrte sie immer noch nach all den Jahren. Nach allem, was sie mir angetan hatte.

Mir wurde schwindlig und mir knickten die Knie ein, als ich sie sah. Mir blieb die Luft weg, wenn ich sie reden hörte.

Viele Menschen können so eine Art von Liebe gar nicht begreifen, weil sie ihnen nie begegnet ist.

Wir fingen ein ganz neues Leben ein, ein zweites Leben. Wenn zwei Menschen zusammengehören, finden sie einander, gleichgültig, was geschieht. Eigentlich hatte ich daran nie geglaubt. Daran hatten wir beide nicht geglaubt. Ich hatte Helena gesucht bis ein Privatdetektiv sie gefunden hatte. Ich tauchte unvermittelt aus der Vergangenheit auf.<<

>>Und sie? Ich glaubte immer, dass sie glücklich war.<<

Oscar versuchte dieser Frage auszuweichen.

>>Sie war womöglich nicht ganz so glücklich, wie es den Anschein hatte. Ihr Gesicht signalisierte deutlich, wie unglücklich sie war. Ich hätte sie offen fragen sollen:

>>Was empfindest du für mich? Empfindest du überhaupt etwas? Aber ich hatte nicht den Mut dazu. Ich wollte ihr Zeit geben. Ihr sollte klar sein, was sie möchte. Sie konnte sehrt gut etwas vortäuschen.<<

>>Ja, das konnte sie gut. Sie war eine Meisterin darin. Uns allen hatte sie mehrmals viel vorgemacht. <<

Oscar sprach weiter. >>An dem Tag, an dem sie sich das Leben nehmen wollte, stand ich vor ihrer Tür und hatte mit ihr kurz gesprochen. Ich war wie benommen. Helena wollte, dass ich am nächsten Tag wiederkomme, wenn Maximilian zu Hause sein wird.<<

>>Und du hast wirklich nichts bemerkt? War Mama nicht anders als sonst? Es musste so sein, man musste es ihr angesehen können.<<

Oscar wusste nicht wie und was er Julia sagen sollte.

>>Wie sollte ich das feststellen? Ich habe sie doch so lange nicht gesehen. Außerdem konnte Helena sich so gut verstellen.<<

>>Entschuldige, es war eine dumme Frage.<<

Nach einer kurzen Pause fragte sie:>>Weißt du, warum Mama nicht mehr leben wollte? Hatte sie es dir verraten?<<

Bei solchem Gedankensprung musste er kurz überlegen, bevor er antwortete. Manchmal hatte er Zweifel, ob er Helena in dieser Sicht verstand.

>>Schuld daran war in erster Linie ihre Krankheit. Zweitens, sie konnte sich selbst nicht verzeihen. Ich meine unsere Affäre. Sie hatte häufig Pläne verfolgt, deren sie sich selbst gar nicht bewusst war. Sie wartete auf einen Vorwand, um tun zu können, was sie geplant hatte. Irgendwann machte es bum und die Lawine kam ins Rollen. So hatte Helena es mir ungefähr erklärt.<<

Julia überlegte kurz und machte den Nächsten Gedankensprung. >>Hast du deine Frau auch sehr geliebt? Ihr hattet eine Tochter, oder?<<
Oscar brauchte etwas Zeit, um über seine Frau zu sprechen.

>>Ich habe meine Frau aus Trotz geheiratet. Ich sagte mir, was Helena kann, das kann ich auch. Die Einsamkeit hatte mich verrückt gemacht. Innerlich war ich ohne Helena leer und tot. Ich hatte mir eingeredet, dass ich meine Frau lieben lernen würde. Sie sagte, es macht ihr nichts aus, wenn ich Zeit brauche, wenn ich sie nicht so lieben kann, wie sie mich. Sie liebte mich, das genügte ihr. So war es aber nicht gekommen.
Ich habe über Scheidung nachgedacht, um die Farce zu beenden. Und da wurde sie schwanger. Ja, wir hatten Sex.

In der Situation konnte ich sie doch nicht verlassen. Ich hoffte, dass wenn wir eine Familie werden, alles sich ändern könnte.

Als ich dann deiner Mutter nach acht Jahren wieder begegnete, wurde mir klar, dass ich meine Frau nicht geliebt habe und nicht lieben wollte. Sie dagegen liebte mich und sie hat mir die Affäre mit Helena verziehen. Scheidung war für sie keine Option. Immer wieder wollte ich ihr die ganze Wahrheit sagen, aber nie war der richtige Zeitpunkt. Wann ist der richtige Moment um reinen Tisch zu machen? Ich habe ihr kein einziges Mal gesagt, dass ich sie lieben würde. Oder doch, einmal, als ich sie und unsere Tochter aus der Klinik holte und wir mit Taxi nach Hause fuhren, sagte ich: >Ich liebe euch.< Meine Tochter habe ich wirklich immer geliebt, sie war mein Halt, wegen ihr blieb ich bei meiner Frau.<<

>>Vielleicht brauchtest du jemanden – einen Menschen um sich zu wissen. Man kann nicht sein Leben lang in Erinnerungen schwelgen. Du wusstest, dass Mama vergeben war, dass du dir eine andere Frau suchen musstest, wenn du eine Familie gründen wolltest. Du warst nicht der Erste und nicht der Letzte, der verlassen wurde<<, versuchte Julia mit allen Kräften es irgendwie zusammen zu fassen.

>>Vielleicht. Ich habe mal einen Satz gelesen*: Kein Mensch ist eine Insel, ganz für sich allein*. Es ist wahr. Für mich ist Helena aber immer gegenwärtig, ich spreche mit ihr, als ob sie da wäre. Ich spreche wieder über sie. Entschuldige.<<

>>Du brauchst dich nicht zu entschuldigen. War deine Frau glücklich mit dir? Wie war sie denn so? Nun lass dir doch nicht die Würmer aus der Nase ziehen.<<

>>Sie war das Gegenteil von Helena – um jeder Zeit sorgfältig geschminkt, jeden Tag brauchte sie eine halbe Stunde, um ihr Haar zu frisieren, sie gab viel Geld für ihre Garderobe und ihren Schmuck aus. Manche Menschen können einfach nicht glücklich sein, ohne Geld auszugeben. Es gibt Leute, die halten es nicht aus, wenn jemand anderes mehr hat als sie. So war meine Frau.>>

Julia hatte ihn gefragt, warum er nie wieder geheiratet habe. Oscar hatte ihr geantwortet, dass keine Frau ihn die große Liebe seines Lebens hätte vergessen lassen können. Oscars Verzicht zeigte Julia deutlich die Macht wahrer Liebe. Liebe als eine ernste Angelegenheit, die ewig währen konnte.

<<Ich hatte niemanden gefunden, die ihren Platz einnehmen konnte. Ich fühlte mich nicht unvollständig ohne eine Frau, es ging eher um Gesellschaft. Einfach jemandem zu haben, mit dem man reden konnte, eine richtige war aber nicht dabei. Ich war keiner, der von einer Frau zur anderen hüpfte. Für heute reicht es mit den alten Geschichten.<<

>>Bitte nur noch eine. Wie war es, als du Mama kennengelernt hast? Sie erzählte mir, dass alle Mädchen aus eurer Schule dir nachliefen, dass du nur mit den Fingern zu schnippen bräuchtest, dass du alle haben könntest. Ich kann mir gut vorstellen, wie du damals ausgesehen hast. Außerdem finde ich, du siehst auch heute noch gut aus. Mama konnte nicht verstehen, warum du ausgerechnet sie haben wolltest. Sie wusste genau, dass es viel schönere und klügere Mädchen als sie gab. Mädchen ohne irgendwelche Makel.<< Julia dachte kurz nach. >>Weißt du was<<, schlug sie jetzt vor, >>ich gehe in die Küche und mache uns einen schönen heißen Kakao.<<

Während Julia weg war, waren seine Gedanken bei Helena. Nachdem Julia zurückkam, erzählte Oscar seine Geschichte weiter.

>>Alles stimmt nicht. Ich bin zwar mit vielen Mädchen ausgegangen, aber es hatte kein Mädchen gegeben, das in mir die Sehnsucht geweckt hätte. Als Helena mir gegenüber stand, da wusste ich sofort: Das ist sie, das Mädchen, die Frau, nach der ich gesucht habe, auf die ich die ganze Zeit gewartet habe. Es war nicht nur ihre Schönheit, die mich anzog. Deine Mutter war nett, hilfsbereit, klug, intelligent und ehrlich. Ihre andere Schönheit verbarg sich tief in ihrem Inneren.<<

Er nippte an seinem Kakao und zwang sich ruhig zu bleiben.

>>Wohin schaust du?<<, fragte Julia ihren Vater.

>>Auf dich. Du bist hübsch und ähnelst sehr deiner Mutter. Wenn ich dich sehe, denke ich manchmal, dass Helena vor mir steht.<<

Nach einer Weile erzählte er Julia über die Schuldisco, über Helenas Abweisung, als er mit ihr tanzen wollte, über die Ohrfeige, die Helena ihm verpasst hatte, als er sie auf dem Weg nach Hause küssen wollte. Er sah alles deutlich vor seinen Augen.

Julia konnte ihn nicht anschauen, es brach ihr das Herz.

>>Sie war hinreißend mit dieser Wut in den Augen. Ich fragte, ob es mir gestattet sei zu sagen, dass sie schöne Augen hätte. Ihre Stimme klang eisig und ihre Haltung war ziemlich steif. Ich sah, dass sie in dem Moment errötete und mich nicht ansehen konnte, und das fand ich bezaubernd. Kein Mädchen reagierte so. Und ich war in dem Moment schon verliebt in sie. Sie war so anders als

alle anderen Mädchen. Ich denke, dass sie für ihr Alter sehr reif war.<<

Julia konnte sich gut solche Szene vorstellen: Zwei junge Menschen, die über wahre Liebe nichts wissen, die sich aber danach sehnen.

>>Und ihre Gehbehinderung? Hat sie dich nie gestört? Mama war deswegen ziemlich unglücklich.<<

>>Früher, mit dreizehn oder fünfzehn hätte ich um solches Mädchen einen großen Bogen gemacht, hätte so ein Mädchen nicht mal angesprochen. Ich habe schnell begriffen, dass die inneren Werte mehr als das Aussehen eines Menschen zählen. Meine Freunde haben es auch später kapiert. Schließlich waren wir damals fast erwachsen. Dagegen ist man machtlos, gegen das Verlieben. Manchmal passiert es einfach. Einfach so. Aus heiterem Himmel. Helena war ein bezauberndes, hübsches, interessantes, absolut faszinierendes Mädchen, anders, als alles was mir zuvor begegnet war. Sie stand gerade für das, was sie richtig fand, ohne sich von der Aufmerksamkeit beeinflussen lassen.
Ich wünschte mir, ein schönes Leben mit ihr aufzubauen, mit ihr eine Familie zu gründen und mit ihr alt zu werden.<<

Julia hatte noch eine Sache auf dem Herzen und wollte mit Oscar darüber sprechen.

>>Ich hatte Mutter bewundert, dass sie sich dazu entschieden hatte, nach Deutschland zu gehen. Sie nahm Ines und mich mit; sie konnte kein Deutsch, durfte nur zwei Koffer mitnehmen. Sie musste von Null anfangen. Und dann noch die Trennung von Vater und Daniel. Zweieinhalb Jahre war die Familie getrennt. Man hatte Briefe geschrieben und Fotos geschickt.<<

>>Sie wollte ein besseres Leben, für sich selbst, oder für ihre Kinder. Sie sagte mir, dass sie Abstand von Maximilian brauchte. Er sollte sich entweder für oder gegen sie entscheiden. Sie war eine starke Frau, zumindest damals. Sie wusste, dass sie es schafft, auch alleine.<<

Oscar hatte einen Anliegen, den er loswerden musste.

>>Bevor wir schlafen gehen, möchte ich dir ein Angebot machen, besser gesagt eine Bitte...<<

>>Sag ruhig, was du auf dem Herzen hast.<<

>>Ich möchte, dass Elena paar Tage bei mir bleibt. Du hättest dann Zeit nur für dich und für schöne Stunden mit Dirk. Und ich hätte Elena nur für mich. Was sagst dazu?<<

>>Hast du Elena schon gefragt?<<

>>Nein, ich wollte zuerst mit dir und Dirk reden. Du weißt, dass ich mich um sie gut kümmern werde. Ich verspreche dir, dass ich Elena nichts kaufen werde.<<

>>Ist schon gut, sie wächst so schnell und könnte tatsächlich paar neue Sachen gebrauchen. Kaufe aber nicht zu viel, sie wächst ganz schnell, deshalb lohnt sich nicht viele neue Sachen zu besorgen. Ich weiß, dass ihr gut miteinander auskommen werdet. Du wirst auf sie gut aufpassen. Das weiß ich. Elena wird sich bestimmt auch sehr freuen. Morgen fragen wir sie, ob sie bei dir bleiben möchte.<<

>>Danke, Julia. Ich freue mich sehr auf Elena. Nur meine Enkelin und ich – wir werden ein paar wunderschöne Tage erleben.<<

Julia warf einen Blick auf ihre Armbanduhr. >>O Gott, ist es schon so spät? Wir sollen lieber schlafen gehen. Ich wünsche dir eine ruhige Nacht. Schlaf gut, Papa<<, und

Julia küsste ihn auf die Wange und verlies leise sein Zimmer.

Julias Tagebuch

Vater hatte mich gefragt, ob er Elena für paar Tage haben könnte. Damit ich mal für mich sein kann, tun kann, wonach mir der Sinn steht, würde er Elena zu sich nehmen. Das wäre schön. Ich kann Papa keine größere Freude bereiten. Bin ich tatsächlich so eine fürchterliche Mutter?

Heute war Mutters Todestag. An einem Todestag ist irgendwie alles anders. Man ist nachdenklicher. Man erinnert sich an den Menschen, den man geliebt hatte, den man verloren hatte, der gestorben ist. Man spürt eine neue Welle der Trauer. Man entdeckt Bedeutung in alltäglichen Dingen.

Ich lausche ihren Schritten nicht mehr, ich höre ihre Stimme nicht mehr. Wenn ich versuche mich zu erinnern, wann es mir schlecht ging, dann stelle ich fest, dass das immer um einen Todestag von Daniel, von Maximilian und von meiner Mutter herum ist.

Oscar war aufgewühlt. Er wollte aber nicht grübeln über die Vergangenheit und nicht über die Zukunft. Jetzt und heute wollte er genießen. Um auf andere Gedanken zu kommen, hörte er Musik und war ziemlich bald eingeschlafen.

Am Morgen konnte er sich an einen Traum erinnern: Er flog, bei einem blauen und wolkenlosen Himmel, mit einem Fallschirm. Unter ihm lag ein gepflegter, grüner Rasen. Er war ganz wirr im Kopf, denn er war noch halb in seinem Traum. Er fragte sich, was so ein Traum bedeuten könnte. Ihm fiel ein, dass Helena irgendwann ein Buch >>Traumdeutung<< gekauft hatte. Nicht, dass er daran geglaubt hätte, was in dem Buch steht, aber nachschauen wollte er trotzdem. Vielleicht findet er dort eine gute Erklärung. Er hatte noch genug Zeit bis zum Frühstück.

Heute wollten Julia und Elena alles vorbereiten und Dirk sollte zum Bäcker und Filou mitnehmen. Oscar genoss die Mahlzeiten mit seiner Familie. Morgen ist er dran – Julia und Dirk wollen ausschlafen. Elena wird ihm bestimmt helfen wollen – bei Tischdecken, und sie wird auch mit ihm und Filou zum Bäcker gehen wollen.

Im Wohnzimmer fand er schnell das Buch. Er wusste aber nicht, wonach er suchen sollte. Am Ende des Buches gab es ein Lexikon der Traumsymbole mit Deutungsvorschlägen. Unter Fallschirm fand er: *Man wird von guten Gefühlen getragen und kann sich freuen.* Unter Himmel: *Ist der Himmel blau, lacht dem Träumenden das Glück.* Unter Rasen: *Liegt der Rasen grün und gepflegt in der Traumlandschaft, weist er auf unser Wohlergehen hin.* Sein Traum war demnach positiv, was ihn freute. Er schmunzelte darüber, war aber überzeugt, dass ein bisschen Wahrheit drin steckten könnte. Beim Frühstück wird er seinen Traum erzählen und um eine Deutung bitten. Erst, wenn Julia und Dirk gar nichts einfallen sollte, wird er ihnen mit dem Buch nachhelfen. Als er das Buch ins Regal wiederstellen wollte, kamen beschriebene Blätter zum Vorschein. Es waren zwei volle Seiten. Er hatte sofort Helenas Handschrift erkannt. Er steckte die Bögen in seine Hosentasche. Jetzt hatte er keine Zeit, um sie zu lesen.

Wenn wir Freude am Leben haben,
kommen die Glücksmomente von selbst.
Ernst Ferstl

Elena war überglücklich als sie gefragt wurde, ob sie paar Tage bei Opa bleiben möchte. Und so machten Julia und Dirk zwei Menschen glücklich.

Nachdem Julia und Dirk abgereist waren, blieb Oscar mit Elena zuerst zu Hause. Sie haben Kuchen gebacken und Elena hatte viel Spaß dabei. Als sie Oscar mit etwas Mehl beworfen hatte, musste sich Oscar sofort an Helena erinnern, wie sie beide gebacken hatten. Er erinnerte sich auch, was Helena damals sagte: >>Ich war so lange mit Maximilian verheiratet und wir hatten nie gemeinsam gebacken oder gekocht.<<

Am Nachmittag waren Opa und Enkelin mit dem Auto in die Stadt gefahren. Er hatte immer viel Spaß mit Elena in den Geschäften. Julia hatte ihm doch erlaubt, Elena einige neue Sachen zu kaufen, und das wollte er ausnutzen. Er stellte fest, dass Elena ganz genau weiß, was ihr gefällt. Sie kauften Hosen, ein paar T-Shirts, je ein Kleid und ein einen Rock. Im Schuhladen fand Elena wunderschöne Sommerschuhe.

>>Opa, ist es nicht zu viel? Ich möchte nicht, dass Mama mit dir schimpft<<, wollte Elena wissen. Sie wollte nicht, dass Mama mit ihm schimpft und sie wollte noch viele solche Tage mit Opa erleben.

>>Keine Angst, Mama hatte es mir persönlich erlaubt. Vielleicht finden wir noch was Schönes für dich in Danzig.<<

>>Willst du deshalb bis nach Danzig fahren?<<

Oscar schmunzelte, bevor er Elena antwortete. >Deswegen nicht. Wir könnten morgen nach Danzig fahren und in Zoo gehen. Hast du Lust?<<

>>Ja. Gibt es dort viele Tiere? Elefanten, Löwen und Affen?<<

>>Und ganz viele andere Tiere und Vögel.<<

Ihm fiel ein, dass er mit Helena nie im Zoo war. Geplant hatten sie es, aber....

>>Wir werden zuerst mit dem Auto fahren, dann mit der Straßenbahn und zuletzt noch mit dem Bus.<<

>>Darf Filou mit? Er könnte sich auch alle Tiere anschauen.<<

>>Leider nicht, Hunde sind verboten. Frau Gruszka wird sich bestimmt freuen, wenn Filou mal wieder bei ihr bleiben darf.<<

Mit der Straßenbahn waren sie am nächsten Tag ins Zentrum von Gdansk gefahren, und von dort ein paar Minuten mit dem Bus, bis sie am Ziel waren. Elena gefiel die Reise sehr, obwohl sie nicht abwarten konnte, endlich da zu sein.

1953 war die Gründung eines zoologischen Gartens im Danziger Vorort *Oliwa*, 1954 dann die Eröffnung. Die ersten Tiere, die in den Tiergarten einzogen, waren Geschenke der Bevölkerung – hauptsächlich Kaninchen, Hamster, Meerschweinchen, Füchse, Rehe, Fasanen und Wellensittiche. Heute sind über 1100 Tiere aus mehr als

200 Arten dort zu sehen. Löwen, Tiger, Elefanten, Nilpferde, Affen, Papageien, Lamas, Eisbären. Und alle Tiere fand Elena schön und hörte Oscar aufmerksam zu. Sie hatte hunderte Fragen, die Oscar, so gut er konnte, beantwortete. Der Zoo war sehenswert. Der halb im Wald gelegene Zoo, machte nicht den Eindruck, aus der Landschaft gestampft worden zu sein. Am Eingang wurden die Fütterungszeiten der Tiere angezeigt. Für die kleinsten gibt es einen Mini-Zoo, wo die Tiere gestreichelt und selbst gefüttert werden konnten.

Oscar kaufte Elena einen Zooführer und machte mehrere Fotos von ihr für das Fotoalbum.

>>Du kannst Prospekte, Bilder, Fotos, Flyer und andere Führer von den Plätzen, die du besichtigt hast, sammeln. Wenn du dann groß bist, kannst du dich immer daran erinnern.<<

>>Ich kann es auch später meinen Kindern zeigen oder mit ihnen die gleichen Orte besuchen. Ich glaube, alle Kinder mögen Zoobesuche.<<

>>Ja, das auch. Du kannst auch deinen Freundinnen zeigen, wo du überall warst.<<

Es war ein gelungener Tag für beide. Elena war ziemlich müde und Oscar legte sie früh schlafen. Vorher wollte sie noch mit Julia sprechen.

>>Mami, stell dir vor, ich war mit Opa im Zoo in Danzig. Wir haben alle Tiere gesehen, und in dem Mini-Zoo darf man die Tiere sogar füttern. Es war ein sehr schöner Tag. Wie immer mit Opa. Er denkt sich immer was aus. Ich mache Schluss, weil ich ganz müde bin. Morgen erzähle ich dir mehr. Gib Papa einen Kuss von mir.<<

Am nächsten Tag nahm Oscar Elena zur Tafel. Sie schaute sich ganz genau um und bombardierte Oscar mit vielen Fragen. Unter anderem wollte sie wissen, warum Lebensmittel verteilt werden. Oscar versuchte es ihr zu erklären.

>>Manche Menschen haben wenig Geld. Wenn sie ihre Miete und die Stromrechnung bezahlt hatten, reicht es nicht mehr für das Essen. Auch wenn sie ihre Arbeit verloren hatten, verfügen sie über wenig Geld. Deshalb gibt es *Die Tafel*.<<

Als Elena die Spielzeugecke und die kleine Kleiderkammer sah, fragte sie: >>Kann jeder was spenden? Ich könnte beim nächsten Besuch meine Kleidung und mein Spielzeug als Spende mitbringen. Und mein Sparschwein, in dem bestimmt viel Geld ist.<<

>>Aber, aber, willst du dich wirklich von deinen Sachen und vom Sparschwein trennen?<<

>>Ja, du hast doch gesagt, dass viele Menschen Hilfe brauchen, und dass man teilen sollte, und ich möchte auch teilen. Die Sachen sind mir sowieso zu klein und von den Spielsachen kann ich auch jede Menge abgeben. Und das Geld aus dem Sparschwein sollte für Kinder verwendet werden.<<

Oscar war überrascht. Elena war noch ein Kind und redete manchmal wie eine Erwachsene. Er lächelte und sagte: >>Die soziale Ader hast du bestimmt von deiner Oma Helena.<<

Nun musste er Elena erklären, was unter einer sozialen Ader zu verstehen wäre. Wie immer wollte Elena alles genau wissen und man durfte sicher sein, dass sie sich auch alles merken würde. Nachdem alle Fragen beantwortet waren und bevor die ersten Kunden kamen, wollte Elena unbedingt beim Verteilen der Lebensmittel helfen. Ihre Aufgabe war Brot, Brötchen und Kuchen zu verteilen. Zum Glück bekam heute die Tafel eine große Spende vom Becker.

Immer wieder wurde Elena gefragt, wer sie denn sei, und alle haben sie gelobt. Ihr machte es einen riesigen Spaß. Nach einer Stunde Arbeit spielte Elena mit anderen Kindern in der Ecke. Es war egal, dass die Kinder verschiedene Sprachen gesprochen hatten. Irgendwie haben Kinder keine großen Probleme damit, nicht so, wie Erwachsene.

Auf dem Weg nach Hause lud Oscar seine Enkelin zu einem großen Eis.

>>Den hast du dir wirklich verdient. Ich bin stolz auf dich. Mama und Papa sind meistens auch von dir begeistert.<<

Am Abend rief Julia an, um zu fragen, wann sie die beiden in Lübeck erwarten kann. Elena wollte auch mit ihr sprechen. >>Mami, ich habe heute bei der Tafel geholfen. Wenn ich nach Hause komme, müssen wir meine Kleidung und mein Spielzeug für die Tafel vorbereiten. Und mein Sparschwein muss auch mit.<<

>>Ich habe dich verstanden. Bis zum nächsten Besuch bei Opa haben wir genug Zeit, um alles vorzubereiten. Ich freue mich schon auf dich, du kleine Helferin. Ich habe dich lieb. Bis Morgen.<<

Nachdem Elena wieder bei ihren Eltern zu Hause war, hatte Oscar endlich Zeit, in alle Ruhe zu lesen, was er vor paar Tagen gefunden hatte. Er setzte sich bequem im Sessel hin und begann zu lesen:

Niemals hätte ich gedacht, dass ich Oscar so unendlich vermissen werde. Paar Monate nach der Trennung wollte ich ihn besuchen. Ich wollte ihm sagen, dass ich ihn immer noch liebe und mich nach ihm sehne. Ich war aber zu stolz, um das zu tun. Ich hoffte auf eine zufällige Begegnung mit ihm oder zumindest mit seiner Mutter, ich ging oft die Straße, auf der er wohnte. Alles vergebens – ich hatte ihn nicht gesehen.

Manchmal muss man das Gefühl durchleben, etwas verloren zu haben, damit einem klar wird, welchen Wert es wirklich besaß.

Irgendwann sagte ich mir, dass es nicht sein sollte. Außerdem war da noch sein Körpergeruch. Nicht, dass er gestunken hätte, aber öfter konnte ich den einzigartigen Geruch kaum ertragen. Mein Geruchsorgan funktionierte schon immer ausgezeichnet. Viel später hatte ich was darüber gelesen – welche Auswirkungen ein Körpergeruch auf uns hat. In meinem Fall stimmte es.

Immer wieder versuchte ich mich an Oscars Körpergeruch zu erinnern, bis ich Maximilian, deren eigener Geruch angenehm war, kennenlernte.

Als ich Jahre später Oscar traf, roch ich nichts, was mir Unangenehm wäre. Vielleicht war es ein Grund dafür, dass ich mir sagte >>Warum sollte man entweder – oder sagen, wenn man auch sowohl – als auch – haben konnte.>>

Wir beide hatten uns damals in eine Sache verrannt, die keine Zukunft hatte. Es gibt im Leben Momente, da glaubt man, die Erde stünde still. Dann ist es über mich gekommen wie ein Feuersturm. Es kam über mich wie ein Gewittersturm. Ein Blitz, der mich aus heiterem Himmel getroffen hat. Ich wusste kaum, was ich tat. Bei mir im Kopf war alles durcheinander gewesen.

Der erste Kuss war schüchtern, wir berührten kaum unsere Lippen. Die Magie des Kusses war tückisch, er riss alle Schranken nieder. Es war kein Traum gewesen. Wie unfassbar stark mein Verlangen nach Oscar war. Ich hatte mich dagegen nicht währen können – mein Körper befahl es mir. Wider besseres Wissen gab ich nach. Die erste Liebe andauert eben. Unsere Beziehung damals war nur eine Gelegenheitsaffäre gewesen. Wir wussten beide, dass die Umstände ihr ein Ende setzen würden.

An dieser Stelle brach Oscar das Lesen ab. Er musste diesen Abschnitt nochmal lesen, um alles zu verstehen. Er erfuhr Sachen, über die Helena mit ihm nie gesprochen hatte. Und warum nicht? Weil es Vergangenheit war, die man sowieso nicht ändern konnte.

Er nahm Filou an die Leine und ging spazieren. Diesmal besuchte er nicht Helenas Grab – es wäre zu viel gewesen. Nach dem langen Spaziergang im Park und durch die Stadt bekam er wieder einen klaren Kopf. Zu Hause setzte er sich wieder hin und begann weiter zu lesen.

Das böse Erwachen kam erst nach mehreren Wochen. Ich liebte Maximilian doch, und trotzdem hatte ich einen anderen geküsst und ihm erlaubt, meinen Körper zu berühren. Ich konnte nicht verstehen, was mich dazu getrieben hatte, mit einem anderen Mann zu schlafen. Ich bin sicher, dass ich es nur deshalb wagte, weil es Oscar war. Ich betrug Maximilian, lächelte ihm ins Gesicht, fragte, wie es ihm geht. Ich, die geglaubt hatte, vom Schicksal stets benachteiligt zu werden – bekam an dem bestimmten Tag, alles, was ich mir gewünscht hatte. Ich bekam sogar mehr.

Maximilian und ich hatten unseren Glück und unsere Liebe für vollkommen gehalten. Ich brauchte einen Ehemann, der mir den richtigen Raum gibt, damit ich mich entfalten kann, der mir die Flügel nicht stützt. So war es nur in den ersten Jahren unserer Ehe. Später fügte ich mich. Ich machte mich klein.

Nach dem Ehebruch plagte mich mein schlechtes Gewissen ständig, und nachts konnte ich nicht schlafen, weil ich im Kopf wieder und wieder das Vorgefallene durchging. Andauernd war ich voller Schuldbewusstsein. Wie sollte Maximilian das verstehen, wenn nicht einmal ich selbst dazu in der Lage war? Man wisse eben nie alles über sich selbst und über einen anderen Menschen. Das Leben hält immer für jeden von uns Prüfungen und Irrtümer bereit. Am schlimmsten war das Schweigen, bedrücktes und forderndes Schweigen. Maximilian konnte seitdem mir nicht in die Augen schauen. Ich hätte ihn am liebsten öfter angeschrien, geschüttelt und gezwungen, sich mir zuzuwenden. Aber ich wagte es nicht, ich war doch die SCHULDIGE. Meine Schuldgefühle zerrissen mir fast das Herz. Ich sah wie das Leiden Christi aus – die Nase spitz, Ringe unter den Augen und die Wangen hohl.

Obwohl ich mir sicher war, dass Maximilian mich wie ein verrückter begehrte, war er in der Lage, sich zu beherrschen. Eines Abends sagte er schreckliche Worte zu mir: >>Du hattest die Beine für deinen Liebhaber breitgemacht, nun wirst du es für mich tun.>> Solche Worte hatte ich nie in seinem Vokabular vermutet. Es interessierte ihn nicht mehr, ob ich Sex wollte oder nicht. Es war eine Vergewaltigung in der Ehe.

Die beständigen Streitereien gingen mir unter die Haut, ich war nicht mehr ich selbst. Die Anlässe waren lächerlich gewesen, dennoch führten sie dazu, dass wir Dinge sagten, die wir besser für uns behalten sollten. Irgendwann hatten wir uns einander versprochen, niemals wieder einen dummen, überflüssigen Streit vom Zaun zu brechen.

In den Nächten lag ich in meinem Zimmer und spürte Zorn, Verzweiflung, und Sehnsucht. Mein Glück drohte zu zerbrechen. Worte können Wunden schlagen, sie könnten töten. Wie groß muss eine Liebe sein, die bei den harten Worten standhält? Mir wurde bewusst, dass ich zu einer Ehefrau nicht taugte. Ich taugte auch nicht zu einer Geliebten. Und dann kam der Suizidversuch. Wie verzweifelt musste ich sein – ich hatte nicht mal an die Kinder gedacht! Ich wusste, dass ich etwas essen und schlafen musste, dass ich anfangen musste, mein normales Leben zu leben, statt mich nur durch die Tage zu schleppen, als lebte ich in geborgter Zeit.

Ich war völlig empfindungslos, im Inneren wie abgestorben. Ich war leer. Ich wusste nichts, was in meinem Leben noch vorn Bedeutung war, weder mein Job noch Maximilian, nicht die Kinder und ganz gewiss nicht ich selbst. Wenn ich die Augen schloss, fühlte ich mich nur wieder zurückgesetzt zu dem, was geschehen war.

Ich beichtete Maximilian alles. Nun war es endlich heraus und es schien, als fiele mir eine zentnerschwere Last von der Seele. Der Ballast lag wie Blei auf meinen Schultern. Der Kummer überwältigte mich und so lähmte, dass ich nur noch in meinem Zimmer sitzen und heulen konnte. Mit jedem Tag wurde meine Wut immer größer. Wut sei gefährlich, ich konnte keinen anderen Gefühlen gestatten, sich durchzusetzen. Gefühle kann eben niemand steuern, auch ich nicht. Ich war fest entschlossen, mein Leben zu beenden.

Danach wurde unsere Ehe etwas besser, aber Liebe konnte nicht alles ersetzen. Vor allem nicht eine Liebe, die sich auf Lügen gründete. Ich wollte mich erklären, bei Maximilian auf Verständnis zu stoßen. Ich wollte ihm einfach in die Augen blicken, ihn spüren lassen, dass meine Liebe nicht gestorben war. Ich konnte es nicht. Ich weiß nicht, wie Maximilian es übers Herz gebracht hat, mir zu verzeihen, aber ich war dankbar, dass er es getan hat. Zu wissen, dass er mir den Betrug verzeihen konnte, nachdem ich ihn zutiefst verletzt hatte, machte meine Liebe zu ihm stärker. Ich wollte mich beschützt fühlen, zu ihm gehören.

Und er? Er wollte mich ständig kontrollieren. Er musste immer wissen, wohin ich gehe, wann ich zurückkomme. Ich hatte gespürt, dass ich ihm nicht mehr so viel bedeutete wie früher.

Und dann Julia: Das Gefühl, ich müsse sie beschützen und habe als Mutter die Pflicht, alles für das eigene Kind zu tun, spürte ich nicht. Sie war mein Kind, ich habe es geboren, und ich konnte sie nicht lieben. Ich hatte sie versorgt, aber Gefühle? Es waren Hass und Wut, die mein Herz beherrschten. Jeder Versuch es zu ändern, scheiterte. Etwa zwei, drei Jahre später entdeckte ich endlich die Nähe und die Liebe zu meinem Kind. Und dann kam die Trennung – ich mit Ines und Julia in Deutschland, Maximilian und

Daniel in Polen. Nach anderthalb Jahren trafen wir uns in Budapest. Hilflos standen wir uns gegenüber. Wir wagten kaum, ein Wort zu sagen. Wir hatten Tränen in den Augen. Ich weiß nicht, wer die erste Bewegung machte. Wir fielen uns in die Arme. Ich schluchzte, spürte seine Küsse. Es war so wundervoll, in seinen Armen zu liegen und seine Wärme zu spüren. Nach der Familienzusammenführung kam eine schwierige Zeit für uns alle. Wir wagten nicht mehr sich zu streiten, wir machten kaum noch den Mund auf aus Angst, etwas Falsches zu sagen und die Situation noch schlimmer zu machen, als sie ohnehin war. Es war schwierig, eine Tür zu öffnen, die so lange verschlossen geblieben war. Wir haben doch mal versprochen, alles zu teilen, in guten und in schlechten Tagen. Maximilian kannte meine wunden Punkte, und wusste, wann ich besonders empfindlich war. Dass ich nicht zugrunde gegangen war, war ein Wunder. Ich sehnte mich nach etwas, dass meine eigene Dunkelheit erhellt hätte. Ich dachte daran, mich dem Zug in den Weg zu stellen, der mit rasender Geschwindigkeit auf mich zuraste. Meine Stimmung wechselte ständig, und konnte von einer Sekunde auf die andere umschlagen.

Und dann meine Depressionen und die Manie und meine Suizidversuche. Ich war heiter und gut gelaunt, doch dann steigerte sich meine Fröhlichkeit schrittweise ins Wahnhafte. Nach paar Tagen stürzte ich ab. Die Selbstverachtung hatte mich im Griff.

Die Medikamente häckselten meine Gedanken in kleine Stücke und stoppten die wiederkehrenden zwangshaften Vorstellungen.

Im Griff der seelischen Erkrankung verwandelte ich mich nach und nach in eine andere Person: dumpf, apathisch und depressiv. Ich war ein allerseits reduziertes Wesen, das die Stelle einer klugen und selbständigen Frau eingenommen hatte. Ich war einfach schwach. Was ich geschafft hatte, nämlich Lehrerin zu werden, ist bewundernswert, wenn man bedenkt, wie ich aufgewachsen bin. Ich bin fast immer mit den Stolpersteinen fertiggeworden. Manchmal bleiben *diese Narben für immer. Meine Kindheit und Jugend hatten mich geprägt und hinterließen Narben. Ich ertrug es nicht, meine Kinder und meine Geschwister zu sehen. Jede Hoffnung war gestorben, jede Freude dahingerafft. Ich fühlte mich beschämt. Das Schlimmste daran war das Wissen, was für eine Qual ich für die anderen war. Ich war Maximilian bloß ein Klotz am Bein. Er stand dennoch treu und fest zu mir, trotz der schweren Depressionen, von denen ich immer wieder heimgesucht wurde.*

Immer wieder ein Klinikaufenthalt. Am schlimmsten waren die ersten Tage auf der Geschlossenen – kein Ausgang nach draußen, das schreckliche Raucherzimmer, Patienten, die ständig um eine Zigarette betteln. Viele Patienten auf der Station sind schwer psychisch krank. Sie schreien und randalieren. Überall ist dreckig und das Essen sehr einfach und abwechslungsarm. Öfter gibt es nicht genug Essen für alle.

Zum Glück durfte ich meistens nach drei oder vier Tagen auf die Offene.

Ich wollte meinem Lebensmotto <<Verschiebe das Wichtigste im Leben nicht auf später. Schiebe es nicht vor sich her. Wenn es Worte sind, spreche sie aus, wenn es eine Geste ist, tu es ruhig>>,

Ich konnte es aber nicht, z.B. Julia die Wahrheit zu sagen, den Vaterschaftstest von Maximilian zu verlangen und sich mit Ines, meinem Bruder, meiner Schwester und ihrem Mann auszusprechen. Ich verschob es tatsächlich auf später, auf einen günstigen Moment.

Oscar merkte, dass Helena von einem Gedanken zu anderem sprang. Wahrscheinlich schrieb sie es in Abschnitten. Leider gab es keinen Hinweis darüber, wann sie angefangen hatte, ihre Gedanken aufs Papier zu bringen. Letztendlich war es egal. Für heute hatte er genug gelesen. Nun musste er es verarbeiten. Er erfuhr viel Neues aus Helenas Leben, worüber sie nie mit ihm gesprochen hatte.

Er fühlte sich an ihrem Unglück schuldig – wegen ihm ging sie durch die Hölle. Seine Ehe war auch nicht viel besser, nachdem seine Frau über die Affäre alles erfuhr. Wie Maximilian, hatte sie ihm seinen Ehebetrug verziehen, dennoch dauerte es Monate, bis das Leben sich normalisierte.

Überall, wo wirklich Leben ist,
ist auch eine Spur von Glück.
Anselm Grün

Oscars Baupläne hatten sich um Wochen verzögert. Zuerst musste er wegen einer Lungenentzündung drei Wochen das Bett hüten, danach regnete es fast zwei Wochen lang. Er hatte Zeit, wartete geduldig auf die Handwerker. In dem Zeitraum hatte er genug Zeit Helenas >>Tagebuch>> zu lesen.

Inzwischen war die Baugenehmigung erteilt und die Bauarbeiten gingen zügig voran. Zuerst der Rohbau, dann der Trockenbau – alles ohne Pannen. Das Badezimmer war in einer Woche fertig geworden. Alles sah gut und modern aus. Danach kamen die Maler und Fußbodenleger. Beide Zimmer lies Oscar mit Raufasertapete tapezieren und weis streichen. Später kann man es immer noch anders streichen. Auf dem Fußboden lag ein guter Parkett. Angenehm war es für Oscar, dass er die ganze Zeit nur einen Ansprechpartner hatte. Die Baufirma arbeitete nicht mit Subunternehmen, die bei ihr unter Vertrag ständen. Als alles fertig war, fing Oscar mit der Einrichtung der Räume an. Zuerst schrieb er alles auf, was benötigt wurde. Mehrere Möbelläden hatte er besucht, bis er das gefunden hatte, was er haben wollte: Spiegel und Schränke für das Badezimmer, Schrankbetten, Kleiderschränke, Tische, Sesseln und Lampen für beide Zimmer. Es machte ihm Spaß, durch die Geschäfte zu gehen, die Qualität zu vergleichen und sich auch mal beraten lassen.

Alles sollte tipptopp sein, wenn Julia wieder kommt, und diesmal mit Maxi. Zum Schluss machte er sich auf die Suche nach den wenigen Kleinigkeiten: Zahnbecher, Kosmetikeimer, Seifenspender. Handtücher, Badeteppich, Bettdecken und Kopfkissen, Bettwäsche, zwei Läufer, Gardinenstangen und Gardinen mussten auch gekauft werden.

An manchen Tagen kam er ziemlich geschafft nach Hause, aber er wollte alles selbst besorgen. Bis alle Räume ausgestattet waren, vergingen drei Wochen. Oscar war mit Allem sehr zufrieden. Julia könnte immer noch Änderungen vornehmen.

Eines Tages ging er durch die neuen Räume und merkte, dass eine Außenjalousie nicht richtig funktionierte. Ein Anruf genügte, und paar Stunden später war ein Handwerker schon da. Er musste in der Wand bohren und hatte die Leitung getroffen. Plötzlich ging nichts mehr; in ganzem Haus war der Strom ausgefallen. Ausgerechnet jetzt hätte Oscar gerne eine Tasse Kaffee getrunken. Aber ohne Strom, kein heißer Kaffee. Er könnte in die Stadt gehen und in einem Café sein Kaffee trinken, aber dazu hatte er keine Lust.

Plötzlich wusste er die Lösung: Vor langer Zeit hatte Helena ihn überredet, einen Gaskocher anzuschaffen. Er hörte sie noch heute zu sagen: >>Heutzutage läuft alles mit Strom, deshalb sollte man für alle Fälle anders vorsorgen.<< Für jede Menge Kerzen hatte er auch gesorgt. Zum ersten Mal könnte er die Sachen jetzt benutzen. Er wollte den Gaskocher aus dem Keller holen, da klopfte jemand an der Tür. Seine Nachbarin stand vor ihm mit einer Kaffeekanne.

>>Ich habe Ihnen Kaffee gemacht. Ich habe gehört, dass sie keinen Strom haben.<<

Oscar bedankte sich und erzählte ihr über den Gaskocher, den er benutzen wollte.

>>Brauchen sie vielleicht noch etwas, Herr Baron? Sie wissen, ich helfe Ihnen gern.<<

>>Mein Telefon funktioniert nicht und mein Handy auch nicht. Ich warte auf einen Anruf von meiner Tochter. Könnte ich vielleicht mein Handy bei Ihnen kurz aufladen, damit ich damit telefonieren könnte?<<

>>Selbstverständlich. Hoffentlich hat Ihre Tochter noch nicht probiert Sie zu erreichen und sie macht sich nicht unnötige Sorgen.<<

>>Das hoffe ich auch. Ich werde sie bald anrufen können.<<

>>Geben Sie mir Ihr Handy und den Ladekabel. Ich werde es gleich in die Steckdose stecken. Sie können Ihr Handy jederzeit wieder holen. Vom Festnetz können sie bei mir auch telefonieren.<<

Nachdem Frau Gruszka weg war, holte Oscar doch den Kocher und die Gasflasche. Zumindest ausprobieren wollte er den Kocher, ob alles einwandfrei funktioniert. Es war ein zweiflammiger Kocher; man konnte auch nur eine Kochstelle benutzen. Bei der Gelegenheit kochte er etwas Wasser und machte sich für später Tee in einer Thermoskanne.

Es klopfte an der Haustier. Oscar machte auf und sah einen Postboten vor sich stehen.

>>Herr Baron, ein Telegramm für Sie. Bitte, unterschreiben Sie.<<

Oscar unterschrieb und gab dem Mann Trinkgeld. Er merkte wie seine Hände zitterten und sein Herz schneller schlägt. Er holte tief Luft und riss den Umschlag mit zitternden Fingern auf. Er versuchte ruhig zu bleiben. Telegramme brachten Unglück – das war schon immer so gewesen, seit er zurück denken konnte. Die Nachricht musste er trotzdem lesen, egal was für eine Meldung ihn erwartete. Er las:

Wenn aus Liebe Leben wird, trägt das Glück ein Name:
Max; 18:23 Uhr; 3550 g; 54 cm.

Endlich trat ein Lächeln auf Oskars Gesicht. Er musste es noch mal lesen und noch mal. Er war überglücklich. Er ging sofort zu seiner Nachbarin, sein Handy zu holen. Er berichtete ihr, dass er wieder Opa geworden war. Sie hat ihm angeboten, von ihrem Festnetz seine Tochter oder seinen Schwiegersohn anzurufen.

>>Sie muss so schnell wie möglich erfahren, dass alles in Ordnung ist, dass Ihnen nichts passiert ist<<, sagte sie ganz aufgeregt.

Oscar rief sofort bei Julia zu Hause an. Dirk war froh, seine Stimme zu hören. Er informierte Oscar, dass Julia und Maxi wohlauf wären, dass sie übermorgen nach Hause kämen und dass Elena überglücklich wäre. Oscar konnte ausatmen und sich auch freuen.

>>Grüß, bitte, Julia von mir und gib Maxi einen Kuss von Opa. Und Elena auch. Entschuldige, bei der Aufregung habe ich vergessen, dir zu gratulieren. Herzlichen Glückwunsch! <<

Am liebsten wäre Oscar sofort nach Lübeck gefahren, um seinen Enkel zu sehen. Letztendlich wollte er abwarten, bis Mutter und Kind nach Hause kommen.

Drei Tage später machte sich Oscar auf den Weg zu seiner kleinen Familie. Für Julia hatte er Blumen besorgt, für Max legte er, wie für Elena auch, ein Sparbuch mit zwei Tausend Euro an. An jedem Geburtstag kommen Tausend Euro dazu. Wenn Elena und Maxi volljährig werden, wird sich die Sparsumme ohne Zinsen auf zwanzigtausend Euro belaufen. Was sie mit dem Geld machen werden, war ihm egal. Sie könnten ihr Studium finanzieren, sich einen Wagen kaufen oder eine lange Reise machen. Elena möchte zum Beispiel gerne andere Länder kennenlernen. Genauso wie nach Elenas Geburt, bastelte Oscar noch verschiedene Gutscheine für Julia und Dirk.

Sein Enkel war wunderschön. Als er ihn auf die Arme nahm, war er überglücklich. In Gedanken sprach er zu Helena: *Schau, unser Enkel. Ist er nicht wunderschön?*

>>Mein Enkel>>, rief er begeistert. >>Ein zweifacher Großvater, dass ich das noch erlebe, hatte ich lange Zeit nicht geglaubt.<<

Julia meinte: >>Unsere Familienplanung ist abgeschlossen, mehr Kinder wollen wir nicht. Soll ich dir sagen was Elena sagte, als sie Maxi sah?<<

>>Ja, da bin ich wirklich gespannt, was meine kluge Enkelin zu sagen hatte.<<

>>Warum hast du so lange gebraucht?<<, hatte sie gefragt. >>Ich habe auf dich gewartet und gewartet<<, und sie weinte vor Glück.

Während die Erwachsenen Kaffee tranken, war Elena bei Maxi. Sie stand an seiner Wiege und schaute zu, wie er ruhig schläft. Sie konnte immer noch nicht begreifen, dass Maxi ihr Bruder ist, dass er von jetzt an für immer zur Familie gehört.

Julia fragte Oscar ob er nicht was vergessen hätte.

>>Vergessen? Ich? <<, fragte Oscar unschuldig und zog gleich darauf einen Briefumschlag mit Gutscheinen aus seiner Tasche.

>>Reingelegt, ich wollte bloß wissen, ob du danach fragst. Es sind mehrere Gutscheine, jederzeit könnt ihr mich um die Einlösung bitten. Das kennt ihr schon; genauso wie nach Elenas Geburt. Wenn ich mich richtig erinnere, wurden damals alle Gutscheine eingelöst. Nun gibt's neue.<<

>>Das wissen wir. Kannst du heute etwas länger bleiben? Wir sind zum Geburtstag eingeladen. Dirks bester Freund feiert den Dreißigsten. Wir bleiben nur eine Stunde weg. Wir möchten ihm persönlich gratulieren und ihm das Geschenk überbringen. Wir würden gerne für eine Stunde gehen.<<

>>Kein Problem, Julia.<< Er erhob sich und zog sie in seine Arme. >>Ich freue mich sehr, mit den Kindern alleine die Zeit zu verbringen. Geht ruhig hin und ihr könnt auch länger bleiben.<<

Nach einer Stunde rief Julia an um zu fragen, ob alles in Ordnung wäre. Oscar berichtete ihr, dass Maxi schliefe und er liest Elena ein Märchen vor.

>>In einer halben Stunde werden wir zurück sein, und danke Papa<<, sagte sie hastig.

Am späten Abend war Oscar zurück nach Hause gefahren. Er musste versprechen vorsichtig zu fahren, und wenn er dann zu Hause ist, anrufen. Julia versprach, in vier Wochen am Wochenende zu kommen.

>>Wir sind neugierig, was aus deinem Haus geworden ist. Bestimmt ist alles schön und modern.<<

Oscar sagte nur: >>Was mich in den letzten Monaten Kraft gekostet hat, gelangt zu einem erfüllendem Abschluss. Du wirst selbst beurteilen können, Julia.<<

Auf dem Weg nach Hause musste er über Julias Pläne denken. Wenn sie und Dirk demnächst in einem eigenen Haus mit Garten wohnen würden, werden sie ihn dann auch so oft besuchen? Bis es so weit ist, vergehen vielleicht noch zwei Jahre, tröstete er sich. Letztendlich sagte er zu sich selbst: *Kommt Zeit, kommt Rat.* Da wusste er noch nicht, dass dieser Fall bald eintreten würde.

Formel meines Glücks: Ein Ja, ein Nein,
eine gerade Linie, ein Ziel.
F. W. Nitsche

Endlich fand Oscar Zeit, um Helenas weitere Aufzeichnungen zu lesen. Mit einer Tasse Tee setzte er sich bequem im Sessel und fing an zu lesen:

Maximilian verlor schnell die Geduld, und ein Streit folgte auf den anderen. Nichts war mehr übrig von dem, was es einst zwischen uns war. Ich hätte am liebsten geschrien, dass ich ihn liebe und brauche. Aber die Worte blieben mir im Hals stecken.

Manchmal fragte ich mich, wie ich so dumm hatte sein können, zu glauben, die Trennung würde etwas verändern. Bei unserem Problem konnte uns niemand helfen. Wir waren allein damit. Im Inneren spürte ich öfter eine grenzlose Leere und die Sehnsucht nach Wärme, Zärtlichkeit und guten Gesprächen. Dies wollte und konnte mir Maximilian nicht geben. So gut ich konnte, verbarg ich unsere Unstimmigkeiten vor den Kindern. Je älter sie wurden, desto mehr bekamen sie mit. Sie sollten in einer intakten Familie aufwachsen – es war immer mein größtes Wunsch. Ohne Maximilian war es aber nicht möglich. Unsere Kinder verbrachten immer mehr Zeit mit seinen Freunden und übernachteten auch oft bei ihnen. Mein Herz blutete. Und dann Daniels Tod. Nicht einen Tag hatte ich damit verbracht, den Verlust meines Sohnes zu betrauern. Nicht eine einzige Stunde war vergangen, in der ich mir die Zeit genommen hatte, über den Verlust nachzudenken.

Es brauchte einfach Zeit. Zeit und Liebe.

Maximilian und die Kinder trauerten, jeder auf seine eigene Art.

Und dann kam Oscar wieder in mein Leben. Plötzlich und unerwartet. Immer wieder war es mir früher gelungen, ihn für eine Weile aus meinen Gedanken zu verdrängen. Immer wieder sah ich uns nach der überraschten Begegnung. Lange fragte mich, ob es Rache, Abrechnung oder Liebe war. Oder hatte er mich bloß verarscht? Ich wusste es nicht. Ich liebte Oscar noch immer. Ich lag nachts wach, beschwerte sein Bild und ich war um den Schlaf gebracht, denn dann klopfte mein Herz wie wahnsinnig. Liebte ich ihn wirklich? Vielleicht war es nur eine sentimentale Erinnerung.

Als ich ihn in der Klinik sah, wurde ich von einer großen Woge Optimismus erfasst, als hätte ich nach all den Jahren mein wahres Ich wieder gefunden, dieses Ich, das in mir lebte und unerreichbar war. Am Anfang war ich wütend, weil ich die Kontrolle über mein Leben verloren hatte. Mein Schutzpanzer bröckelte. Ich wollte leben, und nicht nur existieren. Sofort spürte ich eine große Vertrautheit und Nähe. Mir war aber klar, dass wir nicht so waren, wie vor dreißig Jahren. So viele Jahre waren vergangen, und wir waren älter geworden. Viel älter. Welch ein Glück es war, Oscar zu lieben. Wir hatten uns weiterentwickelt, wir hatten unsere Gewohnheiten und unsere Lebensphilosophie. Ich war voll Zuversicht, dass alles gut sein wird. Als ich Oscar sah, war ich plötzlich nicht dieselbe Frau wie zuvor. Mein Herz und mein Hirn waren voll von ihm. Ich wollte ein anderes Leben haben – aufregend, voll Liebe und Zärtlichkeit. Oscar konnte es mir geben. Ich habe lange meine Wunden lecken müssen, aber Oscar hat mir gezeigt, dass es eine andere Zukunft geben kann. Am Anfang sagte keiner von uns, dass er den anderen noch immer leibte. Doch wir hielten einander an den Händen, erzählten lange und zweifelten nicht daran. Er war sehr geduldig mit mir und lies mir genug Zeit, um meine Angelegenheiten zu regeln. Später sagte er mir, dass er an unserer Zukunft Zweifel hatte, dass ich Maximilian doch nicht verlassen würde, dass er mich zum dritten Mal verlieren könnte. Er sagt, das Leben sei zu kurz, *um auf die einzige Liebe zu verzichten, die einem begegnet ist. Mein Entschluss stand aber fest, ich hatte es nie bereut. Oscar und ich wir waren so Vieles: Ein Liebespaar, Freunde, Arbeitskollegen. Mit unserem Liebesleben hatten wir nicht eilig. Es war schön in seinen Armen zu liegen, sich an ihn zu kuscheln und ihn küssen. Unsere körperliche Nähe kam von alleine und übertraf alle Erwartungen. Oscar ist ein wundervoller Liebhaber. Und das in unserm Alter! Eigentlich waren wir für uns schon immer bestimmt, nur die Umstände spielten nicht mit.*

Ich war so zufrieden und glücklich, dass ich meine Krankheit vergessen konnte. Sie war mit Oscars Hilfe besiegt. Öfter verstanden wir uns ohne Worte, und das ist wundervoll. Ich habe gelernt wieder zu lieben und Liebe zulassen. Als ich erfuhr, dass Oscar reich ist, war mir die Tatsache gleichgültig gewesen. Ich brauchte nicht ein Reichtum, um glücklich zu sein. Wir hatten nie gestritten, alles wurde von uns beiden besprochen und entschieden. Ich fragte mich: Gibt es nochmal eine solche harmonische Beziehung?

Oscar musste aufhören zu lesen, er wurde bei der Tafel gebraucht. In den nächsten Tagen war er ausgelastet, und fand keine Zeit und keine Ruhe Helenas Ausführungen zu lesen. Nach nur drei Wochen rief Julia Oscar an. Sie wollte wissen, ob er in zwei Wochen zu Hause wäre. Sie wollte nämlich nach Swinemünde kommen.

>>Ist was passiert? Kommst du alleine?<< erkundigte sich Oscar.

Julia beruhigte ihren Vater und verkündete, dass Dirk und die Kinder auch kommen würden. Dieser Besuch war vorher nicht richtig geplant und Oscar war doch beunruhigt und hatte sich Gedanken gemacht. Haben sie Probleme? Haben sie vielleicht ihre Arbeit verloren? Letztendlich blieb ihm nichts anderes übrig als abzuwarten. Wenn irgendwas Schlimmes wäre, hätte Julia es ihm bestimmt gesagt.

Dirks Freund Olaf hatte vor einem Jahr ein Einfamilienhaus gebaut. Das Grundstück war achthundert Quadratmeter groß, das Haus massiv gebaut und modern. Alle fünf Zimmer waren gut geschnitten, hell, mit großen Fenstern. Es gab zwei Badezimmer mit Dusche und Wanne. Der Baumeister war der Vater von Dirks Freund. Vieles wurde in Eigenleistung gemacht, um Kosten zu sparen. Auch Dirk verbrachte mehrere Wochenenden auf der Baustelle um zu helfen. Jetzt wollte Olaf das Haus verkaufen. Seine Frau und er gehen aus beruflichen Gründen nach München. Ihre Kinder sind erst im Kindergartenalter und würden sich bis zur Einschulung in der neuen Umgebung einleben – so argumentierten sie. Das Haus gefiel Julia und Dirk sehr. Alles war bezugsfertig – bloß Möbel reinstellen und wohnen. Eine große offene Küche mit Tresen war auch schon da. Julia und Dirk haben sich in das Haus verliebt und wollten es um jeden Preis haben. Es war eine sehr gute Lage, mit einem großen Garten, mit Kindergarten und Schulen in der Nähe, mit guter Busverbindung.

Es war aber nicht so einfach, so viel Geld aufzutreiben. Mit der Bank hatten sie schon wegen eines Kredits gesprochen. Zum Schluss fehlten ihnen noch dreißigtausend Euro. Und darüber wollte Julia mit ihrem Vater sprechen. Er hatte ihr schon vor einiger Zeit Unterstützung angeboten. Sie hoffte, dass Oscar ihnen das Geld leihen würde. Sie wollten es nicht geschenkt bekommen.

Gleich am ersten Abend, als die Kinder schliefen, fand ein Familienrat statt. Julia und Dirk erzählten ausführlich alles über das Traumhaus mit fünf Zimmer und ausbaufähigem Dachboden, über die Außenanlage, die auch schon fast fertig war, über die zwei Badezimmer, über einen Kamin und über die gute Lage, und dass ihnen dreißig tausend Euro noch fehlen würden. Julia hatte mehrere Fotos von dem Haus auf ihrem Notebook. Oscar studierte sie ganz genau.

>>Es ist wirklich ein Traumhaus: Viel Platz und mit der Fußbodenheizung spart man auch an Wohnfläche. Ihr solltet zuschlagen. Vielleicht findet ihr nicht so schnell was Vergleichbares. Mehr Raum zur Verfügung zu haben, hebt das Lebensgefühl. Denkt an die Kinder, die viel Platz brauchen.<<.

Nach einer Pause fragte er: >>Und woher kommt das übrige Geld?<<

>>Wir haben zwei Bausperrverträge und wir bekommen ein weiteres Kredit<<, antwortete Julia.

Oscar musste es erst verdauen, dann schüttelte er fassungslos den Kopf.

>>Ihr wollt wirklich ein Kredit aufnehmen? Wüst ihr denn nicht, dass ihr letztendlich fast das Doppelte abzahlen müsst?<<

>>Das ist uns wohl bekannt, aber eine andere Option haben wir nicht<<, behauptete Julia.

>>Doch, die habt ihr. Ich gebe euch das Geld.<<

Julia wusste nicht, was sie antworten sollte. Sie wollte das Geld von Oscar nicht haben. Da sprach ihr Stolz mit.

>>Papa, wenn wir dir sogar eintausend Euro im Monat zurückzahlen sollten, werden es in zehn Jahren erst um die hundertzwanzigtausend.<<

>>Du hast mich falsch verstanden, Julia. Alles wird eines Tages dir gehören: mein Haus und mein Geld.

Wozu solltest du auf meinen Tod warten und bis dahin sich verschulden und der Bank hohe Zinsen zahlen?<<

>>Aber so haben wir nicht gedacht. Nicht im Traum rechnete ich mit deinem Geld. Und wir wollen es nicht, wir wollen es alleine schaffen, was immer es heißt.<<

>>Ich sage euch, dass dies die beste Lösung wäre. Ihr bleibt schuldenfrei und habt ein traumhaftes Heim. Ohne das Haus abbezahlen zu müssen, könnt ihr sorgenfrei leben, Urlaube machen und so weiter. Damit auch alles seine Richtigkeit hat, werde ich beim Notar eine Schenkungsurkunde aufsetzen lassen. Eine Schenkung müsst ihr bestimmt versteuern, und die Summe dafür bekommst du extra. Überlegt euch die Sache gut. Ich kann euch nicht zwingen, mein Geld zu nehmen. Ein Umzug in ein großes Haus wird auch einiges kosten. Bei der Kalkulation solltet ihr das unbedingt berücksichtigen.<<

Julia war für einige Sekunden sprachlos. Sie überlegte, was sie antworten soll.

>>Also gut. Wir werden morgen eine Entscheidung treffen. Eine Nacht darüber schlafen, kann nicht schaden. Und jetzt gehen wir nächtigen. Gute Nacht, Papa.<<

>>Gute Nacht euch beiden und schlafft gut.<<

Julia schaute noch, wie jeden Abend, bei Elena nach, die tief und fest schlief und Filou wachte vor ihrer Tür. Obwohl die Tür nur angelehnt war, blieb er brav davor liegen. Er war gut erzogen. Maxi schlief auch ganz friedlich und Julia und Dirk konnten sich leise unterhalten.

>>Was sagst du dazu?<<, fragte Julia.

>>Als Elena operiert sein musste, hatte ich gebetet, dass du das Angebot deines Vaters annimmst. Jetzt werde ich deine Entscheidung akzeptieren. Wir haben alles durchgerechnet und wir werden es auch fast alleine schaf-

fen. Es wird nicht ganz einfach, aber wir schaffen es. Wenn wir beide es wollen, dann wird alles gut.<<

>>Wenn ich, wenn wir das Geld nehmen würden, rein theoretisch, wäre unsere materielle Situation viel besser. Wir hätten sofort keine Miete und keine Bankraten zu zahlen. Ich könnte viel länger zu Hause bleiben und über längere Zeit dann nur halbtags arbeiten. Ich hätte mehr Zeit für die Kinder.<<

>>Ja, Elena müsste nicht den ganzen Tag im Kindergarten bleiben und Maxi nicht in der Kinderkrippe. Und später im Kindergarten auch nur halbtags.<<

>>Vielleicht sollen wir es so machen, wie Papa sagt. Er meint es nur gut mit uns. Es wäre wirklich blöd so viel Geld an die Bank zurückzuzahlen. Wollen wir es so machen? Ich werde morgen unsere Entscheidung Papa mitteilen. Er wird sich bestimmt freuen.<<

Dirk lächelte und sagte: >>Unsere Entscheidung? Ja, doch. Ich bin einverstanden<<, und er küsste Julia.

Oscar lag im Bett und dachte über seine Familie nach. Viel schneller als erwartet, sollte sie in ein eigenes Haus umziehen.

Werden sie dann auch so oft kommen? Er meinte, dann könnte er öfter seine Familie besuchen. Julia hatte ihm noch gar nicht gesagt, in welchem Ort das Haus steht und wie teuer es sein sollte. Ihm war klar, dass seine Tochter ihren Stolz hat, dass sie nach Möglichkeit alles aus eigener Kraft schaffen möchte. Er hoffte, dass sie eine vernünftige Entscheidung treffen wird, dass sie das Geld und jegliche Hilfe annimmt. Vor dem Einschlafen sprach er in Gedanken noch mit Helena. Er versicherte ihr, dass er nur das Beste für Julia tun möchte.

Am nächsten Nachmittag, als beide Kinder ihren Mittags-schlaf machten, setzten sich Oscar, Dirk und Julia zu-sammen.

>>Ich werde es kurz machen, Papa. Ich nehme dein Angebot an. Ausschlaggebend für die Entscheidung ist das wohl unserer Kinder. Sie sollen in einem Haus auf-wachsen.<< Sie wartete, was Oscar sagen würde.

>>Das ist sehr gut. Wenn ich mir nur vorstelle, dass kleine Kinder erst spät aus der Kita nach Hause kommen, dass die Eltern für sie nur wenig Zeit haben, weil noch tausend andere Sachen zu erledigen sind, dann tun sie mir leid. Zum Glück wird Elena und Maxi so ein Leben er-spart.<<

>>Ich werde wieder arbeiten können, aber nur halbtags, und ich kann bei Maxi viel länger zu Hause bleiben<<, freute sich Julia.

Oscar wollte endlich die zwei wichtigsten Fragen stel-len und seine Neugier stillen.

>>Zwei Sachen müsst ihr mir noch sagen: In welchem Ort das Haus steht und wie viel Geld ihr benötigt?<<

>>Also, wir bleiben weiter in Lübeck, in einer ruhigen Gegend mitwenigen Häusern am Stadtrand. Wir können dir auf dem Stadtplan zeigen, wo genau. Um das Haus und die Küche zu bezahlen, brauchen wir dreihunderttau-send Euro. Ich weiß, es ist viel Geld, aber es ist auch ein Traumhaus. Ich habe mich in das Haus verliebt. <<

>>Wirklich nicht mehr?<<, erkundigte sich Oscar.

>>Nein, wir haben was gespart und Olaf möchte an dem Haus nichts verdienen, er verkauft es an uns zu ei-nem Freundschaftspreis. Wie du weißt, sind Olaf der Pate von Maxi, seine Frau Nicole die Patentante von Elena. Auch deshalb wollen sie an uns günstig verkaufen. <<

>>Herzlichen Glückwunsch meine Lieben. Morgen gehe ich zum Notar. Ich brauche noch eure Bankverbindung für die Überweisung. Ich freue mich sehr, dass ihr keinen Kredit aufnimmt. Wenn ein Haus bezahlt ist, hat man keine Sorgen und mehr Geld im Monat zur Verfügung. Das ist doch wahr, oder? Ich freue mich wirklich für euch.<<

>>Ja, du hast Recht, wie immer, Oscar<<, meinte nun Dirk, der erleichtert klang.

Oscar lächelte zufrieden und klopfte ihm am Schulter, während er sagte: >>Nicht immer, aber immer öfter. Ich hoffe, dass ihr weiterhin nach Swinemünde kommen würdet. An Wochenenden oder für mehrere Tage.
Ich möchte eine Sauna haben. Da es im Haus nicht möglich ist, wird es eine Gartensauna werden. Ich habe mich noch nicht entschieden, welches Schwitzbad ich nehme. Auf jeden Fall sollte alles in einem Monat fertig sein. Ihr geht doch gern in die Sauna, oder?<<

>>Übernimm dich bloß nicht, Papa<<, sagte Julia besorgt.

>>Du kennst mich Julia. Alles muss schnell gehen, doch ich verstehe es, Ruhe zu bewahren. Ich glaube, dies wird mein letztes Projekt. Es ist mir bewusst, dass der ganzer Luxus kein Ersatz für Glück ist, aber glücklich bin ich schon.<<

Julia wollte nicht glauben, dass Oscar keine neuen Ideen bekäme. Irgendwas wird ihm bestimmt noch einfallen. Was? Wusste sie momentan nicht. Oscar war genau wie früher ihre Mutter. Immer auf Trab.

Sie und Dirk gaben zu, dass sie früher öfter in die Sauna gegangen waren. Sie versicherten Oscar, dass sie weiterhin ach Swinemünde kommen werden, und dass auch Oscar öfter sie besuchen könnte.

>>Wir werden endlich ein Gästezimmer haben und du musst nicht mehr auf der Couch im Wohnzimmer schlafen. Du bist immer willkommen.<< Nach einer Pause sagte sie: >>Und unser Traumhaus hat doch nicht alles.<<

>>Nein? Was fehlt denn?<<

>>Es ist nicht so wichtig, aber einen Wintergarten, wie bei dir, gibt es nicht.<<

>>Einen Wintergarten könnt ihr später immer noch haben. Ihr solltet aber nicht auf die Wintergartenbetrüger reinfallen.<<

>>Wintergartenbetrüger?<<, fragten Julia und Dirk im Chor.

Und Oscar erzählte ihnen was er neulich in einer Reportage gesehen hätte. Eine Firma machte den Leuten ein Angebot: Ein Musterwintergarten auf deren Grundstück. Die Leute verpflichteten sich, Besuchern und potenziellen Käufern jederzeit eine Besichtigung zu ermöglichen. Für jeden verkauften Wintergarten nach einer Besichtigung, gäbe es dann hohe Prämien, so bekäme man leicht den Kaufpreis zurück, wurde den Leuten versprochen.
Der Trick dabei war, dass die Leute den Wintergarten zuerst bezahlen mussten. Später meldeten sich keine Besucher und auch kein Geld floss auf das Konto. Eine Familie bezahlte achtundsiebzigtausend Euro für ihren Wintergarten und verschuldete sich. Mit den Prämien sollten sie doch den Kaufpreis schnell zurückbekommen. Sie sind jetzt ruiniert. Das schlimmste dabei sei, das noch niemand gegen die Firma vor Gericht gewonnen hätte.<<
>>Ich glaube, so dumm werden wir nicht. In dir haben wir den besten Berater<<, versicherte Julia.

>>Ich möchte noch sagen, dass ich euch selbstverständlich beim Umzug helfe.<<

>>Wir werden dir den Termin noch mitteilen. Auf jeden Fall werden wir an einem Wochenende umziehen. Ein paar Freunde haben auch ihre Hilfe angeboten.<<

>>Wenn ihr wollt, könnte ich schon am Donnerstag kommen, um euch zu helfen. Wenn ich mich um Elena und Maxi kümmern würde, habt ihr mehr Zeit. Julia, du wirst viel Zeit brauchen um alles vorzubereiten und einzupacken.<<

>>Das wäre prima, aber was machst du mit Filou?<<

>>Filou kommt für die Zeit in eine gute Hundepension. Ich werde mich vorhin informieren und die Pension besichtigen. Ich bin sicher, dass Filou sich dort wohlfühlen wird, er kann dort mit anderen Hunden spielen. Elena werden wir selbstverständlich sagen, wo Filou untergebracht wird. Sie wird es verstehen.<<

Das Glück im Leben kommt nicht von allein,
man muss danach greifen.
Kate Morton

Nachdem seine Familie abgereist war, herrschte eine Stille im Haus. Schon jetzt vermisste Oscar Maxi, Elenas Stimme und ihr Lachen, Gespräche mit Julia und Dirk.

Die nächste Woche hatte Oscar alle Hände voll zu tun. Er suchte nach einer Firma, die vom ersten Kontakt bis zur Fertigstellung des Saunahauses für ihn zuständig wäre. Nachdem er eine gefunden hatte, hieß es aus dem großen Angebot an Gartensaunas die richtige zu finden. Er hatte sich für finnische Fichte entschieden. Im Gegensatz zu heimischer Fichte ist der Harzanteil niedriger. Und je geringer der Harzanteil im Holz ist, desto besser kann die Wand atmen. Eine geringe Rissbildung und hohe Witterungsbeständigkeit garantiert die finnische Fichte auch, hatte er erfahren. Die Gartensauna sollte einen Vorraum haben. Die Saunaeinrichtung sollte aus Espenholz sein, weil es besonders angenehm im Hautkontakt, schwach wärmeleitend ist. Er wählte eine Sauna mit Panoramafenster und mit Dachbegrünung. Rückenlehnen sollten mit LED-Beleuchtung ausgestattet werden. Was die Technik betraf, wollte Oscar nur das Beste: Einen guten Ofen und elektronisches Steuergerät.

Als die Pläne fertig waren, machte er sich auf den Weg zum Bauamt. Falls erforderlich, müsste er einen Bauantrag stellen. Man sagte ihm, dass er für seine Gartensauna keine Baugenehmigung brauche. Auf alle Fälle ließ er sich dies schriftlich bestätigen. Von der von ihm beauftragten Firma bekam er einen Fundamentplan und er musste einen Bauunternehmer mit der Erstellung der Bodenplatte beauftragen. Nachdem das Fundament stand, braubrauchte er sich um nichts mehr zu kümmern. Nach und nach kamen die verschiedenen Handwerker und arbeiteten zügig, so dass nach einem Monat die neue Gartensauna fertig wurde. Oscar war sehr zufrieden mit dem Werk und probierte es an einem Sonntag aus. Filou wollte zuerst mit Oscar rein, aber nachdem Oscar zu ihm nein sagte, blieb Filou in der Nähe und wartete auf seinen Herrchen. Früher ging Oscar gerne in die Sauna, wenn auch nur selten, weil es kaum öffentliche Saunas gab. Sein Herz war gesund, sein Blutdruck war auch in Ordnung, so dass er ab sofort seine Sauna genießen konnte.

Beim nächsten Besuch auf dem Friedhof erzählte er endlich Helena über die neue Sauna:

Du hättest bestimmt mit mir geschimpft, dass die Sauna zu teuer geworden ist. Aber gute Qualität hat ihren Preis. Wer billig kauft, kauft zweimal. Dir hätte sie auch gefallen. Manchmal stelle ich mir vor, dass du neben mir auf der Bank liegst und schwitzt. Ich glaube, jetzt werde ich keine Bauarbeiten mehr durchführen. Das Haus ist perfekt, der Garten auch. Wir werden uns alle in unserem Haus immer wohlfühlen. Leider ohne dich.

Glück ist die Liebe, nichts anderes.
Wer lieben kann, ist glücklich.
Hermann Hesse

Die ganze Familie war, wie geplant, nach Swinemünde gekommen. Am meisten freute sich Elena: Sie hatte ihren Opa und Filou wieder für sich. Julia und Dirk haben beschlossen, ihr altes Zimmer zu behalten. Auch Elena sollte nicht umziehen.

>>In ein paar Jahren können wir entscheiden, welches Zimmer Maxi bekommt<<, sagte Julia und Dirk pflichtete ihr bei.

Beide waren sich einig, dass der Anbau gut gelungen war, und dass Oscar die Räume mit Geschmack eingerichtet hätte. Die Zimmer waren groß und hell. Auch da Badezimmer war sehr komfortabel.

Julia machte sich Sorgen um ihren Vater, er sollte etwas zurücktreten, sich eine längere Pause leisten.

>>Mir scheint doch ein bisschen viel zu sein, was du dir in letzter Zeit vorgenommen hast. Du solltest etwas kürzer treten, dir eine Verschnaufpause gönnen. Bei allem, was du auf die Beine gestellt hast, darf das persönliche Wohlfühlprogramm nicht zu kurz kommen. Mach doch einen schönen Urlaub.<<

>>Vielleicht hast du Recht, wahrscheinlich mache ich bald einen Urlaub. Ja, das werde ich fertigbringen. Ein Kurzurlaub wäre jederzeit drin. Die Kirche organisiert für die Gemeindemitglieder eine Fahrt nach Rom. Ich habe gehört, dass noch Plätze frei wären. Ich glaube, ich

könnte die zehn Tage Rom genießen. Es sollte eine kleine Gruppe von zwanzig Teilnehmern sein und der Pastor fährt auch mit.<<

>>Dann mach es doch mit. Ein Tapetenwechsel wird dir guttun, << sagten Julia und Dirk im Einklang.

Oscar wusste ganz genau, dass Julia sich um ihn sorgt. Er fühlte sich nur manchmal einsam in seinem Haus, wenn er sich mit niemandem unterhalten konnte, wenn kein Lachen zu hören war. Noch nie dachte er über eine neue Partnerin nach.

Viele Freunde versuchten ihn zu verkuppeln. Vergebens. Wie oft sagten sie: >>Du musst wieder anfangen zu leben. Du darfst dein Leben nicht nach Helena ausrichten.<<

Bestimmt hatten sie recht, aber wie sollte das Leben aussehen? Was könnte eine andere ihm bieten, was er nicht bereits hundertfach von Helena bekommen hatte? Seiner Helena wollte er immer treu bleiben – er wird nie eine andere Frau küssen, nie mit einer anderen Frau schlafen können. Es war vielleicht altmodisch, aber so fühlte er. Julia hatte auch schon einmal Andeutungen gemacht, aber als sie merkte, dass er darüber nicht mal sprechen wollte, gab sie nach.

>>Du bist alt genug, um zu wissen, was für dich gut ist. Ich möchte dir bloß sagen, dass ich nichts gegen eine neue Beziehung hätte. Du kannst Mama immer für dich in deinem Herzen behalten und trotzdem mit einer anderen Frau glücklich werden.<<

>>Ist schon gut, ich habe dich verstanden. Deine Sorgen um mich sind rührend und überflüssig.<<

Die drei Tage waren im Nu vergangen. Oscar verbrachte viel Zeit mit Elena und Maxi. Jeden Tag hatten Julia und

Dirk paar Stunden ohne die Kinder für sich Zeit. Sie waren dann spazieren, hatten eine kleine Fahrradtour gemacht oder waren in die Stadt gegangen. Während dieser Zeit kümmerten sich Oscar und Elena um Maxi und beide genossen die Stunden mit ihm. Meistens machten sie einen Spaziergang: Oscar schob den Kinderwagen und Elena war für Filou verantwortlich.

Am Samstagnachmittag war Elena bei ihrer Freundin zum Spielen eingeladen. Immer, wenn sie bei Oscar war, hatten die Mädchen zusammen gespielt. Mit der Zeit entwickelte sich eine Freundschaft zwischen ihnen. Zwischendurch telefonierten sie auch. Julia und Dirk waren zu Hause geblieben und Oscar machte sich mit dem Kinderwagen auf dem Weg zum Friedhof. Er wechselte das Wasser in den Blumenvasen und machte das Grab sauber. Maxi schlief friedlich. Oscar setzte sich auf die Bank und führte ein Gespräch mit Helena. Sie war dicht neben ihm. Er schloss die Lieder und dachte, das Helena da sei, und dass sie nicht da sein würde, wenn er seine Augen wieder aufzumachen wagte. Aber natürlich war er allein auf der Bank. Mit einer fröhlichen Stimme fing er an zu reden:

Schau mal, wen ich heute mitgebracht habe. Unseren Enkel Maxi – ein strammer Junge. Die kleine Elena ist ganz bezaubert von ihren Bruder und will ihn pausenlos in den Schlaf wiegen. Elena ist total vernarrt in Maxi. Sie sei jetzt die große Schwester, sagt sie.
Ich hatte mir umsonst Sorgen gemacht – ich liebe Maxi nicht mehr und nicht weniger als Elena. Und was ich mit ihm später alles unternehmen werde! Mit einem Jungen kann man ganz andere Sachen als mit einem Mädchen machen. Julia und Dirk sind wunderbare Eltern, so locker und natürlich, nicht zu streng, aber konsequent.

Ihr Leben war öfter total auf den Kopf gestellt worden, und sie haben jede Umstellung grandios gemeistert.

Wie die Zeit vergeht, meine Liebe. Unsere Enkel machen mich glücklich und ich fühle mich irgendwie jünger und gebraucht. Und ich bin ein guter Großvater, sagen Julia und Dirk. Unsere Tochter hat verkündet, dass zwei Kinder reichen.

Werde ich noch Uropa? Ich hätte nichts dagegen.

Morgen fahren sie wieder nach Hause. Schade. Bis morgen, Helena.

Vor Julias Abreise hatte Oscar noch was zu erledigen.

>>Jedes Mal hatte ich es vergessen. Ich gebe euch endlich alle Schlüssel: Für die Haustür, für die Garage und zuletzt für das Gartenhaus.<<

>>Aber wozu denn?<<

>>Es kann immer was passieren oder ich bin weg. Da braucht ihr nicht vor einer verschlossenen Tür zu stehen.<<

>>Danke für dein Vertrauen, Papa. Hat deine Nachbarin auch einen Schlüssel für alle Fälle?<<

>>Ja, Frau Gruszka hat auch den Hausschlüssel. Inzwischen ist sie eine Vertrauensperson geworden.<<

>>Da bin ich beruhigt. Jetzt müssen wir aber los fahren. In sechs Wochen kommen wir wieder. Aber klingeln an deiner Haustür werden wir trotzdem. Ich freue mich schon jetzt auf das Wiedersehen.<<

Glück ist das einzige, das sich verdoppelt,
wenn man es teilt.
Albert Schweizer

Bis die junge Familie ihr neues Haus beziehen konnte, dauerte es noch drei Monate. Zuerst musste Olaf ausziehen. In aller Ruhe suchten Julia und Dirk die fehlenden Möbel für ein Gästezimmer und für ein Arbeitszimmer aus. Die vielen Kleinigkeiten, die besorgt sein mussten, nahmen gute zwei Wochen in Anspruch. Von ihrer Mutter und von Oscar hat Julia eins gelernt: Wer billig kauft, kauft zweimal. Mindestens. Und so suchten sie alles sorgfältig aus und achteten auf eine gute Qualität und auf Umweltfreundliche Materialien.

Wie besprochen, kam Oscar schon am Donnerstag, damit Julia und Dirk den Umzug vorbereiten konnten.

Am Freitag hatte Dirk Urlaub und bis Abend war alles eingepackt.

Oscar war für Maxi und Elena zuständig. Er war mit Elena auf dem Spielplatz und sie waren mit Maxi spazieren. Wenn Maxi in seinem Bettchen schlief, spielte Oscar mit Elena. Sie spielten mit Bauklötzchen und Memory. Bei Memory hatte sie ihn immer geschlagen. Er ließ sich von Julia sagen, dass alle Kinder bei Memory unschlagbar seien. Elena sang auch viele Kinderlieder vor. Oscar merkte, dass sie eine schöne, saubere Stimme hätte. Ihre Lieder sang sie mit Gefühl und Humor.

Am zweiten Tag, als sie alleine in der Küche waren, fragte sie ihn: >>Opa, hast du zu Hause vielleicht ein Klavier stehen?<<

>>Ein Klavier? Habe ich es richtig gehört? Klavier? Wie kommst du darauf?<<

>>Ich möchte Klavier spielen lernen. Mami war mit mir schon bei einer Musiklehrerin, die sagte, dass ich es lernen könnte.<<

>>Und du möchtest es unbedingt?<<

>>Ja, aber ich brauche dann ein Klavier zu Hause. Ich muss auch zu Hause üben, weißt du. Vielleicht reicht ein Keyboard?<<

>>Mache dir keine Sorgen, mein Kleines. Wenn du angefangen hast zu lernen, werden wir eine Lösung schon finden. Du wirst sehen. Auf keinen Fall sollst du Keyboard spielen, wenn du Klavier lernst. Ich spielte auch mal Klavier.<<

>>Du? Ich hatte dich noch nie spielen gehört.<<

>>Ja, ich. Noch bevor ich zur Schule kam, meinte meine Patentante, die Musiklehrerin war, ich solle Klavier lernen. Dreimal die Woche musste ich zur Unterricht. Meine Freunde durften draußen spielen und ich musste drei Jahre lang spielen lernen.<<

>>Und warum spielst du nicht mehr?<<

>>Ja, warum eigentlich nicht? Ich könnte es jetzt sogar ganz freiwillig tun.<<

>> Wenn man was freiwillig tut, geht es leichter.>> Elena sagte leise: >>Eigentlich sollte ich mit dir nicht darüber sprechen. Über das Klavier. Glaubst du Mami wird böse, dass ich es dir gesagt habe?<<

>>Bestimmt nicht. Ich sage ihr erstmals nichts. Es bleibt unseres Geheimnis.<<

Elena bedankte sich mit einem Kuss und spielte mit ihrer Puppe, die alles, wie ein richtiges Baby machen konnte.

Oscar machte seine Augen zu und stellte sich Elena an einem Klavier vor, wie sie alle mit ihrer Musik verzaubert.

Nach dem Umzug war Oscar bis Montag geblieben. Jetzt musste alles ausgepackt werden und ihren festen Platz finden. Beide Nächte verbrachte er in dem neuen Gästezimmer. Er konnte ausgezeichnet schlafen, nicht mal Maxis Weinen hatte ihn geweckt. Nach den fünf Tagen mit seiner Familie war er der glücklichste Mensch. Elena wollte wissen, wann er wieder käme.

>>Du bist zu Hause ganz alleine, also kannst du jederzeit kommen, ich würde mich immer freuen, dich zu sehen, mit dir zu spielen.<<

Zuerst sollte aber Julia mit ihrer Familie nach Swinemünde kommen. In zwei Monaten sollten sie für drei Tage kommen.

>>Filou wird sich freuen, Elena. Und wir können alle in die Sauna gehen. Eine neue Sauna steht im Garten. Am schönsten ist die kalte Dusche danach.<<

>>Und wo ist die Dusche?<<

>>Draußen, im Garten, neben der Sauna. Glaub mir, es ist nicht schlimm, eine kalte Dusche nach der Sauna.<<

>>Wir werden sehen, aber du musst dann zuerst unter die Dusche gehen, Opa.<<

Oscar musste jetzt wirklich gehen, sonst könnte die Unterhaltung mit Elena ohne Ende weitergehen. Es war kein Kind mit zwei, drei Jahren mehr. Sie hatte sich hervorragend entwickelt, das wurde ihm bewusst. Immer noch war sie viel weiter als ihre Altersgenossen. Kinderkrippe, Kindergarten, gebildete Eltern, Früherziehung zur Selbständigkeit, Liebe der Eltern und des Opas, all das garantierte eine gute Entwicklung.

Er erinnerte sich, dass sie sich mit Brabbelsilben nicht lange aufhielt. Von Anfang an formulierte sie vollständige Sätze. Sie war wissbegierig und klug, intelligent und neugierig. Eine Enkelin, die man sich wünschen kann. *So ist sie*, dachte Oscar.

Auf dem Weg nach Hause dachte er über Elenas Wunsch nach. Wenn sie Klavier spielen möchte, sollte man es unterstützen. Er wusste nicht, ob seine Tochter das nötige Geld hätte, deshalb hat er beschlossen, sich nach einem gebrauchten Klavier umzusehen. Auch wenn Elena es doch nicht schaffen sollte, wird er vielleicht versuchen zu spielen. Er war ziemlich sicher, dass er das Spielen nicht verlernt hatte, höchstens könnten seine Finger etwas steif sein. Mit ein bisschen Übung wird es schon klappen. Und wenn Elena das Spielen und die Noten erlernt hatte, werden sie sogar vierhändig spielen. Er freute sich schon jetzt darauf. Wahrscheinlich wird Elena kleine Fingerübungen bewältigen und Noten lesen können, ehe sie ihren Namen schreiben können wird. Bei solchen Gedanken musste er zufrieden lächeln.

Die Suche nach einem Klavier brachte schon nach zwei Wochen ein Erfolg – Oscar entstand ein gebrauchtes Klavier in gutem Zustand. Er ließ es stimmen und versuchte dann selbst zu spielen. Am Anfang ganz behutsam und langsam betätigte er die Tasten. Mit Verwunderung stellte er fest, dass ihm das, was er da machte, gefiel.

Am nächsten Tag besorgte er verschiedene Noten: für Anfänger, Kinderlieder und dann Chopin, Mozart und Bach. Jeden Abend übte er fleißig eine Stunde lang. Unbedingt wollte er Helena über seine neue Freizeitbeschäftigung erzählen.

Julia hatte ihm berichtet, dass Elena ganz geschickt am Klavier wäre. Sie erwies ich als recht begabt und sie machte rasante Fortschritte. Mit voll Eifer und Hingabe wäre sie dabei. Die Musiklehrerin meinte sogar, Elena wäre fast ein Musikgenie, und Oscar freute sich über Elenas Vorschritte.

Als nach zwei Monaten alle vier wieder zu Besuch waren, konnte Elena paar einfache Melodien spielen. Als sie das Klavier im Wohnzimmer gesehen hatte, fragte sie Oscar: >>Opa, spielst du jetzt auch? Spielst du uns was vor? Bitte, du musst mir was vorspielen.<<

Oscar lächelte der fast fünfjährigen zu, die gut für sieben durchgegangen wäre. Er wählte ein Stück von Chopin. Elena hörte wie verzaubert zu. Nachdem das Stück zu Ende war, meinte sie: >>Es wird noch lange dauern, bis ich so spielen kann wie du, aber ich lerne fleißig.<<

>>So lange wird es nicht sein. Du bist begabt und Kinder lernen schnell.<<

Er lauschte nun der Melodie, die Elena, beim dritten Versuch fehlerlos spielte.

>>Und bald bekommst du ein Klavier, meine Liebe.<<

>>Wirklich? Mama und Papa haben mir noch nichts gesagt. Ich muss sie…<<

>>Warte, lass mich erst mit deinen Eltern sprechen.<<

Jetzt musste er mit Julia und Dirk sprechen und ihnen sein Angebot unterbreiten. Er wollte das Klavier, welches er gekauft hatte, Elena schenken. Eine Spedition sollte es rechtzeitig nach Lübeck bringen. Diesmal protestierte Julia nicht, wie sie es sonst tat.

>>Wenn du meinst? Ein Protest hat sowieso keinen Sinn. Elena wird sich freuen, endlich zu Hause üben zu können.<<

>>Gut, dann ist die Angelegenheit geregelt. Ich bekomme ein anderes Klavier, welches ich schon gesehen und reserviert hatte.<<

>>Warst du so sicher, dass wir...<<

>>Sicher war ich nicht, aber ich habe auf eure Zustimmung gehofft. Schließlich handelte es ich um ein Musikinstrument und nicht um Spielzeug. Ich sehe sie schon jetzt am Klavier sitzen und spielen im Wohnzimmer.<<

Julia fragte sich, von wem Elena die musikalische Begabung geerbt hätte. Ihre Mutter hatte ihr mal erzählt, dass ihr Vater und Großvater sehr musikalisch wären. Sie konnten keine Noten lesen, aber trotzdem gut Klavier und Akkordeon spielen. Und der Vater von Maximilian spielte sogar in einer Band als Schlagzeuger. Sie selbst war unmusikalisch. Dirk kann gut Gitarre und Mundharmonika spielen.

Glück ist das einzige,
was wir anderen geben können,
ohne es selbst zu haben.
Carmen Sylva

An einem Nachmittag, als Oscar wieder mal Helenas Grab besuchte, sah er schon vom Weiten, dass eine Frau an der Grabstelle steht. Als er näher kam, drehte sich die Frau um und er sah, dass sie weinte. Das Gesicht kam ihm irgendwie bekannt vor, aber er konnte es nicht zuordnen. Plötzlich wusste er, wer die Frau war: Es war Helenas Schwester Berta. Er hatte sie begrüßt und zur Sicherheit gefragt, ob sie Helenas Schwester sei.

>>Ja, die bin ich. Ich musste unbedingt kommen und Helena um Verzeihung bitten. Es ließ mir keine Ruhe. Ich war oft gemein zu ihr gewesen. Ich hatte sie aber bewundert, weil sie klug, intelligent und belesen war. Als erste in der Familie machte sie Abitur und studierte. Ich habe sie auch dafür bewundert, wie sie sich mit ihrer Behinderung arrangierte. Ich habe es ihr nie gesagt, als sie noch lebte. Aber bestimmt wissen Sie das alles.<<

>>Eigentlich nicht, Helena hatte nicht viel über Sie erzählt, außer, dass sie sich eine richtige Schwesternliebe gewünscht hätte, die aber nie da war, dass sie zu ihrem Bruder aber immer ein sehr gutes Verhältnis hatte, was sie sehr freute. Roland hatte uns und mich auch schon besucht.<<

Sie setzten sich auf die Bank. Berta war seit einem Jahr Witwe und lebte alleine in ihrer Wohnung.

>>Als ich jung war, waren fünfzehn Jahre Altersunterschied kaum der Rede wert. Später, als mein Mann krank wurde, machten sich die Jahre bemerkbar.<<

Sie schaute Oscar an und sprach weiter: >>Darf ich Sie was fragen? Wie kam es dazu, dass Sie und Helena … Als Helena Sie im Gymnasium kennen lernte, wohnte ich nicht mehr zu Hause. Ich wusste aber, dass Sie ihr Freund und ihre erste Liebe waren. Unsere Eltern dachten sogar weiter – dass ihr heiraten würdet.<<

Oscar wollte nicht viel erzählen und so sagte er nur: >>Es kommt vor, dass dieselben Menschen noch einmal in unser Leben treten. Nicht alle Beziehungen sind dazu bestimmt, ein Leben lang zu dauern.<<

>>Wie sind Sie mit dem Verlust fertiggeworden?<<, fragte Berta neugierig.

Er fuhr sich mit der Hand durchs Haar. Er erinnerte sich immer noch lebhaft an jeden Tag mit Helena.

>>Was mit Helena passiert ist, hat mich für immer verändert; als sie starb, da entstand eine Lücke in meinem Leben. Ich war und bin überzeugt, dass, wenn eine Lücke entsteht, wird sie von irgendwas ausgefühlt. Ihr Tod hat mir aber in Erinnerung gerufen, wie wertvoll das Leben ist. Wie soll ich ohne das Strahlen dieser Augen weiterleben? , hatte ich mich immer wieder gefragt. So jemanden wie sie, findet man nicht so leicht: Ein richtiger Hauptgewinn.

Der Schmerz der Trennung von einem Menschen, der uns teuer war, gehört zu den schwierigsten Erfahrungen, die wir machen können. Helena lebt in meinem Herzen und meinem Bewusstsein fort. Ich denke, dass sie an einem anderen Ort existiert. Ich kann sie nicht sehen oder berühren, aber ich spüre sie. Es ist so schwer einen Menschen zu verlieren, der einem so viel bedeutet hat. Obwohl sie so wie die Sterne am Himmel unerreichbar ist, fühle ich mir Helena oft ganz nah.<<

>>Das haben Sie sehr schön gesagt. Man spürt, dass Sie Helena sehr liebten, dass sie bestimmt sehr glücklich mit Ihnen war.<<

>>Ich hatte nur eine einzige Frau im Leben wirklich geliebt, nämlich Helena. Eine andere Frau möchte ich nicht. Ich würde alles auf der Welt tun, um sie zu berühren und sie zu spüren.<<

Oscar hat Berta das >>Du<< angeboten und lud sie zu einem Kaffee zu sich nach Hause, wenn sie genug Zeit und Lust haben sollte. Sie müssten sich nicht unbedingt auf dem Friedhof unterhalten.

>>Ich habe mir ein Zimmer im Hotel genommen und fahre erst morgen nach Hause. Wenn du es ernst gemeint hattest, nehme ich deine Einladung gerne an. Vielleicht werde ich noch Zeit haben, mir die Stadt anzusehen.<<

Berta war ein bisschen neugierig, wie ihre Schwester gelebt hatte. Nach der Beerdigung hatte sie es nicht gesehen, weil sie gleich nach der Zeremonie nach Hause gefahren war.

Zu Fuß machten sie sich auf den Weg. Oscar hatte ihr das Haus und den Garten gezeigt. Bei den neuen Zimmern, meinte er: >>Du musst wissen, dass Julia, Dirk und die Kinder öfter hier sind. Ich bin so froh über meine Familie, über meine Enkel.<<

In dem Moment merkte er, dass er schon zu viel sagte.

Er konnte Berta nicht die Wahrheit sagen; nur Julia kann entscheiden, ob und wann ihre Familie über ihr Geheimnis informiert wird. Er hätte vielleicht gerne Berta alles erzählt, aber er durfte darüber nicht sprechen. Er versuchte mit allen Kräften die Situation noch zu retten.

>>Ich wollte sagen, ich bin für Julias Kinder ein Ersatz-Opa. Sie haben sonst keine Omas und keine Opas. Ohne die kleine Familie hätte ich die Trauer nicht überstanden<<, sagte er so gelassen wie möglich. >>Julia hatte mir sehr geholfen. Sie meinte, dass die Wahrheit nicht schön und immer für den Hinterbliebenen schrecklich wäre. Dabei meinte sie es nur gut mit mir, was ich dann zum Glück begriffen hatte. Ich hatte Helena geliebt. So sehr, dass ich aufhörte, zu leben, als sie ging. Ich hatte allmählich die Fähigkeit verloren, etwas von der Schönheit der Welt zu erkennen. Die Last des Schmerzens war erdrückend. Es heißt, das erste Jahr nach einem schweren Verlust sei das schwerste. Das ist untertrieben – gegen Trauer gibt es keine Behandlung. Man muss einfach jeden Tag aufstehen, ins Bett gehen, bis man eines Tages wieder festen Boden unter den Füßen hat. Heute bin ich froh, dass ich angefangen habe, wieder zu leben.<<

Beim Kaffee und Kuchen erzählte Oscar über Helenas und seine ehrenamtlichen Tätigkeiten, über die Reisen, die er mit Helena machte und über seine kleine Familie, vor allem über Elena und Maxi. Berta wollte wissen, wie Helena so war.

>>Helena war stolz auf ihren unabhängigen Geist, ihren soliden Charakter, ihre Intelligenz, ihren Witz, ihren Charme. Ja, auf ihre starke Persönlichkeit. Sie war der Mittelpunkt meines Lebens. Ich weiß, dass sie dort im Himmel ist und zu mir hinunterlächelt. Ob wir wollen oder nicht, die Vergangenheit ist ein Teil von uns.<<

Zum Schluss sagte er zur Berta: >>Wenn du das nächste Mal nach Swinemünde kommst, brauchst du dir kein

Hotel nehmen. Ich habe Platz genug<<, und er zog aus seiner Brieftasche seine Visitenkarte, die er Berta reichte.

>>Einfach vorher kurz anrufen, nicht dass ich grade bei Julia bin.<<

>>Vielen Dank für die Einladung, vielleicht komme ich darauf zurück.<<

>>Wenn du möchtest, kannst du schon heute hier übernachten. Ich würde mich freuen.<<

>>Wirklich? Ich hasse Hotels. Sie sind so unpersönlich und ich kann im Hotel nicht gut schlafen.<<

>>Kein Problem, wir holen später deine Tasche und ich lade dich in ein Fischrestaurant ein. Das beste Restaurant in der ganzen Gegend. Magst du Fisch? Wir können auch italienisch, griechisch oder chinesisch essen. Wie du möchtest.<<

>>O ja, Fisch, viel lieber als Fleisch. Für deine Gastfreundschaft möchte ich mich aber revanchieren indem ich die Rechnung bezahle. Das meine ich ernst.<<

>>Kommt gar nicht in Frage, du bist heute mein Gast.<<

Erst im Bett musste Oscar über seine Gastfreundschaft denken. War es richtig, Helenas Schwester eine Übernachtung in seinem Haus anzubieten? Er hoffte, dass sie keine falschen Schlüsse ziehen wird. In dem Moment musste er schmunzeln. *Junge, Junge, du bist keine zwanzig mehr und so unwiderstehlich bist du schon lange nicht. Die Zeiten sind vorbei.*

Oscar hatte gut geschlafen. Er konnte sich nicht daran erinnern, ob er geträumt hätte. Am Morgen weckte ihn ein Kaffeeduft. Als er nach der morgendlichen Toilette in der Küche stand, war der Tisch gedeckt und frische Brötchen lagen im Brotkorb.

Berta schluckte: >>Ich konnte nicht schlafen und machte mich nützlich. Dazu musste ich mehrere Küchenschränke inspizieren. Ich hoffe, du bist mir deswegen nicht böse.<<

>>Überhaupt nicht. Wie ich sehe, hast du alles gefunden.<<

Sie haben gemütlich gefrühstückt und sich dabei unterhalten. Oscar zeigte ihr die Vereins-Chronik mit vielen Fotos. Berta hatte es aufmerksam studiert und die dazugehörigen Texte gelesen.

>>Helena war zu gut für die Welt. Schon früher hatte sie sich überall engagiert. Sie meinte, dass sie an dem Helfersyndrom leide. Aber so war sie. Ja, so war sie. Sie hatte aber später gelernt, auch an sich zu denken, rechtzeitig die Bremse zu ziehen, wenn es ihr zu viel war. Sie brauchte dann den Ausgleich: unsere Ausflüge und Reisen hatte sie immer genossen. Eine zweite Schiffsreise, die schon geplant war, konnten wir nicht machen. Da war Helena nicht mehr am Leben<<, sagte Oscar halblaut.

>>Es tut mir Leid<<, meinte Berta und berührte seine Hand.

>>Wenigstens sind mir wundervolle Erinnerungen geblieben, die mir niemand wegnehmen kann. Und du? Wie ist dein Leben verlaufen?<<

>>Die letzten zehn Jahre waren schrecklich, als mein Mann immer mehr abbaute. Zuletzt war er ein Pflegefall. Es war nicht leicht für mich.
Zehn Jahre keinen Urlaub, fast keine Aktivitäten außer Haus. Es war nicht immer leicht, aber ich hatte ihn geliebt.
Und es heißt doch: *Wie in guten, so in schlechten Zeiten.* So hat jeder ein Päckchen zu tragen. Ich habe es noch immer nicht richtig begriffen, dass er nicht mehr da ist.<<

>>Ich schlage vor wir wechseln am besten das Thema und machen einen Spaziergang am Strand. Ich werde dir Helenas liebste Stelle zeigen. Hast du Lust?<<

>>Selbstverständlich, aber danach fahre ich nach Hause.<<

Das Geheimnis des Glücks liegt nicht im Besitz,
sondern im Geben.
Wer andere glücklich macht, wird glücklich.
André Gide

Oscar machte sich ernsthafte Sorgen um die Swinemünde Tafel. Er musste sich für die nächste Sitzung vorbereiten, bzw. eine kurze Rede schreiben. Während er kurz nachdachte, hatte er in Erinnerung, wie sie mit Helena angefangen hatten, wie sie nach Räumen suchten, wie sie mit den Lebensmittelläden verhandelten. Als er dann zu schreiben angefangen hatte, waren ihm die Sätze quasi von alleine gekommen. Am Tag der Versammlung konnte er seine Rede fast auswendig.

Unsere Tafel ist schon lange nicht nur eine Tafeleinrichtung, es ist schon so etwas wie ein Treffpunkt. Die zusätzlichen Angebote wie die Kleiderstube und Kochgruppen, die seit einem Jahr sehr gut besucht werden, haben sich bewährt. Menschen schauen auch einfach mal zum Klönen vorbei.
In der weiten Umgebung ist es die beste Tafel – mit der Hygiene, der ganzen Kühltechnik und mit der Kältekette ist sie gut aufgestellt. Nicht vergessen die besten Ehrenamtliche Helfer.
Die Einrichtung ist hervorragend: Egal ob Fleisch, Milch- oder Käse, alles kann hier vernünftig gelagert werden und dementsprechend sauber und ordentlich an Bedürftige verteilt werden. An Ehrenamtlichen Mitarbeitern fehlt es uns auch nicht. Problematisch für die Tafeln sei es, dass durch die zunehmend bessere Logistik und Warenbewirtschaftung im Einzelhandel, immer weniger Produkte

für die Tafeln abfallen, wodurch diese ihre Existenzgrundlage verlieren könnten.
Für ein Teil der Spenden können wir Waren in einem gewissen Rahmen dazukaufen. Es reicht aber nicht. Lasst uns gemeinsam überlegen, wie wir unsere Tafel retten könnten. Wir haben in den Supermärkten Spendendosen, die jeden Monat paar Hundert Zlotych einbringen. Ich wäre dafür, in den Supermärkten Einkaufswagen aufzustellen, in die Kunden Lebensmittel als Spende abgeben könnten.<<

Oscar machte eine kurze Pause und sein Blick streifte alle Anwesenden.

>>Wie komme ich darauf? Vor paar Tagen, als nur noch ich in der Tafel da war, kam ein Ehepaar mit zwei großen Taschen voll Lebensmittel rein. Sie hatten gesagt, dass sie die Waren eben für die Bedürftigen gekauft hätten. Sie wollten so einen kleinen Beitrag leisten. Ich hatte mich herzlich bedankt und auf ihre Bitte hatte ich ihnen alles hier gezeigt. Die Frau wäre sogar an einer Mitarbeit interessiert. Und da kam mir die Idee mit den Sammelkörben. Manche mögen es anonym zu spenden, und da hätten sie die Möglichkeit. Wer andere Vorschläge hat, bitte melden Sie sich. Am Ende stimmen wir ab und besprechen alle Formalitäten.>>

Alle Anwesenden teilten Oscars Sorge um die Tafel-Existenz. Einstimmig wurde beschlossen in drei Supermärkten die Einkaufswagen für die Spenden aufzustellen. Einmal pro Woche sollten sie geleert werden. Am Anfang wollte man zwei oder drei Produkte selbst in dem Wagen platzieren. Sozusagen als Ermunterung zum Mitmachen. Drei Monate lang sollte es beobachtet und genau aufgeschrieben werden, was und wie viel gespendet wurde. Ein

Mitglied, der von Anfang an dabei war, meldete sich zu Wort.

>>Vorige Woche spendete ein Bauer 50kg Kartoffeln, 5kg Zwiebel und drei Kisten Äpfel. Seine Frau legte noch zehn Gläser mit selbstgemachter Marmelade dazu. Das ist doch auch was.<<

Jetzt nahm Oscar wieder das Wort: >>Es hört sich viel an, aber teilen wir es durch hundert: Wir hätten dann pro Person 500g Kartoffeln, 50g Zwiebel und ein Apfel pro Kopf, wenn die Äpfel klein wären. Die Konfitüre können wir auch nicht teilen. Ich bin der Meinung, dass wir mehr Werbung im Umland machen sollen. Alle sollten wissen, dass wir die Spenden direkt am Hof abholen können. Vielleicht sollten wir noch anbieten, dass wir auch selbst ernten könnten: Gurken, Tomaten, Bohnen und Obst. Das könnte mit den Spendern genau abgesprochen werden, und sie hätten nicht die Arbeit.

Ich bin mir sicher, dass die Bauer eine zusätzliche Arbeit fürchten, die wir ihnen, nach Absprache, teilweise abnehmen könnten. Es ist nur die Frage einer guten Organisation. Die Bauer könnten auch noch Eier spenden. Vor zwei Jahren bekamen wir zu Weihnachten sogar Fleisch, Schinken und Wurst. Traditionell wird vor Weihnachten auf jedem Bauernhof ein Schwein geschlachtet.>>

Nach einer Pause kam noch ein Vorschlag – man könnte einen Flohmarkt auf die Beine stellen. Es gab jetzt eine rege Diskussion – woher sollen die Gegenstände, die verkauft sein sollten, kommen. Oscar erklärte sich bereit einen kurzen Artikel über die Tafel zu schreiben mit einem Aufruf zu Sachspenden. Die Zeitung sollte ihn dann drucken. Alle waren sich einig, dass die Abgabe nur zu bestimmten Zeiten erfolgen sollte und man wollte prüfen, ob die gespendeten Sachen in Ordnung seien. Auf dem Flohmarkt sollten auch Kleidung und gut erhaltene Schuhe verkauft werden. Der Termin für den Flohmarkt wurde auf einen Samstag in einem Monat festgelegt.

Unter den Anwesenden war eine Erzieherin des benachbarten Kindergartens, die über ein interessantes Projekt berichtete: >>Beim Sommerfest hatten wir Kuchen, Waffeln, Kaffee und Getränke verkauft. Alle Kinder haben einstimmig beschlossen, das Geld nicht für sich zu verwenden, sondern für die Menschen, die es dringender brauchen. Einfach nur das Geld vorbeizubringen, hatte ihnen nicht gereicht. Wir wollen den Kindern ins Bewusstsein rufen, dass es Menschen gibt, die nicht viel haben – und dass man mit ihnen teilen kann, was man hat. Und auch einfach nur jemanden einkaufen schicken, das wollten die Lütten auch nicht – sie wollen selber aussuchen, was sie von dem Geld kaufen. Sie haben nachgedacht, was man so braucht, wenn man nicht so viel Geld hat. Und was lecker ist, das ist wichtig – denn wenn man wenig Geld hat, kauft man das, was dringend benötigt wird – und die guten Sachen fallen hintenüber.
Eine Einkaufliste wurde schon gemalt und nächste Woche geht es los zum Einkaufen. Die Kinder werden staunen, wie viel man mit 200 Zlotych, die wir zur Verfügung haben, einkaufen kann. Die Kinder möchten die Lebensmittel selbst zur Tafel bringen.>>

Alle fanden die Aktion der Kinder ausgezeichnet. Man musste staunen, auf welche Ideen heutzutage die Kinder kommen. Mehr Vorschläge kamen an diesem Abend nicht. Nachdem die Aufgaben verteilt wurden, einigte man sich auf ein Treffen in zwei Wochen. Da sollte der Flohmarkt auf der ersten Stelle stehen.

Oscar wollte gleich morgen mit der Zeitung und mit den Marktleitern sprechen. Er war sich sicher, dass sie die Aktion unterstützen werden.

Die Körbe wurden dann sofort aufgestellt mit ein paar Artikeln wie Nudeln, Käse, Milch. Diese Idee hatte auch der Marktleiter. >>Wenn die Leute sehen, dass die Körbe nicht leer sind, wird sie das vielleicht zum Spenden animieren.<<

Aus reiner Neugier machte Oscar nach drei Tagen eine Runde zu den Supermärkten. Er traute seinen Augen nicht – alle Körbe waren fast voll. Es gab verschiedene Lebensmittel. Sogar Kaffee und Schokolade befanden sich in den Einkaufswagen. Er freute sich darüber, blieb aber auch nüchtern – *wer weiß, wie es weiter geht,* dachte er.

Eine Woche später konnte man einen Artikel über den Kindergarten lesen. Fotos waren auch dabei: ***Kindergarten geht für die Swinemünde Tafel einkaufen,*** lautete die Überschrift. Weiter konnte man lesen: >>Selbst ausgesucht, selbst eingekauft und selbst rüber getragen.<<

Strahlend begutachten die Kinder ihren Einkauf, den sie auf dem Hof der Swinemünde Tafel ausgebreitet hatten. Sie erlebten, wie die Tafel-Helfer sich freuten und versprachen, alles an die Menschen weiterzugeben, die es dringend brauchen. Zum Schluss des Artikels ein Satz: *>>Wie schön, dass die Kinder mit so viel Begeisterung dabei sind und wir können es so gut brauchen.<<*

Diese Kinderaktion bewirkte, dass Schulklassen, Sportvereine und andere Organisationen ähnliche Aktivitäten durchführten. Plötzlich wollten so viele teilen, jeder nach eigenen Möglichkeiten. Und die Bedürftigen profitierten am meisten davon.

Auch die Spendenaktion für den Flohmarkt lief ausgezeichnet. Es wurden Bücher, Kinderspielzeug, Haushaltsartikel, Nippes, Computerzubehör, Radios, Uhren und vieles mehr gespendet. Die Flohmarktvorbereitungen liefen dann auf Hochtouren. Viele ehrenamtliche Helfer waren eingeplant. Mehrere Standverkäufer sollten sich abwechseln, andere würden Getränke, Kaffee und Kuchen verkaufen. In einem Raum war Kinderbetreuung geplant. Die Kinder könnten dort malen oder spielen, während die Eltern woanders beschäftigt waren. Allem war klar, dass eine gute Organisation das A&O für einen Erfolg ist. Die einzige Sorge war das Wetter – der Flohmarkt sollte vor dem Vereinsheim stattfinden. Pastor Nowak spendete auch paar gute Sachen und meinte :>> Ich werde mit meinem Herrn sprechen und ihn um wunderschönen sonnigen Tag bieten. Ich bin zuversichtlich, dass mein Gebet erhört wird.<<

Alle, die gerade da waren, belächelten ihn. Eine Frau sagte: >>Schaden kann es nicht. Ich werde auch darum beten.<<

Drei Wochen später versammelten sich alle Helfer, um alle laufenden Aktionen zu besprechen. Man war mit den Ergebnissen sehr zufrieden. Zum Schluss hatte noch Oscar das Wort. >>Habt ihr schon über Food-Schering gehört?<<

Jemand meinte, über Job-Schering gehörten zu haben. Ein Anderer fragte was das wäre. Oscar versuchte es verständlich zu erklären. >>Food-Schering ist keine Konkurrenz für die Tafel, sondern eine gute Ergänzung. Die

Frauen der Kirchengemeinde und Caritas wollen es gründen und jeder kann mitmachen, egal wie alt, egal ob arbeitslos oder mittelos. In einer Sammelstelle kann Lebensmittel abgegeben werden. Jeder kann kommen und das, was er benötigt, für sich oder für andere mitnehmen.<<

An der Stelle wurde Oscar unterbrochen.

>>Es ist doch eine zweite Tafel, und ich frage mich, für was sollte es gut sein. Wir brauchen keine zweite Tafel.<<

Oscar versuchte die Vorteile zu erläutern: >>Wir haben mehrere Menschen auf der Warteliste bei uns. Sie können bei der neuen Stelle Lebensmittel bekommen. Manchmal hat man einen kurzfristigen Engpass, wenn das Geld knapp wird. Manche trauen sich vielleicht nicht selbst zu kommen. In dem Fall sind Nachbarn oder Bekannte gefragt, die solche Menschen aufsuchen.

Die Gründer der Food-Schering wollen schon in drei Wochen starten. Ein halbes Jahr werden sie die Aktion beobachten und Erfahrungen sammeln. Manche Menschen sind skeptisch, manche wiederum voll Zuversicht. Ich bin überzeugt, dass dieses Projekt erfolgreich wird, weil ich an Menschen, die teilen wollen, glaube. Es kann eine sehr gute Ergänzung der Tafel sein. Im Laufe der Zeit stelle ich mir sogar eine Zusammenarbeit vor.<<

Es gab danach noch eine lange, rege Diskussion. Hauptthema war vor allem die geplante Aktivität der Gemeinde- und Caritasfrauen. Zum Schluss war man sich einig, dass es ein vielversprechendes Projekt sein könnte. Viele hatten ihre Hilfe für das Anfangsstadium angeboten.

Man weiß selten, was Glück ist,
aber man weiß meistens was Glück war.

Françoise Sagan

Roland meldete sich bei Oscar. Am Telefon teilte er Oscar nur das nötigste mit.

>>Bei meinem ersten Besuch bei euch, habe ich Helena gesagt, dass meine Ehe eine Krise durchläuft. Wenn die eigene Frau einem diesen Satz: *Ich will mich von dir trennen* nach zwanzig Jahren Ehe einfach per SMS mitteilt, dann ist das erst mal ein großer Schock.<<

>>Und wie geht es dir damit heute? Bestimmt braucht es Zeit…<<

>>Ich hatte Glück, dass meine Freunde sogleich zur Stelle waren. Sie ist zu ihrer Mutter ausgezogen. Oscar, ich brauche Tapetenwechsel und rufe dich deshalb an. Ich…<<

>>Komm sobald du kannst. Ich würde mich freuen.<<

>>Heute ist Mittwoch, ich würde gerne am Freitag einreisen. Aber nur, wenn ich nicht störe.<<

<<Du störst nicht, wirklich nicht. Vor einiger Zeit war Julia da, und ich könnte wieder eine Abwechslung gebrauchen. Ich erwarte dich also am Freitag.>>

Gleich für den nächsten Tag bestellte er seine Haushaltshilfe für paar Stunden. Das Zimmer für Roland sollte sie vorbereiten, Fenster putzen und eine Grundreinigung des Badezimmers war auch fällig. Am Donnerstag hatte er eingekauft. Entweder würden sie essen gehen oder sie würden selbst gemeinsam kochen. Inzwischen kochte Oscar ganz gut.

Auch Kuchen zu backen war kein Problem für ihn. Das Backen liebte er und er konnte dabei gut entspannen. Am Freitag früh hatte er noch einen gedeckten Apfelkuchen gebacken. Das Rezept war von Helena und sie hatten es mehrmals zusammen gebacken.

Er freute sich auf Roland und darauf, dass sie sich besser kennenlernen würden, dass er vielleicht was Neues über Helena erfährt.

Er erinnerte sich an Helenas Worte: >>Wenn man eine tödliche Krankheit hat, verlassen oder arbeitslos wurde, wird man wie ein rohes Ei behandelt und viele Themen werden gemieden. Dabei möchten die Betroffenen reden, sie wünschen keine spezielle Behandlung. Wenn man in deren Augen lesen würde, dann stände in ihnen: *Sprich mit mir. Bitte, sprich mit mir.*<<

Und genau so wollte sich Oscar verhalten.

Die Verständigung auf Deutsch klappte auch. Vor Jahren besuchte Oscar mehrere Deutschkurse. Mit Helena sprach er immer wieder Deutsch, damit er die Sprache besser lernen konnte. Bei Elena, Julia und Dirk hatte er besonders viel gelernt. Julia versorgt ihn jedes Mal mit deutschen Zeitungen und Zeitschriften. Manchmal schaut er sich einen deutschen Film an. Verstehen tut er viel besser als Sprechen.

Roland kam am frühen Nachmittag. Nach der Kaffeetafel machten sie einen langen Spaziergang am Strand. Filou nahm Roland ganz in Anspruch.

Am Abend, beide bei einem alkoholfreien Bier, fragte Oscar Roland: >>Möchtest du reden?<<

>>Ja, ich muss mit jemandem über alles reden.<<

>>Ich frage mich, wie es dazu kam, dass deine Frau sich trennen wollte.<<

Und Roland redete sich alles von der Seele. Seine Frau Maria war nie berufstätig. Sie brauchte nicht zu arbeiten, und sie wollte es auch nicht. Irgendwann hätte sie zu viel Zeit, ihr würde langweilig zu Hause. Wenn er nach der Arbeit nach Hause kam, wartete sie schon auf ihn, weil sie mal da mal dort einkaufen musste. Fast jedes Wochenende verbrachten sie bei Marias Familie, öfter mit Übernachtung, weil, wenn er mehr getrunken hatte, durfte er kein Auto fahren. Unter anderem aus diesem Grund überredete er seine Frau den Führerschein zu machen. Zuerst wollte sie nicht. Nachdem er meinte, dass sie an Wochenenden dann das Auto nehmen könnte um ihre Familie zu besuchen, da war sie einverstanden. Als sie dann den Führerschein hatte, jammerte sie: >>Was bringt mir mein Führerschein, wenn ich kein eigenes Auto habe.<<

Und so kaufte er ihr einen gebrauchten Wagen. Jetzt war Maria ständig unterwegs. Sie lernte zwei Frauen kennen, die kein Auto fuhren. Überallhin war sie mal mir der einen mal mit der anderen unterwegs oder sie trafen sich in den Wohnungen. Maria vernachlässigte den Haushalt und kochte immer seltener.

Als er mit ihr darüber sprach, meinte sie bloß: >>Ich möchte ja arbeiten, aber ich finde nichts. Ich habe es wirklich versucht.<<.

Maria hatte keine abgeschlossene Ausbildung und außer irgendwelche Hilfstätigkeiten, gab es wirklich nichts für sie. Als er ihr zu einer Umschulung raten wollte, blockte sie sofort ab. Beim Arbeitsamt, wollte sie sich auch nicht melden. Wahrscheinlich hatte sie Angst, dass man für sie eine Stelle finden würde. Er sah Maria immer seltener, sie hatten sich kaum was zu sagen. Zwei Wochen Malediven brachten auch keine Besserung. Und zuletzt die Nachricht per SMS.

>>Hast du mit ihr seitdem gesprochen?<<

>>Ich wollte, dass wir uns treffen, aber sie kam nicht.<<

>>Glaubst du oder möchtest du, dass ihr das noch packt?<<

>>Ehrlich gesagt, ich weiß nicht, ob ich das möchte. Marias Schwester hatte paar Andeutungen über einen anderen Mann gemacht.<<

>>Reden wir Tacheles – was soll ich sagen? Wenn du Maria liebst, so richtig immer noch liebst, wenn du mit ihr alt werden möchtest, dann kämpfe um sie. Vielleicht wartet sie darauf. Liebe verzeiht alles.<<

>>Es ist noch zu früh, um eine endgültige Entscheidung zu treffen. Ich fühle mich von meinen Gefühlen hin- und hergerissen. Ich kann es ihr noch nicht verzeihen.<<

>>Verschaffe dir die nötige Klarheit. Treibe Sport und geh unter die Leute. Tu, was immer du tun musst.<<

Oscar sah, dass Roland alles zu viel wurde, dass er noch einen langen Weg vor sich hatte.

Gerade wollte er das Thema wechseln, als Roland sagte: >> Jetzt aber genug über meine Probleme. Was gibt es bei dir neues?<<

Und Oscar erzählte ihm über seine Arbeit im Verein, die ihm immer noch Spaß macht. Dann meinte er: >>Wir können jeden Tag was unternehmen, alles was du möchtest. Wir können Fahrradfahren, schwimmen gehen, nach Danzig oder nach Gdingen, oder vielleicht sogar weiter fahren, als ein Tagesausflug.<<

>>Danke, Oscar. Ich werde bestimmt dein Angebot in Anspruch nehmen. Ich hatte noch nicht viel von Swinemünde gesehen. Aber du musst mir ehrlich sagen, wenn es dir zu viel wird, wenn du lieber zu Hause bleiben möchtest. Und an den Kosten möchte ich mich auch beteiligen. Ich kann nicht umsonst bei dir wohnen und essen.<<

>>Kommt nicht in Frage, aber du kannst mir nächstes Mal etwas vom *Hamburger Gekochten* mitbringen. Ich liebe die Mettwurst, die man bei uns nicht kaufen kann.<<

Den Rest des Abends unterhielten sie sich über Politik und über alte Zeiten. Oscar wollte wissen, ob Roland sich an ihn erinnert, als er mit seiner Schwester ging. Helena war damals sechszehn und Roland gerade neun.

Roland antwortete: >>Ich war noch ein Kind, als Helena dich kennenlernte. Zu dieser Zeit hatten wir nicht viel miteinander zu tun. Ich erinnere mich, dass ich euch oft im Treppenhaus angetroffen hatte. Ich wunderte mich, worüber ihr zwei stundenlang geredet hattet.<<

>>Ja, das waren verrückte Zeiten. Helena war oft bei mir zu Hause. Tagsüber konnten wir im Wohnzimmer sitzen. Meine Mutter hatte nichts dagegen.<<

>>Ich erinnere mich ganz genau an deine Uniform, als du den Wehrdienst geleistet hattest. Meine Eltern hätten nichts gegen dich als den zukünftigen Schwiegersohn. Ganz anders bei Maximilian – sie mochten ihn nicht besonders, er verstand unseren schlesischen Dialekt nicht, er war ein echter *Pole*. Er verstand unsere Sprache kaum. Helena musste immer das, was unsere Eltern sagten, übersetzen. Es ging ganz schnell mit den beiden: Helena wurde schwanger und sie heirateten. Mit den Jahren waren meine Eltern viel

freundlicher Maximilian gegenüber geworden. Jetzt aber genug mit den alten Geschichten.<<

Am nächsten Morgen schliefen beide viel länger als sonst. Draußen war ein schöner Wetter. Oscar könnte noch länger schlafen, aber Filou hatte ihn geweckt. Nach der Morgentoilette nahm er Filou mit zum Becker. Als er zurückkam, war der Tisch gedeckt und der Kaffee duftete auch schon. Sie haben sich Zeit gelassen und unterhielten sich diesmal über Oscar.

>>Wie hast du es geschafft, ohne Helena weiter zu leben? Hast du immer noch mit der Vergangenheit zu kämpfen?<<

>>Die kann man nicht ausradieren. Unsere Gegenwart hat ihre Wurzel in der Vergangenheit. Mein Gefühlsleben war von einem Moment auf den anderen abgestorben. Ich wollte nicht über die Vergangenheit reden, und ich wollte auch nicht über die Zukunft sprechen. Ich spürte keine Trauer, keine Wut. Ich werde sterben ohne sie, hatte ich Julia gegenüber behauptet. Sie widersprach, dass ich es nicht werde und warum sollte ich?

Nach drei Monaten meinte sie: >Wie lange willst du dich weiterhin dem Leben verweigern? Irgendwann   muss man doch beginnen, die tiefe Leere wieder zu füllen, womit auch immer. Ich glaube, du klammerst dich bis an dein Lebensende an eine tote Frau.<<

Oscar machte eine Pause und trank etwas Wasser, und dann erzählte er weiter: >>Helena fehlte mir so sehr, dass es körperlich schmerzte. Das Zimmer verströmte noch immer Helenas Geruch, als ob sie den Raum vor fünf Minuten verlassen hätte. Ich habe lange Zeit gedacht, Helena sei nur für eine Weile verreist. Ich habe erwartet, dass sie jederzeit wieder vor der Tür stehen würde. Ich fragte mich, ob es mir je gelingen würde, die Vergangenheit hinter sich zu lassen.

Manche Menschen, dachte ich, können vergessen und weiter gehen. Anderen ist das Herz zu schwer von der Vergangenheit. Sie bleiben auf der Schwelle stehen.

Jeden Tag brach eine erdrückende Welle von Schuldgefühlen über mich. Und die Schuldgefühle waren immer da. Sie gingen nicht weg. Keinen einzigen Augenblick. Ich fühlte mich leer und ausgebrannt.

Mit Mühe schleppte ich mich durch die Tage. Für nichts konnte ich ernsthaftes Interesse aufbringen. Einzig wenn Julia bei mir war, fühlte ich so etwas wie Leben in mir.<<

>>Aber warum Schuldgefühle?<<

>>Ich habe nicht auf sie aufgepasst. Lange machte es mich fassungslos, dass Helena tot war, während das Leben einfach weiter existierte. Es war verrückt. Einfach nur komplett verrückt. So verrückt, dass ein Teil von mir gar nicht wahrhaben wollte, dass es wirklich geschehen war. Aber ja, es war geschehen.<<

Roland sah Tränen in Oscars Augenwinkeln während der weiter erzählte. >>Trauer begleitete mich am Anfang ständig. Man steht mit ihr auf, sie geht mit dir den ganzen Tag überall hin, sie lässt einen im Schlaf nicht in Ruhe. Irgendwann geht sie fort, aber nie für immer. Ich brauchte nur einer Frau auf der Straße zu begegnen, die ihr ähnelte, und schon sah ich sie vor mir gehen, ich brauchte nur ihren Namen zu sagen oder zu schreiben und schon stand sie vor mir, ich brauchte nur die Augen zu schließen, um die ihren zu sehen und ihre Stimme zu hören. Wie oft dachte ich: War da nicht Helenas schneller Schritt? Kam sie nicht lächelnd durch die Tür? Rief sie mich nicht? Ich war vor Liebe, vor Sehnsucht und vor Angst verloren.

Es gibt nur selten solche Frauen wie Helena. Sie hat mich ermutigt, meinen Träumen zu folgen und anderen zu helfen.

Sie sagte immer, dass das Leben zu kurz sei, um seinen Träumen zum Glück nicht zu folgen, und dass man selbst die Verantwortung für sein Glück übernehmen muss.

Sie war alles, was sich ein Mann erträumen kann. Und irgendwann konnte ich mich an sie erinnern, ohne zusammenzubrechen. Für mich ist sie nicht tot. Niemals. Ich werde sie immer lieben. Ich hatte mir eine Familie gewünscht, einen Menschen, den ich von ganzem Herzen lieben konnte, der diese Liebe bedingungslos erwiderte. Entschuldige, ich wollte dich nicht langweilen mit…<<

>>Du langweilst mich nicht. Du kannst so gut deine Gefühle in Worte fassen. Ich bewundere dich für alles.<<

>>Irgendwie hatte ich diese gähnende Leere, diese schreckliche schwarze Zeit, die sinnlose Sehnsucht nach der Vergangenheit, die man nicht zurückholen kann, überstanden. Hilft nichts, sagte ich mir. Es galt, ein Schicksal anzunehmen, wie es das Leben bereithielt. Das Schicksal wurde mir übergestülpt. Julia, Dirk, Elena und Maxi sind meine Ersatzfamilie geworden, für die sich lohnt, weiter zu leben.<<

Er musste aufpassen, was er sagte, um sich nicht zu verplappern. Roland kannte die Wahrheit über Julias Herkunft nicht. Nur Julia selbst sollte entscheiden, ob und wann ihre Familie alles erfährt. Oscar erzählte weiter: >>Paar Mal spürte ich, wie ich wieder in diesem schwarzen Loch versank, aus dem ich so mühevoll gekrochen bin. Die Tafel holte mich wieder raus.<<

>>Die Götter holen diejenigen, die sie lieben, früh im Leben an sich.<< meinte Roland.

>>Im Kopf weiß man es zwar, aber der Tod ist etwas, das man nie wirklich verinnerlicht. Es ist eher, als wäre dieser Mensch nur weggegangen und nicht gestorben, und man wartet immer auf das Unmögliche, dass sie einfach wieder auftaucht. Wenn jemand stirbt, dann weiß man im Kopf, dass es wahr ist, aber das Herz kann es einfach nicht glauben.

Alles an ihr war schön. Helena hatte mich unwiderruflich verändert. Ich liebe sie, in meinem Herzen lebt sie weiter. Alle möglichen Gefühle durchliefen mich, ich war traurig und ich spürte eine Wut. Ich fragte mich, wie konnte sie mich allein lassen. Doch die Barriere des Todes war unüberwindlich, und ich bekam keine Antwort.

Vielleicht nennt man es senil, aber ich spreche mit ihr fast jeden Tag. Ich erzähle ihr, was ich denke und was ich tue. Mir hilft es. Julia brachte mich auf die Idee zu schreiben – kein Tagebuch, sondern eher Briefe an Helena. Es tut gut, sich alles von der Seele zu schreiben. Wenn ich ein Blatt Papier vor mir habe, merke ich, wie sich meine Gedanken sammeln, wie der Schmerz von mir weicht.<<

>>Es gibt viele Methoden, sich mit dem gewaltsamen Tod auseinanderzusetzen. Manchmal braucht unser Herz einfach Zeit zu akzeptieren, was unser Kopf bereits begriffen hat. Es ist auf jeden Fall nicht leicht. Sag mal, war Helena nie mehr depressiv gewesen?<<

>>Depressiv? Nein, und wenn sie es war, hat sie es mich nie merken lassen. Sie war voll Leben und Freude. Sie war einfach glücklich. Und trotzdem war sie nie eine Hauptfigur ihres eigenen Lebens; sie war eine Nebenfigur in ihrer eigener Geschichte.<<

Oscar war der Meinung, dass er mehr als genug erzählt hätte und wechselte jetzt das Thema. >>Was möchtest du heute unternehmen? Wir können irgendwohin fahren, in die Stadt gehen oder zu Hause bleiben.<<

>>Ganz ehrlich?<<, fragte Roland.>>Am liebsten würde ich im Garten arbeiten. Aber wenn du…<<

>>Nichts aber, viel zu tun gibt es nicht, weil der Gärtner vorgestern da war. Alles hat er noch nicht geschafft. Ich habe eine Idee: Ein Beet für Erdbeeren habe ich schon vorbereitet, aber wir könnten den Kräuter- und Gemüsegarten anlegen. Es ist schön, wenn man im Garten frisches Gemüse hat. Man sieht, wie es wächst und gedeiht. Und schmecken tut es auch.<<

>>Ausgezeichnet. Hast du alles dabei?<<

>>Die Gartengeräte, Schubkarre und gute Erde befinden sich im Gartenhaus. Wenn du Lust hast, dann arbeiten wir im Garten so lange, wie es uns danach ist. Was würdest du sagen, wenn ich zum Mittagessen eine Gulaschsuppe auftaue? Selbst gekocht.<<

>>Ausgezeichnet, Oscar. Du kochst bestimmt immer gut.<<

Roland bekam von Oscar eine Arbeitshose, einen Hemd, Schuhe und Handschuhe. Zu zweit ging die Arbeit gut voran. Roland, der ein sehr guter Hobbyfotograf war, machte ein paar Aufnahmen >>vorher<< und >>naher<<. Bei der Gelegenheit kam ihm eine Idee, was er Oscar schenken könnte. Dafür wollte er morgen auf Motivsuche in die Stadt gehen. Am liebsten machte er Fotos in schwarz-weis. Oscar hatte doch über zwei neue Zimmer gesprochen, in denen sich eingerahmte Fotos gut machen würden.

Nach dem Mittagessen und einer halbstündiger Pause, arbeiteten beide fleißig weiter. Roland meinte immer wieder, dass es ihm sehr gut täte. Auch Oscar, obwohl älter als Roland, fühlte sich gut dabei, irgendwie frei.

>>Ich glaube, mein Gärtner muss mir ab sofort mehr zu tun lassen. An der frischen Luft sich körperlich zu betätigen, und dazu ohne Druck, ist ganz schön. Es war eine großartige Idee von dir, Roland.<<

Als sie fertig waren, wussten beide, dass sie ein schönes Stück Arbeit geleistet hatten. Abends waren sie in die Stadt gegangen. Oscar lud Roland in ein Fischrestaurant ein. Beinah alle Tische im Lokal waren besetzt oder reserviert. Oscar, den man gut kannte, bekam sofort einen Tisch für zwei Personen. Bei gutem Essen, Roland bei einem Glas Wein und Oscar bei einem alkoholfreien Cocktail, und bei guter Unterhaltung, verging die Zeit schnell.

Als sie das Restaurant verlassen hatten, war schon dunkel. Roland suchte noch nach außergewöhnlichen Motiven bei Nacht. Bei guter Beleuchtung bekam er schon oft die wundervollsten Fotos.

>>Ich möchte morgen noch mal nach Motiven suchen, diesmal am Tag. Wenn du gute Plätze kennst, würde ich mich freuen, sie kennenzulernen.<<

Am Sonntag nach dem Frühstück waren beide in die Stadt gegangen, in die Nebenstraßen mit historischen Gebäuden. Roland war begeistert. In der Stadt hatten sie noch ein Imbiss gegessen und Roland musste dann zurück nach Hause. Er bedankte sich bei Oscar für seine Gastfreundschaft.

>>Einfühlsame Worte helfen ein kleines Tief zu überwinden. Dank dir, einem positiv gestimmten Menschen,

fiel auch mir nicht schwer, einige Probleme zu vergessen, und die schönen Seiten des Lebens zu genießen. Dank dir habe ich mich so richtig erholt.<<

>>Es freut mich, dass ich dir helfen konnte. Du kannst jederzeit wiederkommen. Ein Männerwochenende tut uns bestimmt beiden gut.<<

Die meisten Menschen sind so glücklich,
wie sie es sich selbst vorgenommen haben.

Abraham Lincoln

Pastor Nowak und Oscar verband inzwischen eine echte Freundschaft. Regelmäßig trafen sie sich zu einer Partie Schach. Oft standen aber nicht das Spiel im Vordergrund, sondern die Gespräche. Manchmal musizierten sie gemeinsam. Nach Helenas Tod war Pastor Nowak derjenige, der ihm beistand. Als Oscar ihm berichtete, dass Helena in Swinemünde beerdigt wird, da hatte Pastor Nowak ihn darin bestärkt.

>>Eine Grabstätte kann eine heilsame Kraft spenden und hilfreiche Wirkung auf unser Leben haben. Die Grabstätte ist wichtig für die nachfolgenden Generationen. Sie hält die Erinnerung an den Verstorbenen wach und hilft den Lebenden mit ihrer Trauer besser umzugehen und für die Trauer ein Platz zu finden. Ich glaube, es ist eine gute Entscheidung.<<

Oscar hatte beschlossen, neben Helena beerdigt zu werden. Als er Pastor Nowak berichtete, dass er fast jeden Tag Helenas Grab besucht, fragte ihn Pastor Nowak, warum er es tut.

>>Der Friedhof ist ein Ort, der vom täglichen Leben abgeschieden ist, und ich kann die Alltagssorgen hinter mir lassen. Der Friedhof ist ein besonderer Ort – eine Art räumliche Auszeit und ich fühle mich meiner Helena sehr nah<<, antwortete Oscar.

>>Sollten dabei Tränen fließen, ist das gut, denn Tränen haben eine heilende Wirkung auf die Trauer<<, waren auch Pastors Nowak Worte.

Nach einer Weile sprach er zu Oscar: >>Genießen Sie es, langsam wieder in ihren Alltag zurückzukehren zu können. Freuen Sie sich über ihr Leben. Trauer und Verlust bedeuten nicht, dass man im Leben nie mehr glücklich sein kann oder, dass die Erfahrung des Verlustes sich nicht in etwas Positives umwandeln kann.<<

Oscar hatte ihm aufmerksam zugehört und war irgendwie durcheinander gewesen und fragte: >>Wollen Sie damit sagen, dass das Leben merkwürdig wäre? Aus tragischen Ereignissen könne am Ende das größte Glück entstehen?<<

>>Ich wünsche Ihnen, Herr Baron, dass sie so was erleben. Ich bin sicher, dass Sie den richtigen Weg finden würden >>, sagte Pastor Nowak mitfüllend.

Auch andere Gespräche, wie zum Beispiel über die Tafel, über Oscars Haus, über Urlaubspläne und über seine Familie, hatten die beiden oft geführt. Pastor Nowak war froh, nicht nur über den Glauben reden zu müssen und Oscar lernte seine Klugheit und sein Menschenverstand zu schätzen. Immer, wenn er den Pastor besucht hatte, spürte er eine neue Kraft, die einige Zeit anhielt.

Oscar hat sich endlich bei Pastor Novak nach der Romreise erkundigt. Er war fest entschlossen, nach Rom zu fahren. Es gab noch drei Plätze frei, so dass er mitfahren konnte.

>>Die Reise ist nicht billig<<, meinte Pastor Novak. >>Nicht jeder kann sich sie leisten. Auch mit nur siebzehn Teilnehmern findet sie statt. Ich freue mich, dass Sie mit-

machen wollen, Herr Baron. In drei Wochen geht es los.<<

>>In drei Wochen schon? Aber egal, ich habe noch genug Zeit um alles zu regeln. Wie man sagt, jeder Mensch ist ersetzbar. Ich freue mich sehr. Wo werden wir untergebracht?<<

>>In einem Kloster in Zentrum von Rom. Es ist aber fast wie in einem Hotel. Wir werden jeden Tag gemeinsam Besichtigungen machen. Selbstverständlich wird es auch genug Zeit für individuelle Erkundungen geben.<<

Oscar hatte Pastor Novak aufmerksam zugehört und nebenbei kam ihm eine Idee.

>>Vielleicht wissen Sie jemanden, dem ein Teil des Preises fehlt. Es wäre schade, wenn jemand wegen kleiner Summe nicht mitfahren könnte. Ich würde gerne als anonymer Spender fungieren.<<

>>Da finde ich bestimmt jemanden. An welche Summe haben Sie gedacht, lieber Herr Baron?<<

>>An dreitausend Zlotych.<<

>>Das ist sehr großzügig von Ihnen. Mit der Summe kann ich zwei oder drei Menschen, die unbedingt Rom und den Papst sehen wollen, glücklich machen.<<

>>Soll ich Ihnen schon heute das Geld vorbei bringen?<<

>>Es reicht morgen. Vielen Dank, Herr Baron und bis bald.<<

Gleich am nächsten Tag tätigte Oscar die Überweisung für seine Fahrt und brachte Pastor Novak die dreitausend Zlotych. Er hatte, für die Zeit der Reise, Filou in der Hundepension angemeldet, im Verein alles geregelt, den Friedhofsgärtner beauftragt, das Grab sauber zu halten und Julia angerufen. Sie freute sich für ihn und wünschte ihm eine unvergessliche Reise. Elena wollte auch kurz mit ihm sprechen.

>>Opa, schickst du mir eine Postkarte aus Rom?<<

>>Selbstverständlich. Ich schicke dir jeden Tag eine andere Ansichtskarte. Ich werde auch von allem viele Fotos machen. Die werden wir uns, wenn ich wieder zurück bin, gemeinsam anschauen.<<

>>O ja, das wäre schön. Danke Opa und gute Reise.<<

Jetzt hatte er Zeit, sich für die Reise vorzubereiten. Außer einer dünnen Regenjacke brauchte er nichts extra zu kaufen. Wie früher Helena es getan hatte, wollte er sich vorher über Rom informieren. Im Internet bekam er alle wichtigsten Informationen: Rom, >>die ewige Stadt<< genannt, die größte Stadt Italiens; die Altstadt von Rom, der Petersdom und die Vatikanstadt wurden von der UNESCO im Jahr 1980 zum Weltkulturerbe erklärt; Rom ist außerordentlich reich an bedeutenden Bauten und Museen. Von Vatikan, dem Sitz des Papstes, hatte er schon oft Bilder im Fernsehen gesehen. Papst Johannes Paul II war schließlich ein Pole. Alles andere über Rom erfuhr er aus einem guten Reiseführer. Jeden Abend nahm er sich dann ein Kapitel vor. Der Reiseführer war mit Fotos über die vielen Sehenswürdigkeiten ausgestattet. Zum Schluss fühlte er sich gut vorbereitet und er freute sich auf die Reise. Wenn Elena älter wird, wollte er mit ihr auch nach Rom fahren. Ihm viel dabei ein Satz ein: *Deine erste Pflicht ist, dich glücklich zu machen. Bist du glücklich, so machst du auch andere glücklich.* Und dann noch: *Manchmal muss man erst den falschen Weg gehen, um den richtigen zu finden.* Wenn er sich richtig erinnerte, war das ein Zitat von Dickens.

Glücklich zu sein ist eines der besten Mittel,
ein guter Mensch zu werden.
Nomen Nescio

Oscar war am späten Nachmittag wieder aus Rom zurück.
Die Romreise hatte ihm gut getan. Trotz der vielen Be-
sichtigungen hatte er sich richtig erholt. Die Unterkunft,
die Reisegruppe und die Führung von Pastor Novak waren ausgezeichnet. Obwohl sie immer gut gegessen haben,
musste er sich keine Sorgen machen – nur ein Kilo mehr
brachte er auf die Waage.
Er meldete sich sofort bei Julia, dass er zurück wäre und
ob er sie übermorgen besuchen könne. In Rom hatte er
für jeden ein Geschenk besorgt. Er war auf das Traditi-
onsgeschäft Pineider gestoßen, das 1774 gegründet wurde
und seitdem ganz edle Schreibwaren herstellt. Für Elena
kaufte er ein Füllfederhalter. Ihm war klar, dass sie ihr
Füllfederhalter nicht zur Schule nehmen kann, weil es zu
kostbar war. Es war sozusagen ein Geschenk für spätere
Jahre. Elena trägt gerne sowohl Hosen als auch Kleider
und in einem schicken Laden kaufte er für sie ein entzück-
tes Sommerkleid mit Jäckchen und ein Täschchen. Er
hatte lange nachgedacht, womit er Julia und Dirk eine
Freude machen könnte. Weil Italien von guten Lederwa-
ren bekannt ist, besorgte er für Julia eine größere Ledertasche und für Dirk einen Ledergürtel. Zusätzlich stellte er
für alle eine Tüte mit italienischen Süßigkeiten zusammen. Für Maxi hatte er gar keine Idee; er hoffte, dass
ihm was Schönes ins Auge fallen wird. Es waren nur noch

zwei Tage geblieben und Oscar hatte immer noch kein Geschenk für seinen Enkel. Letztendlich kaufte er für ihn ein ferngesteuertes Auto. Damit lag man immer richtig bei Maxi. Für sich kaufte er ein Paar elegante Schuhe.

Am Tag der Abreise nach Lübeck telefonierte er mit Julia und nannte ihr die Ankunftszeit. Er kam nach Lübeck am Nachmittag und alle, auch Dirk, waren zu Hause und erwarteten ihn. Zu viert hatten sie sich die Fotos angeschaut, die Oscar immer kommentieren musste. Bei den vielen Kirchen, die er fotografiert hatte, erklärte er: >>Die meisten Kirchen sind besonders prunkvoll ausgestattet und erhalten Kunstwerke von unschätzbarem Wert.<<
Elena meldete sich und bat um manche Erklärungen. Dirk musste dann Elena die Bedeutung des Wortes >>prunkvoll<< erklären. Danach erzählte Oscar weiter: >>Bekannt sind die sieben Pilgerkirchen, die bei einer Pilgerreise nach Rom von jedem Pilger besucht werden.<<
Jetzt war Julia mit der Erklärung dran: Elena wollte genau wissen, wer ein Pilger ist. Danach kamen weitere Fotos von Petersdom, Petersplatz, Klöster, Kolosseum, Engelsbrücke und Aquädukte. Diesmal musste Oscar Elena alles erklären. Wenn sie was nicht verstanden hatte, fragte sie immer nach. Sie konnte sich alles gut merken. Einmal gehörtes, vergas sie nicht. Zum Schluss wollte sie noch wissen, ob er, oder sogar die ganze Gruppe, den Papst gesehen hätten.
>>Wir haben den Papst gesehen, als er auf dem Balkon stand. Eine Audienz bei einem Papst kann doch nicht jeder bekommen. Und bevor du fragst: Eine Audienz ist ein feierlicher, offizieller Empfang bei hochgestellten Persönlichkeiten.<<

>>Diese Erklärung konntest du dir sparen. Ich wusste auch so, was eine Audienz ist. Und jetzt bitte ich um eine Audienz bei dir, Opa.<<

>>Bin ich eine höhere Person? Eine Audienz bei mir? Was kann ich für dich tun?<<

Elena brauchte paar Sekunden, bis sie Oscar ansprach.

>>Also, ich möchte mit dir nach Swinemünde. Nur ich. Am Samstag oder am Sonntag kann mich Papa dann abholen. Vielleicht kommen Mama und Maxi mit und wir fahren dann alle am Sonntag nach Hause. Das wäre schon alles.<<

Oscar wusste nicht, wie er sich verhalten sollte. Julia merkte Oscars Dilemma und zwinkerte ihm zu und gab ihm zu verstehen, dass sie Bescheid weiß.

>>Liebend gerne, aber wirst du nicht Heimweh bekommen? Sehnsucht nach Mama, Papa und Maxi? Es wären drei volle Tage und Nächte.<<

>>Ich bin aber schon ein großes Mädchen und du brauchst dir keine Sorgen um mich zu machen.<<

>>Wenn das so ist, dann kommst du heute mit nach Swinemünde. Ich freue mich<<, und Oscar strich Elena über die Haare, während ein Lächeln über ihr Gesicht huschte. Er freute sich auch und wäre am besten sofort losgefahren.

Oscar besprach später alles mit Julia und Dirk. Er hatte ihnen versprochen, dass er Elena sofort zurückbringen würde, sollte sie Heimweh bekommen. Er war sicher, dass es nicht notwendig sein wird. Seine Freude auf Elena und das Vertrauen von Julia und Dirk waren was Besonderes. Wie sie die drei Tage verbringen werden, darüber zerbrach er sich nicht den Kopf. Sie können Spiele spielen, am

Strand spazieren, in die Schwimmhalle gehen, im Garten toben, Sauna benutzen und Fahrrad fahren. Aber Elena hatte bei Oscar kein Fahrrad. Gleich morgen wird er mit Elena in ein Fachgeschäft fahren, damit sie sich ein Fahrrad aussuchen könnte, egal welche Farbe, Hauptsache ein gutes und sicheres Fahrrad.

Julia wird ihm bestimmt deswegen wieder Vorwürfe machen, aber ein Fahrrad braucht sie doch. Es war beschlossene Sache.

Nachdem Oscar und Elena wieder in Swinemünde waren, packte Elena selbst ihre Tasche aus und verstaute alles im Schrank. Danach holten sie Filou bei Frau Gruszka ab. Wie immer, war die Freude von beiden groß. Filou blieb die ganze Zeit bei Elena. Zu dritt waren sie am Strand spazieren, Elena tobte mit Filou bis zum Umfallen. Wieder zu Hause, hatten sie zuerst Filou gebadet und erst als Filou trocken geföhnt und gebürstet war, hat Elena gebadet. Sie war dann so müde, dass sie beim Abendbrot fast eingeschlafen wäre. Ohne zu meckern ließ sie sich zu Bett bringen. Oscar las ihr eine Geschichte vor, bei der sie sofort eingeschlafen war. Er rief jetzt kurz bei Julia an.

>>Bei uns alles in Ordnung. Elena schläft friedlich und Filou wacht vor ihrer Tür. Danke, Julia.<<

>>Schön, dass du angerufen hast. Ich danke dir.<< Mehr musste nicht gesagt werden.

Nach dem Frühstück am nächsten Tag, als Elena fragte, was sie unternehmen wollen, sagte Oscar nur, dass sie kurz in die Stadt fahren müssen. Sie fragte nicht warum. Als sie vor dem Fahrradladen standen, meinte sie:

>>Möchtest du dir ein Fahrrad kaufen? Ist dein Fahrrad nicht mehr in Ordnung?<<

>>Ein neues Fahrrad ja, aber nicht für mich, sondern für dich. Du sollst bei mir auch ein Fahrrad haben, damit wir kleine Ausflüge machen könnten.<<

Elena tanzte vor Freude. >>Hast du das gehört Filou? Ich bekomme ein Fahrrad. Machen wir dann auch eine Fahrradtour, Opa?<<

>>Aber ja, und Filou nehmen wir mit.<<

Elena hatte sich ein rotes Fahrrad ausgesucht. Dazu ein Fahrradkorb und ein Helm.
Nach einem leichten Mittagessen machten sie sich zu dritt auf dem Weg. Filou saß im Korb bei Elena und anscheinend gefiel es ihm. Oscar hatte in seinem Fahrradkorb ein Picknickkorb mit Essen und Trinken für alle.
Die Strecke, die sie aussuchten, betrug zwei Kilometer einfache Fahrt. Auf der halben Strecke legten sie eine Pause. Sie hatten nicht eilig. Ganz brav hatte Elena die ganze Tour mitgemacht, ohne sich zu beklagen.

Am Abend rief sie zu Hause an. Julia war am Apparat.
>>Mami, Mami, ich war mit Opa in der Stadt, Opa hat mir ein Fahrrad gekauft und wir waren schon mit den Fahrrädern unterwegs, Filou saß bei mir im Fahrradkorb. Es hat ihm gefallen. Mami, du darfst mit Opa nicht schimpfen…<< Julia unterbrach sie: >>Langsam, vergiss nicht zu atmen<<, und hörte wieder zu, was ihre Tochter noch zu sagen hatte. Elena sprach weiter, etwas langsamer. >>Ein Fahrradhelm und ein Korb für Filou habe ich auch. Es war so schön mit Opa. Möchtest du mit Opa sprechen?<<

>>Nein, grüß ihn von mir und ich wünsche euch weiterhin viel Spaß.<<

Am nächsten Tag unternahm Oscar was ganz besonderes mit Elena – Safari Zoo. Es ist ein einzigartiger Zoo-Garten, durch den man mit dem Auto fahren kann, um wilde Tiere ganz aus der Nähe zu betrachten. Die Besucher sind nicht von den Tieren weder durch Gitter, noch durch Scheiben, ja nicht einmal durch einen Graben getrennt. Der Safaripark ist in verschiedene Sektoren unterteilt, deren Namen geographische Gebiete oder Kontinente beschreiben, aus denen die meisten in diesem Bereich gehaltenen Tiere stammen. In dem afrikanischen Sektor hatten sie den afrikanischen Strauß beobachtet – den größten Vogel der Welt. Unter den afrikanischen Tieren durften auch die Zebras und Antilopen nicht fehlen. In der Amerika Zone sahen sie Nandu, Wasserbüffel, Lamas, mini Pony und Esel. In dem mongolischen Sektor fielen ihnen Trampeltiere auf. Weiterhin gab es einen Erholungspark mit Karussellen.

Am frühen Nachmittag hatten Oscar und Elena im Schatten der Bäume ein leckeres Mittagsessen zu sich genommen.

Der Ausflug lohnte sich, in netter Atmosphäre verbrachten sie den ganzen Tag. Elena merkte sich, was Oscar ihr am Eingang vorgelesen hatte: Nicht aus dem Fahrzeug auf dem Safari-Gelände aussteigen, Füttern der Tiere ist verboten, man darf nur auf dem ausgesonderten Weg mit Höchstgeschwindigkeit von 5 km/h fahren, man darf nur aus dem Innenraum des Fahrzeugs fotografieren, Fenster müssen geschlossen sein. Trotzdem war es ein unvergesslicher Tag.

Zum Friedhof waren sie am letzten Tag zu Fuß gegangen. Oscar musste Helena endlich eine Neuigkeit erzählen. *Stell dir vor, ich spiele Klavier. Ich hatte dir mal erzählt, dass ich als*

Kind Klavier lernte. Nun, weil Elena spielt, stellte ich ein Klavier im Wohnzimmer. Die ersten Versuche waren miserabel. Ich übte jeden Tag fleißig. Ich glaube es ist so wie mit Fahrrad fahren — einmal gelernt und man vergießt es nicht. Elena spielt sehr gut nicht nur Klavier, sondern auch Geige. Sie ist sehr begabt.

Jeder Mensch sucht nach dem Glück –
und es gibt einen sicheren Weg, es zu finden.
Man muss seine Gedanken kontrollieren.
Glück hängt nicht von äußeren Umständen.
Dale Carnegie

Die junge Familie hatte sich schnell in ihrem neuen Haus eingelebt. Alle fühlten sich wohl, als ob sie nie woanders gewohnt hätten. Für seine Enkel spendierte Oscar ganz viele Sachen: Sandkasten, eine Rutsche, ein Klettergrüßt und zwei Schaukeln. Dirk stellte noch eine Holzhütte mit einem Aufbewahrungsraum für das Spielzeug hin. Im Sommer wird noch ein Planschbecken aufgestellt.

Für die Sauberkeit auf dem eigenen Spielplatz waren die Kinder selbst verantwortlich. Sie wollten es so haben. Julia besorgte mehrere Plastikboxen. Brav machten sie das Sandkastenspielzeug jeden Abend sauber und stellten es ordentlich hin. Alles, was nicht aus Kunststoff war, verstauten sie drinnen. Beide liebten Ordnung und Sauberkeit, genauso wie Julia und Oscar.

Elena fuhr schon lange das Fahrrad ohne Stützräder, als Maxi auch ein Fahrrad haben wollte. Es sollte genauso wie Elenas Fahrrad aussehen und auch ohne Stützräder. Elena schaffte es, ihren Bruder zu überreden.

<<Zuerst fährst du mit einem Dreirad. Wenn du lenken und bremsen gelernt hast, dann bekommst du ein richtiges Fahrrad, so wie ich, aber zuerst mit Stützrädern. Einen Fahrradhelm wirst auch brauchen.<<

>>So wie du, Elena?<<

>>Ja, so wie ich. Ein Helm schützt den Kopf bei einem Sturz. Auch Erwachsene tragen ein Fahrradhelm, wenn sie mit dem Fahrrad unterwegs sind.<<

Nicht selten hörte Maxi mehr auf Elena, als auf Julia oder Dirk. Was seine große Schwester sagte, war heilig. Diese Bindung der beiden sollte sich nie ändern.

Als Maxi vier war, interessierte er sich dafür, was Elena lernte. Spielerisch lernte er die ersten Buchstaben und die ersten Zahlen. Bevor auch er in die Schule kam, konnte er schon lesen und gut rechnen.

Noch im Kindergarten hatten beide den ersten Kontakt mit der englischen Sprache. In der Grundschule wurde auch Englisch angeboten. Als Elena ins Gymnasium wechselte, hatte sie den Wunsch, ganz schnell und gut die Sprache zu beherrschen. Sie fragte Julia und Dirk, ob sie vielleicht mit ihr lernen könnten. Beide sprachen Englisch zwar gut, aber sie wollten es lieber nicht tun.

>>Eine Fremdsprache gut zu sprechen ist eine Sache, eine andere – sie richtig zu vermitteln<<, meinte Julia.

>>Wir könnten später, wenn du schon viel gelernt hast, an einem Tag in der Woche nur englisch sprechen. Das ist eine gute Methode eine Fremdsprache zu üben. <<

Julia wollte sich umhören und tatsächlich fand sie eine ehemalige Lehrerin und dazu eine Engländerin, die sich bereit erklärt hatte, Elena zu unterrichten. Jeden Tag lernte Julia jetzt Vokabeln und Grammatik. Bei Vokabeln lernte sie freiwillig zusätzlich zehn neue täglich. Maxi wiederholte oft, was sie gesprochen hatte. Sie nannte ihm dann Gegenstände auf Englisch und er wiederholte es zweimal. Dann lenkte sie ihn mit einem Spiel ab, um ihn danach abzufragen. Sie staunte jedes Mal, wenn er alles richtig machte. Irgendwann hatte sie mit kurzen Sätzen angefangen, die Maxi mit Freude wiederholte. Sie drückte ihn dann ganz fest und meinte: >>Du bist ein Genie! Ich muss aufpassen, dass du mich nicht überholst.<<

Wenn die Eltern solche Szenen beobachten, dann wurde ihnen warm ums Herz.

>>Haben wir nicht wundervolle Kinder?<<, fragte Julia. Dirk antwortete dann: >>Bei solcher Mutter, bei solchen Eltern ist es kein Wunder. Und nicht vergessen, bei solchem Opa.<<

Auch Oscar war von seinen Enkelkindern überwältigt. Manchmal musste er an seine Tafel denken – wenn die Eltern, die die Lebensmittel abholten, nach Alkohol rochen und dreckig waren. Er war sicher, dass deren Kinder nicht besser aussehen, dass sie keine glückliche Kindheit haben. Alkoholiker denken in erster Linie an Schnaps und wenn kein Geld da ist, dann wird irgendwas verkauft. Das hatte er schon öfter erlebt. Alles was sich zum Geld oder Schnaps direkt machen lässt, wird verscherbelt. Und das stimmte ihn traurig, weil er dagegen machtlos war. Deshalb war er dankbar, dass Maxi und Elena ein gutes Zuhause und die Möglichkeit, eine gute Bildung zu erhalten haben. Julia und Dirk sagten oft: >>Heute kann einer alles werden, man muss es nur wollen. Und sollte es nicht klappen, hat man genug Alternativen.<<
Sie erwarteten von ihren Kindern nicht, schon mit zehn zu wissen, was sie später machen wollen, welchen Beruf sie ergreifen werden. Man handelte nach dem Motto: Kommt Zeit, kommt Rat.

Glück ist immer das,
was man dafür hält.
Ingrid Bergmann

Oscar steht vor dem Spiegel im Badezimmer. Er sieht immer noch gut aus, auch mit den ersten grauen Haaren, die ihn überhaupt nicht stören. Viel mehr beschäftigt ihn das, was in den letzten Jahren passierte. Nach den Sommerferien wird Elena das Gymnasium besuchen und Maxi wird eingeschult. An seinen Enkeln merkte er, wie die Zeit schnell vergeht.

Elena spielt inzwischen sehr gut Klavier und Geige. Ehe sie ihren Namen schreiben konnte, hatte sie gelernt, Noten zu lesen. Nach den ersten zwei Jahren Klavierunterricht erfuhren Julia und Dirk, dass Elena ein großes Talent hätte; mit noch mehr Unterricht und noch mehr Übung könnte sie eine hervorragende Pianistin werden. Julia und Dirk mussten sich entscheiden: Elenas eine Musikkariere zu fördern oder nicht und ob die die Entscheidung Julia überlassen sollten. Beide waren stolz auf ihre Tochter, hatten aber bedenken. Statt eine schöne Kindheit und Jugend, würde sie kaum Zeit zu spielen und wenig Freizeit haben. Andererseits, der Gedanke, dass ihre Tochter eine große Künstlerin wird, schmeichelte ihnen sehr. Elena hatte schon mehrmals vor Publikum gespielt und paar Preise gewonnen. Julia hatte beschlossen mit Elena zu reden. Sie erklärte ihr, was ihre Klavierlehrerin gesagt hätte. Elena dachte kurz nach und antwortete ernst:

>>Ich spiele gerne, aber ich möchte nicht Pianistin

werden und überall auf der Welt Konzerte geben müssen. Ich möchte eine Familie haben und viel Zeit für meine Kinder. Zuerst möchte ich aber genug Zeit für Maxi haben.<<

Julia teilte Elenas Entscheidung. >>Schade, ich verstehe Sie aber. Manche Eltern mit zu großen Ambitionen trimmen ihre talentlosen Kinder und rauben Ihnen jede Minute Freizeit. Und Elena hat Talent, aber es soll ihr Leben sein. Vielleicht ändert sie noch ihre Meinung.<<

Oscar wusste schon, dass Elena nur noch ein Jahr Musikunterricht nehmen wollte. Zu Hause wollte sie weiterhin öfter spielen und mit Maxi üben, der auch mit fünf Jahren angefangen hatte. Elena und Maxi – ein Herz und eine Seele von Anfang an. Sie spielte mit Maxi im Sandkasten, im Sommer plantschte sie mit ihm und seinen Freunden, spielte mit ihnen Räuber und Indianer. Keinen Wunsch konnte sie ihm abschlagen: vorlesen, vorspielen, auf den Spielplatz zu gehen, Memory spielen oder trösten, wenn er sich verletzt hatte.

Für Maxi war seine große Schwester zu einer wichtigen Person geworden. Wenn er Fragen hatte, fragte er zuerst sie. Sie konnte ihm meistens kindergerecht antworten. Es gab zwischen ihnen nie Streit oder Rauferei. Die beiden immer wieder zu erleben, war das Lebenselixier für Oscar. Zu beobachten wie sie sich entwickeln, wie sie miteinander umgehen, wie Elena und Dirk sie lieben, wie sie ihren Opa vergöttern, war eine Entschädigung für Oscars Verluste. Als er immer noch vor dem Spiegel stand, wünschte er sich weiterhin am Leben seiner Familie teilzunehmen. Nicht zum ersten Mal ging ihm auf, wie leer sein Leben ohne seine Familie gewesen wäre, dass Verwandte und gemeinsame Erfahrungen starke Bande, die Menschen zusammenbringen, wären. So wie einmal Julia sagte: Geburtstage, Hochzeiten, Urenkel. *Um Urenkel zu erleben bin ich schon zu alt, oder?* Er rechnete nach: Elena ist zehn, plus fünfzehn Jahre; er ist fünfundsechzig plus fünfzehn Jahre – ergibt achtzig; wäre möglich, oder Elena bekommt ein Kind mit zwanzig…*Ist ja egal, jetzt bin ich zufrieden und glücklich.* Man brauchte ihn nur anzuschauen, um zu erkennen: Ja, Oscar war ohne jeden Zweifel ein glücklicher Mann.

Julia hatte den Wunsch, ein Wochenende allein bei Oscar zu verbringen. Sie wollte Zeit für sich und mehr Zeit für ihren Vater haben. Dirk freute sich, dass er allein mit den Kindern bleibt. Sogar Elena war glücklich, dass der Papa viel Zeit für sie und Maxi haben würde.

Julia hatte am Freitagvormittag bei Oscar angerufen, um ihre Ankunft am nächsten Tag anzukündigen. Sie rief auf dem Festnetz – nur Anrufbeantworter. Sie probierte auf dem Handy – nur Mailbox. Sie rief bei Frau Gruszka an – sie war anscheinend nicht zu Hause.

Es war Freitag und Dirk war schon früh zu Hause. Julia berichtete ihm darüber, dass sie Oscar nicht erreichen kann. Jetzt versuchte auch Dirk, Oscar zu erreichen. Ohne Erfolg. Julia erinnerte sich an den Tag, an dem ihr Vater Maximilian starb. Sie hatte damals vergeblich versucht, ihn anzurufen.

Dirk meinte: >>Ob du heute oder morgen früh fährst, ist egal. Mach dich fertig und fahr am besten gleich los. Pass auf dich auf und benutze das Handy nicht beim Fahren. Und ruf an, wenn du ankommst.<<

Julia packte ein paar Sachen zusammen, verabschiedete sich von den Kindern und von Dirk.

>>Mehr nimmst du nicht mit?<<

>>Ich habe bei Oscar genug Sachen. Sollte was fehlen, wird er sich freuen, wenn er mir was kaufen könnte.<<

Obwohl Julia eilig hatte, fuhr sie nur mit der zulässigen Geschwindigkeit. Zwei Mal machte sie eine kurze Pause, um Oscar anzurufen. Er meldete sich nicht. Langsam hatte sie Angst, dass ihm was passierte.

Endlich war sie da. Oscars Auto und sein Fahrrad standen in der Garage und sie hörte Filou bellen. Gott sei Dank, dachte sie. Sie drückte auf die Klingel, dann noch einmal. Als Oscar nicht öffnete, schloss sie vorsichtig auf. Sie bekam langsam Angst. Etwas stimmte nicht. Sie rief, dass sie es sei. Keiner antwortete. Sie ging in die Küche, ins Badezimmer, ins Wohnzimmer und ins Oscars Schlafzimmer. Filou war im Garten und bellte vor verschlossener Tür. Als sie ihn rein ließ, lief er in ein Gästezimmer. In der Mitte des Zimmers stand eine hohe Leiter, auf dem Tisch zwei Glühbirnen. Oscar lag auf dem Fußboden und bewegte sich nicht. Julia eilte zu ihm, kniete sich und streichelte sein Gesicht. Sie hob sein Kopf und fühlte, dass ihre Hand nass wird. Er hatte eine offene Wunde am Kopf. Sie zog ihr Handy aus der Jackentasche und rief den Krankenwagen. Sie sprach die ganze Zeit zu ihrem Vater:<< Bitte, wach auf, bitte, du darfst nicht sterben.<<
Noch bevor der Krankenwagen kam, machte Oscar seine Augen auf. Er fragte Julia, warum sie da sei und was passierte.

>>Was genau geschah, weiß ich nicht. Ich habe dich auf dem Boden im Gästezimmer liegend gefunden. Du warst nicht ansprechbar und du hast eine Platzwunde am Kopf. Du bist bestimmt von der Leiter gefallen. Ich wollte

dir eine Überraschung machen und ich kam dich besuchen. Ohne die Kinder und ohne Dirk. <<

Der Notarzt stellte eine Gehirnerschütterung fest und keine Brüche. Die Kopfwunde wurde verarztet und Oscar sollte zur Sicherheit ins Krankenhaus. Weil Julia da war, durfte er zu Hause bleiben. Sie musste versprechen sofort anzurufen, wenn Oscars Zustand sich verschlechtern sollte.

Erst jetzt konnte Julia Dirk anrufen. Sie war sehr aufgeregt gewesen. Dirk wünschte Oscar gute Besserung und Julia trotzdem angenehme Stunden in Swinemünde bei Oscar. Sie waren sich einig, den Kindern über Opas Unfall zuerst nichts zu sagen.

Oscar wollte eine Glühbirne auswechseln und war auf der Leiter ausgerutscht und mit dem Kopf auf der Tischkante gelandet. Er wusste nicht wie lange er dort bewusstlos so da lag. Er war froh, dass seine Tochter bei ihm war. Julia machte es ihm auf der Couch bequem.

>>Du bleibst liegen, so wie der Arzt gesagt hat. Bei einer Gehirnerschütterung hilf nur absolute Ruhe. Du darfst fernsehen, musikhören und schlafen. Vielleicht können wir uns später, wenn es dir besser geht, sogar unterhalten.<<

>>Und was wirst du die ganze Zeit machen? So hast du dir das Wochenende bestimmt nicht vorgestellt<<, sprach Oscar langsam.

>>Mache dir um mich keine Sorgen. Ich setze mich neben dich hin und werde lesen. Ein Roman, den ich unbedingt lesen wollte, liegt schon mindestens vier Jahre in meinem Zimmer. Endlich komme ich dazu, ihn zu lesen.<<

Julia sah, dass Oscar die Lieder geschlossen hatte und nach einer Weile regelmäßig atmete. Sie strich und küsste seine Hände, seine Stirn. >>Schlaf dich gesund, Papa.<<

Jedes Mal, wenn sie Oscar *Papa* oder *Vater* nennt, denkt sie an Maximilian und darüber, dass es Maximilian gegenüber vielleicht nicht in Ordnung wäre. Aber was sollte sie sonst tun? Oscar hatte nichts dagegen, wenn sie ihn auch mit Vornamen ansprach. Sie sah aber, dass er sich freute, wenn sie ihn Vater oder Papa nannte. Beide verdienten den Namen *Vater*. Sie hat nie erfahren, wie Maximilian damit fertiggeworden war, dass Oscar der leibliche Vater von ihr sein könnte und letztendlich auch war. Vier Mal im Jahr: Geburtstag, Sterbetag, Vatertag und am Allerheiligen besucht sie Maximilians Grab. Sie kommt immer alleine – wie sollte sie Elena erklären, dass ihre Mutter zwei Väter hat? Und wie würde Elena es aufnehmen? Irgendwann, wenn Elena alt genug wird, wird sie ihr die ganze Geschichte erzählen.

Wenn sie an Maximilians Grab steht, denkt sie auch an ihre Mutter und an das, was sie nie wieder gutmachen kann.

Als Helena nach dem Suizidversuch in der Klinik war und als Oscar sie besuchte, hat sie ihre Mutter gehasst. Später hat sie sich mit Helena versöhnt. Aber hatte sie ihr gesagt, dass sie sie immer geliebt hatte und nie aufgehört hatte sie zu lieben? Hatte sie ihre Bewunderung für sie ausgesprochen?

Mutter hatte stets alles gemanagt, war gleichzeitig Mutter, Ehefrau, Hausfrau und arbeitete noch nebenbei. Sie hatte sich nie beklagt, dass es ihr zu viel wäre. Manchmal sagte sie, dass sie drei Kreuze machen würde, wenn alle Kinder endlich aus dem Haus wären. Vielleicht meinte sie die

Verantwortung, die dann die Eltern nicht mehr für ihre Kinder haben, bzw. eine geringere, andere Verantwortung. Auf jeden Fall war sie immer froh, wenn Ines und Julia regelmäßig das Elternhaus besuchten.

Vielleicht war die Beziehung Mutter-Tochter deshalb nicht so intensiv, weil Helena immer wieder krank war, und in die Klinik wegen der bipolaren Störung musste.

Wenn sie am Friedhof ist, besucht sie immer auch Daniels Grab. Oft erzählt sie ihm alles über ihre Familie. Wenn sie seine Fotos sieht, dann wird er erst in ihren Erinnerungen lebendig.

Oscar wurde wach und sah, dass Julia in Gedanken vertieft war. Er machte sich mit einem Gähnen bemerkbar.

>>Geht es dir besser? Haben die Schmerztabletten geholfen? Bleib lieber noch liegen.<<

>>Es geht mir gut. Nur leichte Kopfschmerzen. Konntest du lesen?<<

>>Nein, irgendwie musste ich an Maximilian, Mama und Daniel denken. Sie waren ein Teil meiner Familie. Ich vermisse sie manchmal.<<

Oscar war froh, dass Julia so offen mit ihm spricht. Sie könnte doch sagen, dass sie gelesen hätte. Dabei musste er an Helena denken, der Julia sehr glich.

Julia ging in die Küche um ein leichtes Abendbrot vorzubereiten. Die Auswahl an Wurst, Käse und Gemüse im Kühlschrank war groß. Im Obstkorb fand sie Orangen, Äpfel, Kiwis und Bananen für einen Obstsalat.

Oscar wollte unbedingt am Tisch sitzen und hatte versprochen, dass, wenn ihm schwindlig sein sollte, dann legt er sich wieder hin. Er schaffte allein ins Bad und zurück zu gehen und es ging ihm, den Umständen entsprechend, gut. Beim Essen fragte Julia, warum sie ihn nicht erreichen konnte.

>>Ich war den ganzen Tag in Danzig. Als ich nach Hause kam, sah ich eure Nummer auf dem Display. Ich habe sofort angerufen, aber es war besetzt. Ich probiere es noch paar Mal – immer besetzt.<<

>>Und Handy?<<

>>Ich habe heute früh mein Handy im Verein liegenlassen. Deine Handynummer war nur dort gespeichert. Irgendwann machte ich mich an die Lampen. Den Rest kennst du.<<

>>Zum Glück ist dir nicht mehr passiert<<, meinte Julia..

>>Zum Glück hast du die Hausschlüssel<<, stellte Oscar fest. Nach dem Abendbrot, es war noch zu früh um ins Bett zu gehen, bat Oscar, dass Julia ihm Neuigkeiten über Maxi und Elena erzählt.

<<Elena kann schon lange schwimmen. Als wir alle wieder mal in die Schwimmhalle wollten, hatte Maxi seine Schwimmflügel aus der Tasche rausgenommen. Er meinte, dass Elena auch keine hätte. Dirk versuchte ihm zu erklären, dass Elena schwimmen kann und keine Schwimmhilfen braucht. Da sagte er, dass er auch schwimmen lernen möchte. Ich wiederum, dass er noch zu klein wäre, um schwimmen zu lernen. Es hatte ihn aber keine Erklärung interesseiert. Und dann war Elena an der Reihe. >>Schau, das ist so wie mit dem Fahrradfahren. Zuerst hattest du ein Lauf- und Dreirad. Nachdem du gut gelernt hast zu lenken und zu bremsen, bist du mit dem richtigen Fahrrad gefahren. In der Schwimmhalle brauchst du Schwimmhilfen um zu üben, wie du deine Arme und deine Beine bewegen sollst. Später, ohne Schwimmhilfen,

wird Papa dich absichern bis du dann ganz alleine schwimmen kannst<<, hatte sie gesagt.

>>Und was sagte Maxi?<< wollte Oscar wissen, obwohl er die Antwort eigentlich kannte.

>>Das fragst du noch? Wie immer: Was Elena sagt, ist richtig und wahr. Seiner großen Schwester vertraut er und er liebt sie genauso, wie sie ihn. Es ist eine wunderschöne Geschwisterliebe.<<

>>Freue dich, dass du solche Tochter hast, dass Bruder und Schwester sich so lieben Ich fasse es manchmal nicht, welche Wirkung Elena auf ihren Bruder hat.<<

>>Da hast du Recht. Ich bin sehr stolz auf unsere Kinder. Hoffentlich bleibt die Geschwisterliebe für immer, dass sie in der Pubertät nicht weniger wird.

Weißt du, manchmal überlege ich, was aus meinen Kindern später wird – welchen Beruf sie erlernen, ob sie heiraten werden, wie viele Kinder sie haben werden und, und … Ich wünsche mir das alles zu erleben, ich wünsche mir, sie noch lange begleiten zu können, einfach für sie da zu sein. <<

>>Alle Eltern möchten es und du wirst bestimmt zusammen mit Dirk deine Enkel genießen. Jetzt sind Maxi und Elena noch klein, aber die Zeit vergeht so schnall. Sie werden sich bestimmt auch verlieben, sie werden aus ihren Leben das Beste machen. Wir werden noch sehr stolz auf sie sein, wenn sie erwachsen werden.<<

>>Elena vertraut dir sehr viel mehr als mir, sehr viel mehr als jedem anderen. Und dass sage ich nicht bloß, um dir zu schmeicheln.<<

>>Ich weiß, meine Liebe. Es bedeutet mir viel, ganz viel.<< Julia spürte, dass heute genug gesagt wurde. Sie wünschte Oscar eine Gute Nacht.

>>Unsere Zimmertüren bleiben heute offen. Du kannst mich jederzeit rufen, wenn du was brauchst. Versprich mir, dass du es tun würdest.<<

>>Danke Julia. Ich glaube, dass nach noch einer weiteren Schmerztablette werde ich schlafen können. Schlaf gut.<<

Julia konnte nicht einschlafen. Tausende Gedanken gingen ihr durch den Kopf. Es waren keine Sorgen, sondern Glücksgefühle und eine unbegrenzte Zufriedenheit. Sie fragte sich, ob es immer so bleiben würde. Sie wollte ihren Beitrag dazu geben. Sie betete selten, aber in dieser Stunde dankte sie Gott für alles: für Dirk, für Elena und Maxi, für Oscar. Sie wagte nicht mehrere Bitten zu äußern. Nach langem Überlegen formulierte sie dann doch eine Bitte: *Lieber Gott, beschütze meine Familie.* Nach dem kurzen Gebet war sie dann innerhalb von paar Minuten eingeschlafen.

Auch Oscar konnte nicht schlafen. Als er alleine blieb, hatte er geweint. Es waren Tränen des Glücks. Dass Julia ihn bedienungslos liebte, dass sie ihm den Kontakt zu seinen Enkelkindern ermöglicht, dafür war er ihr sehr dankbar. Aus Dankbarkeit würde er alles für seine Familie tun. Plötzlich wünschte er sich so sehr, Elena und Maxi als erwachsene Personen zu erleben. Elena hatte ihm schon paarmal angedeutet, dass sie Kinderärztin werden wolle. Bei ihr konnte er sich vorstellen, dass sie es ernst meint. Und Maxi? Er ist noch zu jung, um Berufspläne zu schmieden. Obwohl mindestens zwei Mal erzählte er ihm, dass er später Häuser und Brücken bauen möchte oder ein Anwalt werden möchte. Also entweder ein Architekt oder ein Bauingenieur. Dirk und Julia haben auch studiert, also es wäre kein Wunder, wenn die Beiden in ihre Stapfen gehen würden. Bis dahin sind noch viele Jahre und alles kann sich ändern, dachte Oscar. Mit solchen Gedanken war er eingeschlafen.

Die Natur hat dafür gesorgt,
dass es um glücklich zu leben,
keines großen Aufwandes bedarf;
jeder kann sich selbst glücklich machen
L. A. Seneca

Seit Wochen, wenn nicht Monaten, plagten Oscar Kopfschmerzen. Früher hatte er fast nie welche – egal was für ein Wetter draußen war oder wie viel Stress er hatte.

Und jetzt kamen die Schmerzen total unerwartet. Mit Schmerzmitteln versuchte er sie zu betäuben: Mit der Zeit kaufte er immer stärkere Tabletten und Tropfen. Seit einiger Zeit kamen noch Schwindelanfälle dazu und er spürte hinter dem rechten Auge einen heftig pulsierenden Druck. Zuerst hatte er vor Julia seine Schmerzen erfolgreich verstecken können. Irgendwann hatte sie ihn beobachtet, als er wieder die Tabletten nehmen musste. Um sie zu beruhigen, gab er leichte Kopfschmerzen zu. Sie sollte sich nicht um ihn sorgen müssen.

>>Du hattest doch nie Kopfschmerzen, du sollst dich gründlich untersuchen lassen. Versprich mir, dass du zum Arzt gehst.<<

>>Ich schwöre, dass ich mich demnächst durchchecken lasse.<<

Eine Woche später rief Julia an, um nach Oscars Befinden zu fragen. Zum ersten Mal hatte er sie belogen, dass er einen Arzttermin schon hätte.

>>Ich rufe dich an, wenn ich die Untersuchungsergebnisse bekomme<<, log er ihr vor.

Noch am gleichen Tag war er zum Arzt gegangen. Außer den üblichen Tests, schickte ihn sein Arzt noch zu CT.

Fünf Tage später saß er wieder vor dem Arzt. Noch nie im Leben hatte er derartige Angst.

>>Ich will sie nicht belügen, Herr Baron. Alle Ergebnisse sind nicht vielversprechend. Es handelt sich um eine mittelgroße Geschwulst in der rechten Hirnhälfte.<<

>>Wie lange habe ich den Tumor schon? Kann man es feststellen?<<

>>Das kann man nicht genau sagen. In Anbetracht der von Ihnen genannten Symptome, konnte der Tumor schon einige Zeit wachsen.<<

Oscar nickte und atmete tief durch. Er wollte sprechen, aber kein Ton kam über seine Lippen. Erst nach einer Weile konnte er fragen: >>Wie lange habe ich noch?<<

>>Nein, nein, so dürfen Sie nicht denken. Nach einer gelungenen Operation stehen die Chancen gut.<<

>>Sonst werde ich sterben?<<

>>Ja.<<

>>Wie viel Zeit habe ich noch?<<

>>Das kann ich Ihnen nicht sagen, Herr Baron. Ohne die vielversprechende Operation vielleicht ein Jahr, vielleicht weniger.<<

Noch eine Frage musste Oscar dem Arzt stellen: >>Wenn ich mich nicht operieren lasse, würde ich allein zurechtkommen können?<<

>>Die Symptome werden intensiver und häufiger, je weiter die Krankheit fortschreitet. Irgendwann werden Sie Pflege brauchen. Ich rate Ihnen zu dem Angriff und überlegen Sie nicht zu lange.<<

Ich darf nicht sterben. Noch nicht. Dieser Gedanke machte ihm Heidenangst. Gegen seinen Willen traten ihm Tränen in die Augen.

Er bat den Arzt um alle Testergebnisse für eine zweite Meinung. Er hatte Julia versprochen sie anzurufen.

Er wollte es ihr nicht am Telefon sagen. Hinfahren konnte er auch nicht – es wäre verantwortungslos von ihm. Sollte er während der Autofahrt einen Anfall bekommen, könnten andere Autofahrer zum Schaden kommen. Mit dem Zug müsste er fast eine Weltreise machen. Er wollte auch nicht Julia bitten, dass sie kommen solle. Und dann fand er die optimale Lösung – bei der Taxizentrale erkundigte er sich, ob ihn jemand nach Lübeck fahren könnte. Hauptsache heute. Die Kosten spielten keine Rolle. Man teilte ihm mit, dass in zwei Stunden ein Fahrer frei und bereit wäre die Fahrt nach Lübeck zu übernehmen.

Filou würde er zu seiner Nachbarin bringen.

>>Liebe Frau Gruszka, heute Abend komme ich zurück. Sollte sich was ändern, rufe ich Sie an und wir besprechen, was mit Filou passieren sollte.<<

>>Machen Sie sich keine Sorgen, Herr Baron. Ich bin immer froh, wenn Filou bei mir ist.<<

>>Vielen Dank, Frau Gruszka, ich zeige mich später erkenntlich.<<

Zu Hause packte er alle Krankenunterlagen in seine Aktentasche, ging durch alle Räume und durch den Garten. Alles war zu seiner Zufriedenheit. Er hat beschlossen, erst wenn notwendig, im Verein anzurufen.

Sein Taxi kam pünktlich. Am Steuer saß eine Frau seines Alters. Sie hatte ihn gleich gefragt, ob er sich unterhalten möchte oder lieber nicht.

>>Normalerweise habe ich nichts gegen eine Unterhaltung, aber ich hatte heute Nacht kaum geschlafen. Vielleicht kann ich es während der Fahrt nachholen. Sie können ruhig das Radio hören – es stört mich nicht.<<

Tatsächlich war er bald eingeschlafen und erst kurz vor Lübeck aufgewacht. Er wollte sich für das Gespräch mit Julia vorbereiten, und jetzt war keine Zeit mehr dafür.

Julia und die Kinder waren zu Hause. Alle drei hatten ihn störmisch begrüßt. Während die Kinder im Garten spielten, wollte Julia wissen, was passiert wäre. Oscar kam unerwartet und das beunruhigte sie. Ihr stockte der Atem, und sie blieb wie angewurzelt stehen.

Er erzählte ihr über die heftigen Kopfschmerzen, Schwindelanfälle und den Augendruck, für die ein Tumor verantwortlich wäre. Er berichtete ihr über den Arztbesuch. Er sagte ihr die ganze Wahrheit.

>>Ohne Operation muss ich sterben, spätestens in einem Jahr. So eine Operation am Gehirn ist ziemlich riskant, weil man wichtige Nerven durchtrennen könnte.<<

Julia spürte, wie sich ihr Magen zusammenkrampfte. Der Blick Julias tränenfeuchten Augen begegnete einen Moment dem seinen.

>>Was soll ich machen, Julia? Was würdest du an meiner Stelle tun?<<

>>Ich fürchte, die Entscheidung kannst nur du selbst treffen. Wir werden dich aber unterstützen, so gut wir können <<

Wieder trat ein längeres Schwiegen ein.

>>Ich habe keine Ahnung, was ich tun soll<<, murmelte Oscar und trat an das Fenster. Er wollte nicht, dass Julia seine Tränen sieht.

>>Ich habe eine Freundin, die in der Neurochirurgie arbeitet. Sie kann dir bestimmt schnell einen Termin besorgen. Wir holen uns am besten zuerst eine zweite Meinung.<<

>>Also gut, rufe deine Freundin an. Vielleicht bekomme ich schnell einen Termin.<<

>>Hast du vielleicht deine Krankenakte mit?<<

>>Ja, alles, was ich bekommen konnte, habe ich mitgenommen.<<

Während Julia telefonierte, kam Elena, ganz aufgeregt angelaufen.

>>Opa, jemand hat dein Auto gestohlen, es ist nicht mehr da, du musst sofort die Polizei rufen.<<

>>Niemand hat meinen Wagen gestohlen. Mein Auto steht bei mir zu Hause in der Garage.<<

>>Nicht gestohlen? Wie bist du zu uns gekommen, mit dem Zug?<<

>>Mit dem Zug auch nicht. Ich nahm einfach ein Taxi.<<

>>Ein Taxi bis nach Lübeck? Das war bestimmt teuer, aber so konntest du wenigstens die Gegend besser sehen.<<

Elena, nichts ahnend, was mit Oscar los ist, war dann wieder zum Maxi in den Garten gegangen.

Inzwischen war auch Dirk zu Hause. Er fand Julia weinend in der Küche. Sie konnte kaum was sagen und so informierte ihn Oscar über den Grund seines Besuches. Auch Dirk meinte, dass Oscar selbst entscheiden muss, wie es weiter gehen solle.

Julia sollte ihre Freundin am nächsten Tag gleich um 8:00 Uhr in der Klinik anrufen und wenn alles gut geht, würde

Oscar am Nachmittag einen Termin bei dem Professor bekommen.

>>Du musst also erstmals bei uns bleiben, mindestens bis morgen und dann sehen wir weiter. Hoffentlich wirst du bald operiert. Ich wünsche mir, dass du über einen Umzug nach Lübeck nachdenkst<<

<< Liebe Julia, jeder Mensch braucht Wurzeln. Heimat ist durch nichts zu ersetzen. Vielleicht irgendwann später.<<

Beim Abendbrot hatten nur die Kinder Appetit. Elena beobachtete Oscar die ganze Zeit.

>>Opa, ich habe dich noch nie so traurig gesehen<<, stellte sie besorgt fest.

>>Alles geht vorüber, glaube mir<<, sagte er so munter, wie er konnte, und zog sie in seine Arme.

Elena sollte noch nichts über Oscars Krankheit erfahren. Man wollte nicht, dass auch sie unnötig traurig wird. Erst wenn alles geklärt, egal ob Operation oder nicht, wollte man es ihr schonend beibringen.

Der Professor der Neurochirurgie konnte ihm auch nichts andres sagen, als das, was er schon wusste. Neu war, dass der Tumor zum Glück an solcher Stelle sich befand, wo man ihn vollständig entfernen konnte. Bei den ständigen Vorschritten der Neurochirurgie, sollte Oscar keine Angst vor der Operation haben.

>>Selbstverständlich ist jede OP mit Risiko verbunden. Sie sind aber allgemein gesund und haben keine Herzprobleme. Man wird Ihnen die Haare abrasieren müssen, aber die wachsen schnell nach<<, versuchte der Professor zu scherzen.

Am Abend sprach Oscar wieder mit Julia und Dirk.>> Ich habe keine Ahnung, was ich tun soll.<<

>>Geh schlafen. Du bist bestimmt nicht die erste Person auf der Welt, die vor einer solchen Entscheidung steht. Morgen triffst du deine Entscheidung, und wie immer sie ausfallen mag, es wird die richtige sein<<, Julias Stimme war kaum mehr als ein Flüstern.

Minuten verstrichen, Stunden vergingen. Oscar wälzte sich im Bett, weil er nicht einschlafen konnte. Erinnerungen an Helena wurden wach. Er wusste, dass auch sie ihm die Entscheidung überlassen hätte. Er entschied sich für die Operation, und sobald er sich sicher war, das Richtige zu tun, ist er dann sofort eingeschlafen. Schon drei Tage später sollte die Operation stattfinden. Julia überredete Oscar bis dahin in Lübeck zu bleiben.

>>Du sollst lieber nicht alleine sein, ganz viele Sachen, die du brauchen wirst, hast du hier und sollte was fehlen, werde ich es dir besorgen<<, argumentierte sie.

Oscar sprach mit Frau Gruszka wegen Filou. Sie sollte Filou entweder behalten oder ihn in die Pension geben. Er versprach, bald wieder zu Hause zu sein. Beim Verein sagte er, dass er auf unbestimmte Zeit wegen einer OP in Lübeck ausfallen würde. Um welche Operation es sich handelte, sagte er nicht.

Zwei Tage vor der OP bat Oscar Julia und Dirk um einen Gespräch. Am späten Abend, nachdem die Kinder in ihren Zimmern waren, trafen sie sich im Gästezimmer. Julia hatte ein mulmiges Gefühl und irgendwie Angst. Oscar gab ihr eine Patientenverfügung.

>>Ich möchte, dass du, wenn irgendwann es so weit sein sollte, meinen Willen respektierst. Du musst es mir versprechen, sich daran zu halten. Ohne Wenn und Aber. Das erwarte ich von dir.<<

>>Vater, ist dir klar, was du von mir verlangst? Ich glaube nicht, dass ich das kann.<<

Sie schwiegen eine Weile, Julia versuchte ruhig zu bleiben. Sie suchte nach den richtigen Worten.

>>Ich habe rechtlich verbindliche Vorkehrungen getroffen. Für den Fall, dass ich nicht in der Lage bin, Entscheidungen zu treffen, habe ich eine Patientenverfügung und eine Betreuungsvollmacht hinterlegt. Falls mir je etwas zustößt, möchte ich nicht, dass du in Entscheidungsnot gerätst.<<

>>Aber, Papa, das will ich nicht.<<

>>Hast *du* schon eine Patientenverfügung gemacht? Und Dirk?<<

Julia nickte. In dem Moment wurde ihr klar, was das bedeutet.

>>Also möchtest du auch keine lebensverlängernden Maßnahmen.<<

Oscar sprach weiter. >>Zieh den Stecker aus, wenn es so weit kommt, und lass mich friedlich sterben. Ich möchte keine geborgte Zeit leben, dank der Wunder moderner Medizintechnik. Keine Beatmungsgeräte und keine Infusionen. Es ist mein Ernst. Bitte, Julia, sag ja, in Namen der...<<

Julia war mit ihren Gedanken ganz woanders. Sie dachte an den Tag, an dem sie erfahren hatte, dass Oscar ihr Vater ist, und sie musste ein Lächeln unterdrücken. Der wäre unangebracht.

Ihre Gedanken kreisten auch um Maximilian, der ohne sie sterben musste. Sie hätte gerne gewusst, wie er damit zu Recht gekommen war, dass er nicht ihr biologischer Vater war. Er hatte sie immer geliebt, vielleicht sogar mehr als Ines und Daniel, sie wurde nie benachteiligt. Sie war ein

Nesthäkchen und war an der ganzen Misere unschuldig. Sie gab sich schließlich einen Ruck.

>>Also gut, ich verspreche es dir in der Hoffnung, dass ich nie vor solchen Entscheidung stehen werde.<<

>>Danke. In der Betreuungsvollmacht stehst du an erster Stelle und nach dir Elena. Was eine solche Vollmacht bedeutet, brauche ich dir bestimmt nicht zu erklären. Ja, ich habe vorgesorgt,<< und endlich trat ein kleines Lächeln auf sein Gesicht.

>>Wenn du schon an alles gedacht hattest – hast du auch ein Testament verfasst?<<, fragte Dirk.

>>Ja, auch das. Du, Julia, bist die alleinige Erbin. *Das letzte Hemd hat keine Taschen* – nichts, aber auch gar nichts kann man mitnehmen, wenn es eines Tages heißt: >>*Erde zu Erde, Staub zu Staub, Asche zu Asche.*<<

>>Und die Tafel und die anderen Projekte?<<

>>Im Laufe der Zeit hatte ich sehr viel für alle Projekte gespendet und getan. Wenn du noch spenden willst, liegt es in deinen Händen. Du kannst in meine Stapfen treten, oder du lässt es sein. Ich glaube, dass Elena sich bestimmt später engagieren möchte.<<

>>Du hast wirklich an alles gedacht. Du hast Recht mit dem Vorsorgen, aber ich wünsche mir, dass du noch viele Jahre bei uns bleibst. Ich möchte dein Geld nicht. Alles würde ich geben, damit du noch viele Jahre gesund bleibst.<<

Diesmal lächelte Julia und umarmte ihren Vater herzlich.

>>Was mein Haus betrifft, kannst du damit machen was du willst. Du kannst es behalten, verkaufen, vermieten oder verschenken. Schon heute ist mein Haus viel mehr wert, als ich bezahlt hatte.<<

>>Ich mag diesen Ort<<, sagte Julia und seufzte.

>>Ich glaube, er ist mir der liebste in Polen. Dieser Blick von der Terrasse, ist er nicht umwerfend?<<

Ein Tag vor der Operation musste Oscar in die Klinik. Als er im Bett lag spürte er eine Traurigkeit und Angst. Das Herz schlug ihm bis zum Hals. Er redete sich ein, dass er keine Angst vor dem Tod hätte. Sterben wollte er aber noch nicht – er wollte noch so viel mit seiner Familie erleben. Eine Ewigkeit hatte er nicht gebetet und nun fand er die richtigen Worte. *Muss ich jetzt den Löffel abgeben? Bitte, lieber Gott, bitte schenk mir noch ein paar Jahre...Ich möchte Elena und Maxi aufwachsen sehen.*
Er war der Meinung, dass er ein weiteres Leben verdient hätte, dass er gebraucht wird. Als Julia ihn fragte, ob er schlafen konnte, antwortete er wahrheitsgemäß: >>Ich habe letzte Nacht kein Auge zugetan. Kein Auge. Ich weiß nicht, ob ich das Morgen fürchtete oder herbeisehnte.<<

Als er zu sich kam, wusste er einen Augenblick lang nicht, wo er war. Erst als er sich an den Kopf fasste, fiel ihm alles wieder ein - dass er operiert wurde, dass er im Krankenbett liegt. Er fühlte sich wieder so leicht im Kopf, wie noch nie. Dies war kein Delirium der Angst, sondern die Freude. Danach war er wieder eingeschlafen. Er musste lange geschlafen haben, denn als Julia neben seinem Bett stand und ihn betrachtete, war der halbe Tag bereits um.

>>Ich kann gar nicht darüber hinwegkommen, dass du..., dass wir alle um dich Angst hatten.<<

>>Jetzt ist es ja überstanden<<, beruhigte Oscar sie und berührte ihre Hand. >>Zum zweiten Mal in meinem Leben hatte ich derartige Angst ausgestanden.<<

Julia war für eine Weile mit ihren Gedanken in den USA, als Elena operiert wurde.

Oscar wollte wissen, wer die Kinder betreut, wenn sie in der Klinik ist. Sie beruhigte ihn: >>Dirk hat drei Tage Urlaub genommen, es ist alles in Ordnung.<<

Als Julia nach Hause kam, sprach sie dann endlich mit Elena. Sie erzählte ihr über die gelungene Operation, und dass es Opas Wunsch war, ihr nicht am Anfang alles zu sagen. Elena war nicht enttäuscht, sie hörte Julia genau zu, stellte die eine oder andere Frage.

>>Kann ich Opa besuchen?<<

>>Morgen gehen wir alle hin. Opa wird sich bestimmt freuen.<<

>>Und was sagen wir Maxi?<<

>>Ungefähr dasselbe, was ich dir gesagt habe. Keine Angst, er kann es verstehen und verkraften.<<

Am nächsten Tag machte sich die ganze Familie auf den Weg in die Klinik. Zehn Minuten durften sie bei Oscar bleiben. Als Oscar nach dem Klopfen >>Herein<< sagte, war er froh, seine Familie wieder zu sehen. Maxi schaute sich den Kopfverband genau an und fragte: >>Bist du jetzt gesund? Tut dein Kopf weh? Wann kommst du nach Hause?<<

>>Wenn mir die Haare nachwachsen, dann bin ich wieder der Alte und kann hundert Jahre leben.<<

Julias Tagebuch

Liebes Tagebuch. Ich weiß kaum, wo ich beginnen soll. Irgendwann drehen sich die Gedanken nur noch im Kreis. Es ist wie die Ruhe vor dem Sturm. Alles ist überstanden. Trotzdem habe ich Angst. Ich möchte nicht übertreiben, aber ganz ehrlich, das waren die schlimmsten Tage meines Lebens.

Ich wünsche mir und meinen Kindern, dass Oscar noch lange leben wird.

Vor der Entlassung haben ihn Julia und die Kinder unangemeldet besucht. Sie brachten fünf verschiedene Capas zur Auswahl. Die Kinder haben die Verkäuferin so lange bearbeitet, bis sie die Mützen gegen Pfand mitnehmen durften. Oscar sollte sich zwei aussuchen. Für die Zeit, bis die Haare nachwachsen.

Oscar sagte: >>Das war eine sehr gute Idee von euch, aber die Capas werde ich auch später tragen können. Vielen, vielen Dank>>, und er umarmte beide.

Um den vollen Wert des Glücks
zu erfahren, brauchen wir jemand,
um es mit ihm zu teilen.
Mark Twain

Nach der gelungenen Operation wollte Oscar einerseits so viel Zeit wie möglich mit seiner Familie verbringen, andererseits sich nicht zu sehr aufdrängen. Er lud alle für ein verlängertes Wochenende nach Wien. In einem Monat sollte es losgehen. Er buchte die Flüge und das Hotel, besorgte einen Stadtführer in Deutsch und in Polnisch.

Elena und Max waren sofort begeistert – in Wien waren sie noch nicht. Sie hatten beschlossen, die Chronik gemeinsam zu schreiben. Maxi war zusätzlich für das Fotografieren verantwortlich.

Sie waren in der Oper, verbrachten paar Stunden in Stephansdom, besuchten Schloss Schönbrunn – die beeindruckende Residenz der Habsburger. Sie hatten die Lipizzaner in der Hofreitschule gesehen, die Wiener Sängerknaben gehört, ein paar Museen und viele Burgruinen aus dem frühen Mittelalter erkundet. Es gab genug Material für die Reisechronik. Einstimmig hatten sie beschlossen, öfter solche verlängerte Wochenenden zusammen zu verbringen. Beim Sammeln von Vorschlägen wurden: Paris, London, Venedig, Brüssel und Warschau genannt. Zuerst wollten sie europäische Städte kennenlernen. In der letzten Nacht im Hotel haben sich Julia und Dirk über Oscar unterhalten. >>Ist es dir auch aufgefallen, dass Vater unruhiger und rastlos geworden ist?<<, fragte Julia.

>>Ja, den Eindruck habe ich auch. Er hat sich nach der Operation verändert. So lange er noch kann, möchte er viel erleben, reisen und viel Zeit mit uns verbringen. Ich glaube, wir und seine Enkel halten ihn jung und vital. So wie du, hoffe ich, dass er noch viele Jahre bei uns bleibt.<<

Julia drückte ihm ein Kuss auf die Lippen und bedankte sich für seine Worte.

>>Du musst mir nicht danken; ich liebe ihn so, wie ein Schwiegersohn normalerweise einen Vater liebt. Er ist ein sehr guter Mensch<<, und er küsste Julia auf die Stirn.

<u>Julias Tagebuch</u>

Ich bin glücklich – ich habe einen guten Mann, zwei wundervolle Kinder, ein schönes Heim, keine materielle sorgen und einen lieben Vater. Manchmal frage ich, womit ich so viel Gutes verdient habe, warum ausgerechnet ich, soviel Glück habe.

Dirk und ich, wir lieben uns wie vor Jahren. Nein, wir lieben anders – unsere Liebe ist bedienungslos, reifer und tiefer. Genauso ist unsere Liebe zu unseren Kindern – mit der Zeit wächst und verändert sie sich. Ich weiß, dass unsere Kinder auf dem guten Weg sind, dass sie eine ausgezeichnete Ausbildung bekommen werden. Für alles andere werden sie selbst verantwortlich sein: Beruf, Partner, Kinder. Wir werden aber immer bereit, ihnen zu helfen, sie in die richtige Richtung zu lenken.

Glücklich ist nicht der, wer anderen so vorkommt,
sondern wer sich selbst dafür hält.

Seneca

Oscar hatte sich an Julias Hochzeit erinnert. Sie und Dirk wollten zusammen mit Elena verreisen. Die Hochzeitsreise hatte wegen Elenas Krankheit aber nicht stattgefunden. Auch später nicht: Da war die Fehlgeburt, dann die zweite Schwangerschaft, dann das neue Haus. Bis heute waren sie nie richtig im Urlaub. Wenn alle bei ihm in Swinemünde das Wochenende verbrachten, war es immer nur ein Kurzurlaub. Oscar wollte bei der nächsten Gelegenheit mit Julia darüber sprechen, sie zu einer Reise mit Dirk zu überreden.

Noch vor der Entlassung aus der Klinik, überredete Julia Oscar mindestens eine Woche bei ihr zu bleiben. Er protestierte nicht. Es ging ihm gut und er freute sich auf die gemeinsame Woche mit seiner Familie. Er wollte mit Julia über seine Überlegungen sprechen.

>>Ich möchte dich auch zu einer Sache überreden: Eure Hochzeitsreise. Es ist mir klar, dass es keine richtige Hochzeitsreise mehr sein kann. Eben eine Hochzeitsreise zum späteren Zeitpunkt. Ihr wollt doch nicht mit der Reise bis zur Silbernen Hochzeit warten? Ich würde mich um Elena und Maxi kümmern. Ihr müsst nicht gleich ganz weit fahren oder fliegen, aber einen anständigen Urlaub solltet ihr machen.<<

>>Ja, nach dem Hauskauf und Umzug, nach deiner gelungener Operation wäre Urlaub mit den Kindern

schön. Ich werde es mit Dirk besprechen. Wir wissen noch nicht, wo wir Urlaub machen wollen. Entweder Ausland oder Deutschland. Entweder wir fliegen, oder fahren mit dem Auto oder mit der Bahn. Es gibt viele schöne Plätze und man braucht nicht ans Ende der Welt zu reisen. Mit meinen Eltern war ich in Krakau, Oppeln, Kattowitz, Zakopane, und dort, wo die Schneekoppe ist<<, zählte Julia auf.

>>Und wo hatte es dir am besten gefallen?<<

>>In Zakopane. Aus unseren Zimmern hatten wir den Blick auf *Giewont* mit einem Gipfelkreuz aus Eisen. Mit dem Fernglas konnte man die Menschen da oben sehen. Warst du schon in Zakopane?<<

>>Nein, es hat sich nicht ergeben. Helena war als junges Mädchen öfter mit ihren Eltern dort und hatte mehrmals den Berg bestiegen.<<

>>Richtig, und deshalb wollte sie, dass wir alle da nach oben wandern. Nach fünfhundert Metern musste sie aufgeben, weil sie schlecht Luft bekam. Wir: Ines, Daniel und ich hatten keine Lust die 1.895 Meter zu steigen und taten so, als ob es uns leid tun würde. Ich weiß noch heute, was Daniel sagte: >Aber Mama, wir haben uns so gefreut. Hättest du heute keine Zigaretten geraucht, könntest du besser atmen.<<

>>Und Maximilian?<<

>>Er hatte auch keine Lust, es war sehr heiß an diesem Tag. Dafür plante Mama für den nächsten Tag ein Ausflug zu *Morskie Oko*. Bis zu einem Punkt konnte man mit dem Auto fahren, dann entweder zwei Stunden Fußmarsch oder eine Fahrt mit dem Leiterwagen. Zu Fuß wollten wir nicht. Mehr als zwei Stunden warteten wir auf den Wagen. Als wir dann endlich da waren und bis zum

See nur dreihundert Meter waren, gab es ein schreckliches Gewitter. Pitch- nass fanden wir Unterschlupf in einer Bar. Wir hatten gegessen, getrunken und gewartet, bis der Regen vergeht. Irgendwann kamen wir nach draußen und hörten, dass die letzte Fuhre in fünf Minuten geht. Es blieb keine Zeit mehr *Morskie Oko* zu bewundern oder Fotos zu machen.<<

>>Aber euch hatte es trotzdem gefallen.<<

>>Vielleicht grade deshalb, weil nichts nach Plan lief. Zurück im Zentrum bekamen wir Pizza und unsere Eltern einen Schaschlik. Zur Krönung des Tages fuhren wir mit der Kutsche zur Pension. Das waren schöne und verrückte Zeiten.<<

>>Zurück zum Urlaub: Wohin möchtest du am liebsten fahren?<<

>>Ich möchte Dirk und Elena die Berge und Zakopane zeigen. Dir auch.<<

>>Mir? Warum mir?<<

>>Du fährst doch mit; du bist der beste Babysitter, in Zakopane warst du auch noch nicht. Das mit dem Babysitter war nicht so gemeint.<<

>>Ich weiß und du weißt es, dass ich so viel Zeit wie möglich mit euch verbringen möchte. Wird Dirk mit Zakopane einverstanden sein? Vielleicht möchte er lieber ans Meer?<<

>>Bestimmt, er liebt die Berge. Wir müssen überlegen, wie wir am besten dorthin kommen. Wenn du möchtest, erkundige dich nach den Fahrmöglichkeiten.<<

Zwei Tage später fand ein Familienrat statt. Oscar stellte Julia und Dirk die Resultate seiner Recherchen.

>>Wir können von Danzig nach Krakau fliegen. Dort mieten wir einen Wagen, mit dem wir nach Zakopane

fahren können. Es sind bloß neunzig Kilometer. Wir können auch mit der Bahn fahren und erst in Zakopane den Wagen mieten. In Krakau können wir zwei oder drei Tage Zwischenstopp machen. Wegen der Buchungen müssen wir alle Termine festlegen und ich werde dann den Flug, die Hotels und den Mietwagen buchen.<<

Sie hatten abgemacht, dass sie in sechs Wochen starten wollten. In Krakau sollte es zwei Übernachtungen geben und zehn Tage Zakopane. Am Ort und Stelle wollten sie entscheiden, welche Orte sie besuchen könnten und ob sie in die Slowakei fahren würden. Oscar hatte gleich verkündet, dass er den Urlaub bezahlt, ohne Wenn und Aber. Nachdem der Plan feststand, wurden die Kinder informiert. Da der Opa mitfahren sollte, wären sie mit jedem Ort einverstanden. Maxi meinte sogar, dass kein Kind im Kindergarten in Polen gewesen wäre. Er wollte viele Fotos machen. Oscar schenkte ihm zum Geburtstag eine Kinderfotokamera, mit der er schon viele gute Fotos machte. Oscar hatte ihm für später eine richtig gute Kamera versprochen. Ein paar Jahre muss er noch warten.
Die Hotelzimmer zu buchen war gar nicht so einfach, wie Oscar sich das vorgestellt hatte. In Krakau bekam er drei Doppelzimmer, in Zakopane vier Zimmer mit Verbindungstür und ein Einzelzimmer.

Rechtzeitig machte er eine Liste mit wichtigen Sachen, die man mitnehmen sollte, fertig: Eine Kleine Reiseapotheke, Kopfbedeckung, Regenjacken, feste Schuhe, ein Rucksack für unterwegs.
Alle Dokumente sollten nur als Kopien mitgetragen werden; Originale und Kreditkarten werden im Hotelsafe bleiben. Bargeld sollte jeder nah am Körper tragen; Kameras müssten immer am Hals getragen werden.

In Ferienorten, egal wo, wird viel gestohlen und man sollte Vorkehrungen treffen. Julia und Dirk waren seiner Meinung.

Maxi war sehr neugierig auf die ganze Reise. Elena wollte mit Mutters Hilfe eine Chronik führen.

1. Tag – Ankunft in Krakau

Krakau, im Mittelalter die Hauptstadt Polens. Heute Nachmittag haben wir den Hauptmarkt mit den vielen Tuchhallen besichtigt. Der Platz misst 200 mal 200 m und ist einer der größten Plätze Europas. Während die Erwachsenen in einem Marktkaffee sich stärkten, machten Maxi und ich eine Fahrt mit der Rikscha. Es hatte uns viel Spaß gemacht. Am Abend sind Mama und Papa ausgegangen.

Viele Bars befinden sich in den historischen Kellergewölben – praktisch eine Stadt unter der Stadt, zwei bis drei Stockwerke hinab.

2. Tag

Heute war das Königsschloss *Wawel* an der Reihe. Hier ließen sich polnische Könige krönen und von hier regierten sie das Land.

Zum Glück mussten wir nicht lange warten, bis wir rein durften. Es war überwältigend, mit eigenen Augen alles zu sehen können. Maxi war sehr von der Rüstkammer, in der Hieb- und Stichwaffen gezeigt werden, fasziniert.

An warmen Sommertagen gehen die Krakauer zum *Wawel* hinauf und lehnen sich an die Mauern der Kathedrale. Ihre Augen sind geschlossen oder in die Ferne gerichtet. Krakau, sagen sie, sei neben Jerusalem und Rom eine Energiequelle der Erde, die positive Energie ausstrahlt und von seelischen Nöten befreit. Wir haben es auch gemacht und keine Wirkung festgestellt.

Danach waren wir bei einer Drachenhölle *Smocza Jama,* einer Tourist Attraktion Krakaus. Eine Treppe nach unten ist einundzwanzig Meter lang. Eine Legende besagt, dass in einer Höhle ein Drache lebte. Jede Woche verlangte er ein Opfer – eine Kuh oder ein Schaf. Hatte er nichts bekommen, hatte er stattdessen Menschen gefressen. König *Krak* schickte seine beiden Söhne zu dem Ungeheuer, damit sie ihn töten. Als sie es nicht schafften, hatten sie den Drachen überlistet – eine Kuhhaut hatten sie mit Schwefel gefühlt. Der Drache war erstickt.

Eine andere Legende beschreibt den Tod des Ungeheuers anders; ein Schuster Namens *Skuba* gab dem Drachen einen Schaf mit Schwefel. Der Drache hatte die Hälfte von Weichsel getrunken und war geplatzt.

Erst 1972 wurde ein Denkmal aufgestellt: *Wawels* bronzener Drache, der mit Feuer spuckt.

Maxi hatten die Legende und der Drache sehr gefallen. Er machte mehrere Fotos und posierte selbst vor der Drachenhölle. Seit er einen Fotokurs gemacht hatte, konnte er sehr gut fotografieren. Sogar viel besser als Elena. Die guten Kameras hatten wir von Opa bekommen.

Auf dem Markt entdeckten wir junge Männer und Frauen, die mit Kohle Porträts von Passanten anfertigten. Mehrere Zeichnungen, die keinen Abnehmer fanden, zeugten davon, dass sie Talent hätten. Opa machte den Vorschlag, sich porträtieren zu lassen. Es hatte nicht lange gedauert und wir waren verewigt. Für die fünf Porträts hatte Opa freiwillig den doppelten Preis bezahlt. Dafür bekamen wir eine Mappe für unsere Porträts. Als ich Opa fragte, warum er die Studenten so großzügig entlohnte, meinte er, die jungen Künstler unterstützen zu wollen.

3. Tag

Wieliczka, 17 km von Krakau – das Salzlabyrinth. Heute haben wir *Wieliczka*, Weltkulturerbe UENESCO, mit dem ältesten Salzbergwerk, besucht. Auch dazu gibt es eine Legende: Als die ungarische Prinzessin Kunigunde nach Polen kam, warf sie einen Brillantring in eine Schlucht und prophezeite, dass dort, wo man ihn wiederfände, ein Schatz versteckt sei.

Die Bewohner *Wieliczkas* stiegen in die Schlucht hinab, und entdeckten den Ring auf kristallenem, weiß glänzendem >>Gold<<.

Später hatten wir uns auf der Weichsel, auf einem Ausflugsdampfe, bei einer einstündiger Rundfahrt gut gehen lassen: In aller Ruhe die Panorama bewundern und die Seele baumeln lassen.

Krakau zählt über hundert Kirchen und Klöster und viele Museen. Angeschaut hatten wir uns die wichtigste Kirche – die Marienkirche, die nicht zu überhören ist. Zu jeder vollen Stunde wird von dem höheren, goldgekrönten Turm eine Trompetenmelodie in alle vier Himmelsrichtungen geblasen. Nach wenigen Takten bricht die Melodie abrupt ab. Es geschieht in Erinnerung an einen Turmwächter, der anno 1241, noch während er ins Horn blies, vom Pfeil des Feindes durchbohrt wurde

An einem Tag der Woche wird von der Kuppel der Peter- und-Paul-Kirche ein 46,5 m langes Seil herabgelassen, an dem eine 25 kg schwere Kugel hängt. Anfangs bewegt sich der Pendel geradlinig, im Laufe der Zeit ändert es die

Richtung und beschreibt eine Rosettenbahn. Es war sehr interessant für alle. Man sagt, dass die Vorstellung für Ungläubige ist, um ihnen zu zeigen, dass die Erde ein beweglicher Planet ist.

Nicht weit von Krakau liegt Ausschwitz mit seinem Museum. Mama hätte es diesmal gerne gesehen, aber alleine wollte sie nicht hinfahren Uns Kindern konnte man es nicht zumuten.
Opa hatte ihr angeboten, sie nach Ausschwitz zu begleiten. Zuletzt hatte Mama doch keine Lust, oder hatte sie vielleicht Angst?
Man kennt das Vernichtungslager zwar aus verschiedenen Reportagen oder Filmen, aber da zu sein, mit eigenen Augen alles sehen, dazu braucht man starke Nerven.
Am Abend waren Mama und Papa alleine ausgegangen. In Krakau gibt es zweihundert Kellerkneipen und eine haben sie sich ausgesucht. Opa, Maxi und ich waren schwimmen und im Whirlpool. Sauna hatten wir nicht besucht – seit Opa eine Sauna hat, benutzen wir sie immer bei ihm. Die drei Tage in Krakau vergingen im nu und es war auch schön hier. Irgendwann möchte ich Ausschwitz und Treblinka sehen.

4.Tag – Ankunft in Zakopane.
Von Krakau nach Zakopane führte eine gute Schnellstraße. Die 90 Kilometer mit zwei Pausen schafften wir in zwei Stunden. Opa hat ein tolles Hotel, mit unvergesslichem Blick auf die Tatra-Berge, für uns alle gebucht: Schwimmbad, Sauna, SPA- Abteilung, Tennisplatz, Kegelbahn, Disco, mehrere Bars, viele Geschäfte – alles stand den Gästen zur Verfügung.

Am Nachmittag sind wir in die Stadt gegangen, um den ersten Eindruck zu gewinnen. So ein gutes Eis habe ich noch nie gegessen. Noch viel besser sind die Waldblaubeeren mit Sahne.

Zurück ins Hotel nahmen wir eine Droschke. In Krakau eine Rikscha und jetzt eine Droschke. Wunderbar!

5. Tag

Kasprowy Wierch. Ein interesannter Berg an der polnisch-slowakischen Grenze, 1.987 Meter hoch, ein beliebter Skigebiet. Mit einer Seilbahn erreichten wir in wenigen Minuten *Kasprowy.* Von oben hatten wie alles sehr gut sehen können. Maxi machte von dem wundervollen Panorama mehrere Fotos. Man konnte dort oben im Restaurant sehr gut essen. Alles, was an Wasser, Getränken und Lebensmittel gebraucht wird, muss erst nach oben befördert werden.

Mama hatte mal erzählt, dass Oma diesen Berg im Winter liebte. Man konnte sich im Liegestuhl ausruhen und sonnen. Man sollte aber die Sonne nicht unterschätzen.

6. Tag.

Gubalowka Ein bekannter Berg, auf den eine Standseilbahn führt. Auf dem Berg befindet sich eine kleine Siedlung mit Läden und Restaurants und einer Kapelle. Es hat uns alles gut gefallen. Heute sind wir nirgends mehr gefahren oder gegangen. Jeder hatte Zeit für sich.

7. Tag

Poronin Ein Dorf und ein beliebter Winter-Urlaubsort. Einige Jahre lebte Lenin, der russische Revolutionär in Poronin.

Inzwischen h-öaben wir alle polnischen Spezialitäten probiert: Köstlich schmeckt Zurek, eine Suppe aus vergorenem Roggenmehl, angereichert mit Wurst; klarer Borschtsch, eine Rote-Bete-Suppe; eine Gurkensuppe, die aus Salz-Dill-Gurken zubereitet wird. Keine polnische Tafel kommt ohne Teigtaschen aus, die köstlich schmecken. Auch die polnische Wurst-Krakauer – pikant geräuchert oder Krakauer Trocken und Cabanossi schmecken sehr gut.

8. Tag

Heute waren wir auf dem großen Markt. Bei der Gelegenheit hatte Mama uns erzählt, was sie - ihre Schwester Ines und ihr Bruder gekauft hatten. Kaum zu glauben, dass sie einen Welpen gekauft hatten. Sie wussten, dass sie ihn nicht nach Hause mitnehmen durften und hatten beschlossen, ihn bei der Tante zu lassen. Er war ein typischer Berg Hund, ganz weiß war er. Bevor sie zu der Tante kamen, hatten sie sich geeinigt, dass er Bartek heißen sollte. Nach einem Jahr wurde er krank und war gestorben. Mamas Tante war überzeugt, dass jemand ihn vergiftet hätte.

Wir haben *Oscypki,* Delikatesse aus geräuchertem Käse, probiert – schmeckt gut. Maxi wollte unbedingt einen Wanderstock als Souvenir. Ich suchte mir eine Ledertasche aus. Selbstverständlich haben wir fast jeden Tag Blaubeeren als Nachtisch gegessen.

Wir fanden im Zentrum eine Milchbar, wo wir die besten Kartoffelpuffer gegessen haben.

Es ist komisch, obwohl so eine Bar Milchbar heißt, man bekommt dort fast alles zum Essen und Trinken, bloß keine Milch. Manchmal verstehe ich die Welt nicht. Naja, ich bin eigentlich noch ein Kind und muss noch sehr viel lernen.

9. Tag

Heute sind wir im Hotel geblieben. Den Tag hatten zwar anders geplant, aber von einer Minute auf die andere gab es Vormittag Sturm mit Regen und Hagel. Mama hatte ihren Termin bei Kosmetikerin und beim Friseur. Zu viert waren wir in der Schwimmhalle und in der Sauna. Opa hatte mit Maxi und mir Minigolf gespielt.
Maxi hat gewonnen und wollte noch eine Runde spielen. Danach schaute Maxi zu, als ich mit Opa Tennis spielte. Opa ist die ganze Zeit in guter Form.
Heute saß ich das erste Mal in meinem Leben auf einem Pferd. In der Reiterschule bekamen wir alle unsere erste Lektion. Papa meinte, dass Maxi und ich vielleicht auch in Lübeck reiten könnten, wenn es uns so viel Spaß macht. Opa wollte sich auch umschauen, ob er später therapeutisch reiten könnte.

10. Tag

Jeden Tag sehen wir den Berg *Giewont*,   auch *Schlafender Reiter* genannt. Er ist 1.895 Meter hoch, ganz oben steht ein Gipfelkreuz aus Eisen, 17 Meter hoch. Nach langer Diskussion wurde beschlossen, dass wir alle den Berg besteigen. Es waren nicht nur die vielen Meter hoch, sondern auch runter.
Eine Seilbahn gibt es nicht. Wir hatten den Rucksack mit Trinken und Proviant bepackt und machten uns nach dem Frühstück auf dem Weg.
Wir haben uns Zeit gelassen: kein schnelles Tempo und hin und wieder eine Pause.

Es wurde abgemacht, dass wir umkehren werden, wenn
der Weg doch zu anstrengend sein sollte. Dazu ist nicht
gekommen. Als wir ziemlich erschöpft ganz oben standen,
waren die Mühe und Schweiß vergessen. Es war ein unbe-
schreibliches Gefühl – ich fühlte mich frei und glücklich.
Der Weg nach unten ging, wie üblich, schneller. Im Hotel
angekommen wollte ich nur Duschen und mich ausruhen.
Am frühen Abend waren wir wieder munter und wir waren in die Stadt gefahren. Bei Pizza und Eis lernten wir
eine junge Familie aus Deutschland kennen. Schade, dass
sie morgen abreisen, sonst hätte ich eine Freundin Olivia,
und Maxi einen Freund Pascal gehabt. Für alle Fälle
tauschten wir unsere Telefonnummern.

11.Tag
Heute sind wir in die Slowakei gefahren, ziemlich nah an
der Grenze. Als wir durch *Stary Smokovec* (*Altschmecks*), das
Bergzentrum Hohe Tatra schlenderten, erwischte uns ein
Gewitter. Hagel groß wie Eier bedeckte binnen paar Minuten die Straßen. Nach zehn Minuten war das Gewitter
vorbei und es schien wieder die Sonne. Mit der Standseilbahn, die 1.937 m lang ist fuhren wir auf den Berg
Hrebienok, 1.272 m n. m. Wir haben ein Lehrpfad für Kinder gefunden – die Tatra Wildnis hat hier eine seiner Sta-
tionen. Viel Spaß kann man mit Tubing, im Bike Park
oder mit einer Rollerfahrt erleben. Schade, dass wir die
einmalige Veranstaltung >>Bärentage<< verpasst haben.
Ein Tatra- Bärenfestival mit vielen Wettbewerben für
Kinder und der höchsten Zahl von Bären im Jahr. Also,
dieser Urlaub ist prima! Vielleicht werden wir noch
mehrmals zusammen mit Opa verreisen. Die Erwachsenen verstehen sich gut, man könnte sagen, ohne Worte.

Morgen fahren wir gut erholt und mit vielen neuen Eindrücken wieder nach Hause. Opa meinte, wir könnten mindestens einmal im Jahr gemeinsam einen Urlaub machen. Einstimmig haben wir beschlossen, dass der nächste gemeinsame Urlaub ein Winterurlaub sein wird. Mit meiner Chronik bin ich zufrieden – zu Hause werde ich alles schön sauber schreiben und mit Fotos dokumentieren.

Das Leben ist wundervoll.
Es gibt Augenblicke, da möchte man sterben.
Aber dann geschieht etwas,
und man glaubt, man sei im Himmel.
Edith Piaf

Wie jedes Jahr liefen bei der Tafel die Weihnachtsvorbereitungen auf Hochtour. Auch in diesem Jahr war die Wunschbaum-Aktion für sozial benachteiligte Kinder in Swinemünde ein fulminanter Erfolg: Bereits nach dem ersten Adventswochenende waren die Zettel von den beiden Tannenbäumen gepflügt.

Ob Star-Wars-Figuren, Puppen, Lego, Rucksak, oder Bücher, mit viel Engagement wurden Swinemünder Bürger wieder zu Wuscherfüllern. Viele gutherzige Bürger haben die Wünsche der Kids erfüllt und die meist wundervoll verpackten Geschenkpakete bei der Tafel abgegeben.

Die rund 100 Wunschzettel sollten nächstes Jahr um 200 aufgestockt werden.

Ein Riesenberg bunter Geschenke türmte sich unter dem Tannenbaum in der Tafel. Die Pakete wurden mit den herzlichsten Weihnachtswünschen versehen.

Es waren kleine Wünsche, die maximal 80 Zlotych kosten sollten, die in vielen Familien einfach nicht zur Verfügung stehen. Zahlreiche Päckchen, bunt und weihnachtlich verpackt konnten in Empfang genommen werden.

Die Geschenke werden an die Eltern verteilt, die sie dann unterm Weihnachtsbaum zu Hause legen, als hätte der

Weihnachtsmann sie gebracht. Kein Kind wird an Weihnachten ohne Geschenk sein müssen.

In der Zeitung erschien eine Danksagung:

Wir von der Tafel Swinemünde bedanken uns von Herzen bei allen, die die Weihnachtswünsche der Kinder erfüllt und so liebevoll verpackt haben. Es ist großartig, dass es so viele Menschen gibt, die an andere denken und wissen, dass viele Kinder auch hier in Swinemünde nicht ganz so auf der Sonnenseite des leben stehen. Und dafür bedanken wir uns herzlich.

Solche Aktionen, die vor allem die, die Kinder betrafen, sorgten bei Oscar für unvergessliche Erinnerungen. Es machte ihn jedes Mal traurig, dass so viele Kinder praktisch in Armut leben. Viele Kinder sammeln regelmäßig Flaschen um die arbeitslosen Eltern zu unterstützen. Wie viele Kinder gehen ohne Frühstück oder Pausenbrot zur Schule? Bei dem Gedanke kam ihm eine Idee für ein neues Projekt – belegte Brötchen für Schüler aus sozialschwachen Familien. Demnächst wollte er es mit allen Mitgliedern besprechen und gegeben fall mit den Vorbereitungen anfangen.

Elena brauchte für ein Projekt in der Schule alte Fotos von sich und von ihrer Familie. Beim Durchforsten der mehreren Alben, war sie an die Hochzeitsfotos von Oma und Opa, gestoßen. Sie studierte die Aufnahmen genauer und fand Unstimmigkeiten. Der Mann auf dem Foto war fast so groß wie Oma. Opa Oscar ist aber viel größer. Der Mann auf dem Foto hatte keine Ähnlichkeit mit Opa. Sie fand noch ein Foto, auf dem Oma, der Mann, Tante Ines und noch ein Junge zu sehen waren. *Irgendwas stimmt hier nicht,* dachte sie sofort.

Sie hatte beschlossen ihre Mama zu fragen. Sie wird ihr bestimmt alles erklären können. Mit jeder Frage, mit jedem Problem konnte sie stets zu ihren Eltern kommen, die immer ein offenes Ohr für sie hatten. Inzwischen war sie mit ihren sechzehn Jahren kein kleines Kind mehr und so wurde sie auch behandelt.

Sie wartete bis zum Abend – zu der Stunde hatte Julia immer für ihre Kinder besonders viel Zeit. Sie wartete geduldig bis Julia zu ihr kam. Elena nahm zwei Fotos aus dem Album, schaute sie aufmerksam an und bat ihre Mutter um ein Gespräch.

>>Was hast du auf dem Herzen, Liebes? Etwa Liebeskummer? Mit sechszehn Jahren hat man andere Gedanken als kleines Mädchen.<<

Sie ahnte nicht, was Elena von ihr wollte. Elena legte die Fotos vor ihrer Mutter auf den Tisch und verschränkte die Arme vor der Brust.

Jetzt kommt die Stunde der Wahrheit auf mich zu, dachte Julia. Sie hatte keine Angst und keine Bedenken, Elena die Wahrheit zu sagen, aber nicht schon heute. Elena sollte doch die Familiengeheimnisse kennenlernen, wenn auch nicht alle auf einmal. Julia schluckte und zeigte auf die Fotos.

>>Möchtest du wissen, wie das möglich ist? Ganz einfach: Meine Mutter war mit einem anderen Mann, mit Maximilian, verheiratet. Erst viel später lebte sie mit deinem Opa Oscar zusammen.<<

>>Ist er überhaupt mein richtiger Opa, oder…<<

>>Ja, das ist er.<<

Elena schüttelte fassungslos den Kopf und sagte besorgt: >>Also, wenn Oscar mein Opa ist, dann müsstest du seine Tochter sein. Das verstehe ich jetzt nicht.<<

>>Muss ich dir schon heute alles erzählen, oder kannst du dich noch einige Zeit gedulden?<<

>>Wenn du nicht bereit bist, dann kann ich warten. Meine wichtigsten Fragen sind beantwortet. Danke, Mami, dass du mit mir, wie mit einer erwachsenen Person sprichst. Bei meinen Freundinnen ist das nicht so.<<

Julia klang erleichtert und sagte sanft: >>Solltest du schon bald über meine Familie sprechen wollen, sprich mich einfach an. Ich habe keine Geheimnisse vor dir.<<

Eine ganze Woche beschäftigte sich Elena mit Mutters Offenbarung. Sie war ganz und ganz eine Romantikerin, und bevor sie sich die Wahrheit ausdenkt, wollte sie mit ihrer Mutter doch bald sprechen. Sie haben sich im Elenas Zimmer an einem Abend verabredet.

>>Ich kann dir nur das erzählen, was mir dein Opa berichtet hatte und was meine Mutter mir in ihren Abschiedsbriefen schrieb.<<

Julia erzählte ihr alles: Über den Beginn der großen Oscars Liebe zu Helena – aber auch über die unheilvolle Affäre, die vor vielen Jahren ihren Lauf nahm; über Omas Krankheit und ihren Suizidversuch; darüber, wie Oscar seine Helena nach vielen Jahren besuchte, weil er seine Tochter kennenlernen wollte.

Elena hat gesehen, wie die Augen der Mutter sich mit Tränen füllten und sagte mitfühlend: >>Wenn es dir zu viel ist, dann kannst du mir den Rest ein anderes Mal erzählen.<<

>>Es tut gut endlich jemandem, dir, alles zu erzählen. Wo bin ich stehen geblieben? Ja, Oscars Besuch.<<

Und sie erzählte weiter: Wie ihre Mutter mit Oscars Hilfe nach dem Suizidversuch wieder leben wollte; dass sie ihren Mann verlassen hatte, um mit Oscar ein neues Leben anzufangen.

>>Wann hast du erfahren, dass Opa dein leiblicher Vater ist?<<

>>Spät. Zuerst starben meine Mutter und dann mein Vater, die mir die Wahrheit über meine Herkunft nicht sagten. Sie fanden wahrscheinlich nicht den richtigen Zeitpunkt. Nach deren Tod, vor meiner Hochzeit, habe ich es von Oscar erfahren. Er gab mir auch die Abschiedsbriefe meiner Mutter an mich.<<

>>Wie hast du es aufgenommen, plötzlich einen zweiten Vater zu bekommen?<<

>>Ich hatte meine Mutter und Oscar öfter besucht. Wir verstanden uns gut und wurden Freunde. Vielleicht war es

deshalb einfacher. Ein Schock war es trotzdem. Opa war mir von Anfang an nie fremd. <<

>>Und seit wann wusste Opa, dass du seine Tochter bist?<<

>>Er wusste es von Anfang an. Er hatte meinen Schnuller aus dem Kinderwagen gestohlen und machte einen Vaterschaftstest.<<

>>Das musste für ihn schwierig sein, mit dir zu sprechen, mit dir an einem Tisch zu sitzen, mit dir die Zeit verbringen, ohne dir zu sagen können, dass du seine Tochter bist. Warum eigentlich?<<

>>Meine Mutter wartete bloß auf den richtigen Moment. Die Wahrheit zu kennen ist eine Sache. Wem man sie wann mitteilt, ist eine andere Geschichte. Sie fragte sich bestimmt, ob sie für mich so besser wäre.
Sie hat eine Entscheidung getroffen, die ihr richtig schien.<<

<<Und wann erfuhr Maximilian die Wahrheit?<<

>>Ich war sieben Monate alt, als Mutter es ihm beichtete. Die Lüge war immer größer, und irgendwann konnte sie sie nicht mehr ertragen. Vielleicht spekulierte sie darauf, dass bis dahin er das Kind so sehr geliebt hätte und sich als Vater fühlte. Monatelang hatte sie geschwiegen, und auf einmal war da das Bedürfnis, es auszusprechen. Als ob sie reinen Tisch machen musste. So könnte es sein. Ich spürte von Anfang an eine enorme Vertrautheit mit Oscar. Wie gesagt, du kannst gerne mit Opa sprechen. Er kann dir alles genauer erzählen. Ich glaube, er wird es gern tun.<<

>>Nachdem Oma gestorben war, da konnte dir Opa doch die Wahrheit endlich sagen. Warum tat er es nicht?<<

>>Guck mich nicht so an,<< flehte Julia mit bebender Stimme.

>>Ich weiß es nicht. Ich glaube, er hatte vielleicht Angst, es mir zu kundtun. Vielleicht dachte er, dass ich ihn ablehnen könnte.<<

>>Wissen alle in der Familie Bescheid?<<

>>Nein. Manchmal habe ich das große Bedürfnis ihnen die Wahrheit zu sagen, und dann wiederum nicht. Vielleicht habe ich einfach Angst. Bis heute weiß ich nicht, wie ich mich entscheiden soll, obwohl ich zu der Wahrheit tendiere.<<

>>Du wirst schon das Richtige tun. Ich danke dir, dass du so offen mit mir gesprochen hast.<<

>>Keine Ursache. Du bist mein großes Mädchen, dem man alles sagen kann. Solltest du noch Fragen haben, komm zu mir. Irgendwann kannst du Opa bitten, dass er dir die Geschichte aus seiner Sicht erzählt.<<

Elena hatte, ihrer Meinung nach, eine großartige Idee, die sie nur eine Woche später mit ihrer Mutter besprechen wollte. Ohne drum herum zu reden, kam sie gleich zur Sache.

>>Mami, alles was du mir schon erzählt hattest, ist Stoff genug für ein Buch. Warum schreibst du nicht eine Biografie oder eine Familiensaga, oder einen Roman?<<

>>Ich? Ich bestimmt nicht. Mir fehlt ja die Begabung zum Schreiben. Aber wie wäre es mit dir? Du bist doch diejenige, die dichtet und Kurzgeschichten für Maxi schreibt. Zuerst hattest du sie dir nur ausgedacht und, als du schon schreiben konntest, hattest du sie alle aufgeschrieben. Du bist aktiv bei eurer Schülerzeitung und sogar in der lokalen Zeitung hatte man schon Artikel von dir

gedruckt. Du hast die literarische Ader von deiner Oma geerbt.<<

>>Ich? Ich soll einen Roman schreiben? Traust du es mir etwa zu?<<

>>In zehn Jahren könntest du mit dem Schreiben anfangen. Bis dahin hast du genug Zeit für Recherchen. Ich werde dir auch gern dabei helfen: Fragen beantworten und noch mehr erzählen. Ines, Roland und deine Tante Berta könntest du auch um solche Hilfe bitten. Vielleicht wirst du eines Tages als Schriftstellerin berühmt.<<

>>Sie zu befragen wird nicht einfach, wenn sie die Wahrheit nicht kennen.<<

>>Erstens, gibt es Vieles anderes, über das sie dir berichten könnten. Zweitens, ich verspreche dir, dass ich bis dahin mit ihnen sprechen werde, dass sie die Wahrheit erfahren würden. Ich fände es sehr schade, dass die Familiengeschichte für die nächste oder übernächste Generation nicht verlorengehen würde.<<

>>Kannst du mir sagen, wer der Junge auf dem Familienfoto ist?<<

>>Es ist, es war mein Bruder Daniel. Mit zwölf hatte er einen schweren Fahrradunfall und ist noch an der Unfallstelle gestorben. Damals war es mit dem Fahrradhelm noch nicht soweit. Vielleicht müsste er an seinen Kopfverletzungen nicht sterben, wenn er einen Helm getragen hätte. Man weiß es nicht. Daniel war ein aufgeweckter Junge, klug und intelligent. Er hatte Ines und mich öfter geärgert, aber man konnte ihm nicht böse sein.>> Tränen glitzerten in ihren Augenwinkeln.

>>Was deinen Roman betrifft, du wirst schon alles richtig machen.<<

Elena umarmte ihre Mutter und sagte: >>Danke, du bist die Beste. Ich weiß, was ich mir von Opa zu Weihnachten wünschen werde – ein Diktiergerät, damit ich alle Gespräche aufnehmen kann.<<

>>Du kannst sicher sein, dass Opa dir das beste Gerät schenken wird, koste es, was es wolle. Ja, so ist er – für seine Enkel nur das Beste<<, endlich trat ein Lächeln auf ihr Gesicht.<<

>>Das wissen wir beide.<<, stimmte Elena zu.

Vor ein paar Tagen bekam Elena von seiner Mutter ein Tagebuch geschenkt. Es war eine extra Anfertigung: Auf dunkelrotem Leder war in goldenen Buchstaben ihr Name eingraviert. Ein Verschluss, und einen Schlüssel gab es auch. Elena bekam nicht nur ein Tagebuch, sondern gleich zwei. Bis heute hatte sie nichts geschrieben und nun wollte sie den ersten Eintrag wagen.

<u>Elenas Tagebuch</u>

Wir sahen uns an, und zwischen uns schien eine Wahrheit zu liegen, die unsichtbar wie die Luft war und doch zugleich so greifbar. Ich bewundere meine Mutter in jeder Hinsicht sehr. Sie ist immer ehrlich zu mir. Das schätze ich am meisten an ihr. Mutter ist überzeugt von meinem Vorhaben, wenn sie auch ihre Bedenken hat. Sie fürchtet, dass Opa die Erinnerungen zu viel ein könnten. Wenn er sich aber bereit erklärt, sollte ich mit ihm sprechen und sie wird mich unterstützen. Ich freue mich schon jetzt auf die Gespräche mit Opa. Wird er mir alles erzählen wollen? Hat Mutter Recht, dass es für ihn zu viel sein könnte? Vielleicht, aber wenn, dann wird er mir es offen sagen.

Glück macht Mut.
Johann Wolfgang von Goethe

Seit einiger Zeit überlegte Oscar, ob er ein Swimming-Pool in seinem Garten errichten sollte. Ein ganz privates Badeerlebnis bei sich zu Hause schwebte ihm vor. Wenn er den Spielplatz und zwei Tannen opfert, könnte es gehen. Die Kinder waren sowieso schon lange für das Sandkasten, die Schaukel, die Rutsche und für das Klettergerüst zu groß. Er wollte alles verschenken. Auch der Kinderstrandkorb würde den Besitzer wechseln müssen.

Er suchte im Internet nach einer entsprechenden Firma, die dann vor Ort alles abgemessen hatte und dabei wurden auch alle Einzelheiten besprochen.
Oscar konnte sich nicht entscheiden: Ein Achtformpool oder lieber rechteckiges. Zum Schluss wählte er ein Rechteckpool mit Römertreppe. Er wünschte sich auch eine Poolabdeckung, damit das Wasser immer schön sauber bleibt und zur Vermeidung von Unfällen mit Haustieren oder Kleinkindern dienen sollte. Die Auswahl an Abdeckungen war groß. Er wählte eine schlichte automatische Abdeckung.
Die Größe des Pools wurde auf 350x700x150 cm festgelegt. Es sollte ein Keramik-Poll mit Wärmepumpe sein, innen blau, außen weiß. Er wünschte, dass die Anlage von der Firma regelmäßig gewartet wird.
Nachdem alles geklärt wurde, wartete Oscar auf die Kostenvoranschläge. Schon eine Woche später hatte er

sich endgültig entschieden und die wochenlangen Arbeiten im Garten in Kauf genommen.

Er fertigte mehrere Fotos von dem Spielplatz und hängte sie auf dem schwarzen Brett im Verein als *Zu verschenken.*

Schon ein Tag später meldete sich ein junges Ehepaar. Sie hatte vor einem Monat ein Schrebergarten gepachtet in dem sie für ihre Kinder einen Spielplatz einrichten wollten. Schon am nächsten Tag wollten sie die Geräte abholen. Oscar zeigte ihnen noch die Gartenmöbel für Kinder, die auch nicht mehr gebraucht wurden. Die Familie war überglücklich. Die junge Frau suchte nach den richtigen Worten. >>Es ist wie Weihnachten oder ein Lottogewinn für uns.<<

Ein Lächeln huschte über Oscars Gesicht. >>Ich bin froh, dass ich Ihren Kindern eine Freude machen kann.<<

>>Wenn unsere Kinder größer werden, können wir bestimmt alles an die nächste Familie mit Kindern weiterverschenken<<, verkündete der junge Vater.

Paar Tage später brachte die Frau ein Bild für Oscar, welches ihre Kinder gemalt hatten. Ohne lange nachzudenken befestigte er es an der Pinnwand bei der Tafel. Die war der Anfang einer neuen Bildergalerie. Immer wieder brachten Kinder verschiedenen Altes selbstgemalte Bilder. Kein Kind wurde abgewiesen. Alle Bilder wurden mit Namen und Alter des Kindes beschriftet. Oscar bestellte beim Tischler ein langes Brett, welches an der Wand in Kinderaugenhöhe montiert wurde. Nun konnte man problemlos alle Bilder mit Reißzwecken daran anbringen. Eines Tages brachte ein vierzehnjähriges Mädchen ein Bild. Sie hatte den Strand gemalt.

Ihr Bild war nicht sehr groß, dafür aber in Acryl und richtig schön. Einige Tage später ist das erste Erwachsenbild dazugekommen, dann noch ein paar Schnitzereien. Die Bilder der Erwachsenen fanden auf einen extra Brett Platz. Für die kleinen Schnitzereien fertigte der Tischler zwei kleinere Regale. Die Tafel war doch ein Begegnungsort, deshalb waren alle mit den Ausstellungen einverstanden. Nachdem der letzte Regal an die Wand angebracht wurde, erlaubte sich Oscar einen Scherz: >>Wenn es weiter so geht, müssen wir anbauen oder zumindest welche Trennwende hinstellen.<<

Nach einem Monat war der Swimming-Pool fertig. Es gab viel Lärm, aber es hatte sich gelohnt. An eine Seite sollte eine neue Bepflanzung kommen. Bei der breiten Auswahl an Bäumen, Sträuchern und Gräsern war e nicht leicht, sich zu entscheiden. Oscar suchte zwei Garten-Bonsai aus: eine japanische Lärche, die durch ihren wunderschönen Wuchs auffällt und ein Eiben-Bonsai. Dazu kamen noch Gartengräser: Pampasgras, Japanisches Blutgrass, Japansegge, Bambus, Zebraschilfgras, Lichtnelke und Federgras. Von der anderen Seite des Pools platzierte Oscar zwei neue Liegen, einen Sonnenschirm, zwei kleine Gartentische, eine Hollywood-Schaukel und einen Servierwagen. Als er alles so begutachtete, freute er sich auf das Genießen des Schwimmens im Garten.

Mit dem Ergebnis war er mehr als zufrieden. *Ich glaube, jetzt kommen keine Bauten mehr,* sagte er entschlossen. Er war aber nicht sicher, ob irgendwann nicht eine neue Sache ihn begeistern könnte. Er machte ein Foto von sich im Pool und schickte es Julia per E-Mail. Am Abend rief Julia, ziemlich aufgeregt, aber freundlich, wie immer, an.

>>Hallo, Papa. Ist es das, was ich denke?<<

>>Ich weiß nicht was du denkst, aber ja, ich habe im Garten einen Swimming-Pool. Ist sehr gut gelungen. Was sagst du dazu?<<

Er hörte, dass Julia tief Luft holte.

>>Wenn es dich glücklich macht… Ich weiß, wie gerne du schwimmst, aber ich mache mir Sorgen, dass du vereinsamst und nicht viel unter die Menschen gehst.<<

Oscar verteidigte sich schwach: >>Das stimmt überhaupt nicht. Ich bin fast jeden Tag im Verein und fahre sogar oft mit dem Fahrrad dorthin. Ich spiele immer noch Golf und seit einem Monat spiele ich einmal die Woche Skat.<<

>>Du kannst Skat spielen? Seit wann?<<, fragte Julia neugierig. >>Das wusste ich nicht. Hast du noch mehr Geheimnisse?<<

>>Früher hatte ich oft gespielt, sogar mit Helenas Eltern. Ihre Mutter spielte sehr gut. Wie du siehst, habe ich ständig Menschen um mich und werde nicht vereinsamen. Ich möchte Bridge lernen. Vor vielen, vielen Jahren hatte ich Bridge gespielt, aber alles vergessen.<<

Als er Helenas Name ausgesprochen hatte, merkte er, dass zum ersten Mal sein Herzschlag normal war. Diese Erkenntnis freute ihn und gleichzeitig dachte er, dass es nicht fair Helena gegenüber wäre.

>>Hast du den Faden verloren?<<, fragte Julia.

>>Themawechsel: Ich möchte eine Einweihungsparty geben. Nichts Großes, nur die Familie. Könnt ihr vielleicht am Wochenende kommen? Es soll warm bleiben und der Pool hat auch eine Heizung.<<

>>Ich bespreche es mit Dirk und den Kindern, und ich rufe dich morgen an. Wenn wir kommen, dann erst am Samstag und am Sonntag müssen wir wieder zurück.<<

>>Okay, ich warte auf deinen Anruf. Grüße alle.<<

Julia wollte gerade was sagen, aber Oscar schnitt ihr das Wort. >>Hast du ihnen das Foto gezeigt?<<

>>Noch nicht, vielleicht möchtest du sie überraschen, dann sage ich ihnen nichts.<<

>>Ja, du hast ja recht<<, sagte Oscar bereitwillig. >>Ach, mach, wie du denkst<<, schlug er dann vor.

Am Samstagmittag waren alle nach Swinemünde gekommen. Die Kinder wussten Bescheid und waren auf den Pool sehr neugierig. Für Oscar brachten sie ein Geschenk: Eine Luftmatratze-Pool- Sessel.

>>Diese Lounge bietet eine großzügig dimensionierte Arm-und Rückenlehne und einen seitlich angebrachten Getränkehalter<<, erklärte Maxi stolz.

>>Wie lange hast du es geübt?<<, fragte Oscar. >>Du kannst vielleicht ein guter Verkäufer werden.<<

>>Opa, du weißt doch, dass ich studieren und Anwalt werden möchte<<, seufzte Maxi.

>>Es war ein Scherz, mein lieber Maxi. Kann ich nicht albern in meinem Alter? Dir gehört das Leben, nichts ist unmöglich, wenn du es dir nur wünschst.<<

Mit einer Luftpumpe haben Dirk und Maxi den Pool-sessel gebrauchsfähig gemacht. Bei der Gelegenheit sollten sie noch den Ball, den Julia mitgebracht hatte, aufpumpen. Es war ein ziemlich großer Ball mit tollem Motiv.

>>Ich habe noch zwei Tauchringe<<, rief Julia und packte aus ihrer Tasche einen blauen und einen gelben Ring. Nun konnte die Party anfangen. Alle sprangen ins Wasser und schwammen mehrere Runden.

>>Das Wasser ist angenehm warm<<, rief Julia begeistert. Elena pflichtete ihr sofort bei.

>>Alles, was Oscar macht, wird gut. Er kann sich dem Trend der Zeit nicht widersetzen, stellte Dirk fest.<<

Sie haben mit dem Wasserball gespielt, es gab Wettschwimmen in allen möglichen Kategorien. Der Gewinner bei Schwimmen wurde Dirk. Beim Wetttauchen lag aber Maxi ganz vorne.

Als alle langsam Hunger bekamen, hatten Dirk und Maxi gegrillt, Julia und Elena bereiteten ein Salat und Oscar deckte den Tisch im Wintergarten.

>>Opa, das war ein so wunderschöner Tag! Wir hatten so viel Spaß. Darf ich morgen, bevor wir zurückfahren, nochmal schwimmen?<<, fragte Maxi.

Oscar verschränkte die Arme vor der Brust. >>Selbstverständlich, aber du musst mir später helfen den Pool sauber zu machen und abzudecken.<<

>>Hast du auch einen Kescher?<<

>>Klar, den darfst du benutzen. Ich sage es dir schon jetzt: Bevor das Pool abgedeckt wird, muss man sich vergewissern, dass sich niemand im Wasser befindet.<<

>>Ich weiß, wenn die Abdeckung drauf ist, wird ein Mensch ersticken und ertrinken. Stimmt?<<

>>Ja, du schlaues Kerlchen<<, Oscar zerzauste liebevoll Maxis Haar.

Am frühen Abend, während Maxi und Elena in die Stadt gegangen waren, haben die Erwachsenen noch die Sauna benutzt.

Während sie schwitzten, fragte Julia: >>Sag mal Vater, planst du noch welche Sachen?<<

>>Im Garten nicht mehr. Im Haus auch nicht. Eine Anschaffung möchte ich doch noch tätigen.<<

>>Wirst du uns verraten, was?<<

>>Ich möchte einen Massagesessel kaufen, aber einen guten. Die sind nicht billig, aber den kann ich mir noch leisten<<, schmunzelte Oscar.

Julia schüttelte fassungslos den Kopf. >>Hast du schon so ein Sessel ausprobiert? Wie gesagt, manche sind nicht besonders gut.<<

>>Ich habe einen guten erprobt. Vielleicht, wenn ihr das nächste Mal kommt, kannst du dich massieren lassen.<<

>>Lieber nicht, sonst gefällt es mir und ich möchte auch einen haben.<<

>>Wenn es so sein sollte, bekommst du auch einen. Die ganze Familie muss es auch benutzen können.<<

>>Ja<<, antwortete Julia. Was sollte sie sonst sagen?

Am Abend, als Julia und Dirk im Bett waren, schwiegen sie eine Weile bis Julia fragte: >>Vater sieht gut und gesund aus, und er ist glücklich, nicht wahr?<<

>>Ja, den Eindruck habe ich auch. Er lebt und möchte leben, auch ohne Helena.<< Er strich seiner Frau über die Haare bis ein Lächeln aus Julias Gesicht endlich trat.

*Menschliches Glück stammt nicht
so sehr aus großen Glücksfällen,
die sich selten ereignen,
als vielmehr aus kleinen glücklichen Umständen,
die jeden Tag vorkommen.*
Benjamin Franklin

Inzwischen war Elena siebzehn ein halb, fast erwachsen. Sie war der Meinung, dass sie reif genug wäre, um sich mit der Liebesgeschichte ihrer Großeltern zu beschäftigen. Mit ihrer Mutter hatte sie vorher alles besprochen. Julia hatte zwar ihre Bedenken, aber Elena durfte es versuchen und, wenn es ihr zu viel sein sollte, könnte sie immer noch abbrechen.

Zwei Wochen wollte Elena alleine bei Oscar verbringen.

Mehrmals hatte sie ihn gefragt: >>Ist es wirklich in Ordnung für dich, wenn du das machst? Ich meine, das alles immer wieder aufzuwühlen?<<

>>Es ist schon okay für mich<<, versicherte er. >>Wir schaffen es in peu á peu. Geschichten von früher gehen jungen Leuten auf die Nerven; sie wollen ausschließlich in der Gegenwart leben. Willst du dir es wirklich antun?<<

>>Ich bin anders. Ich mag Familiengeschichte. Ja, ich brenne schon darauf.<<

Er war einverstanden und bereit ihr alles zu erzählen. Bei dem nächsten Besuch der Familie in Swinemünde sollte Elena bleiben und Oscar würde sie dann zurück nach Hause fahren. Mit ihrem Diktiergerät, den sie vom Opa geschenkt bekommen hatte, wollte Elena alles auf-

nehmen. Schon am ersten Tag sollte Oscar mit dem Erzählen anfangen. Elena notierte sich Fragen, die sie ihm
später noch stellen wollte. Sie hatten gemeinsam Oscars
Erinnerungen in Etappen aufgeteilt. Sie wollten nicht nur
arbeiten, sondern die Zeit auch mit vielen Aktivitäten verbringen..

Bei seinen Erzählungen hatte Oscar von Anfang an
angefangen: Wie er Helena kennenlernte, wie ehr er sie
geliebt hatte und wie glücklich sie waren.

>>Deine Oma war damals sechzehn, ich siebzehn.
Man könnte sagen, wir waren damals halbe Kinder, was
die Liebe betrifft.<<

>>Wie war das, als du sie kennenlerntest?<<

>>Ich spürte eine Aura der Unnahbarkeit und Beson-
derheit, die mir ein bisschen Furcht einjagten. Ich habe
mich sofort in sie verliebt, als ich sie das erste Mal sah. In
sie verliebt zu sein, war wie ertrinken. Alles andere wurde
ausgeblendet.<< Für eine Weile schloss Oscar seine Augen,
um Helena zu sehen.

>>Und sie? Fand sie dich auch interessant?<<

>>Sie hatte mich hin und her tanzen lassen.

Ich konnte früher das Flirten nicht lassen, ich konnte
einfach nicht anders. Das Wort Liebe ging mir so locker
über die Lippen. Und das wusste sie. Auch, dass ich jedes
Mädchen haben könnte. Sie hatte sich gefragt, warum
grade sie, mit ihrer Behinderung, mir gefallen sollte.<<

>>War sie deswegen unglücklich?<<

>>Nein, das nicht, aber sie war manchmal auf andere
Mädchen, die schöne Beine und gesunde Füße hatten,
neidisch. Und auf Tanzen, das sie nicht gut konnte, wegen
ihrer Behinderung.<<

>>Sie konnte nicht tanzen? Warum?<<

>>Meistens blieb sie stehen, weil niemand sie aufforderte. Ein sonderbarer heißer Schauer hatte mich jedes Mal durchrieselt, wenn ich sie beim Tanzen enger an mich zog. Ich weiß nicht, ob du dir vorstellen kannst, wie es ist, wenn man einen Menschen vom ersten Augenblick an lieben muss. Seit dem ersten Tanz lief ich herum wie betrunken.<<

Weiterhin erzählte Oscar, dass er sich mindestens ein Monat lang um Helena bemühte, dass er sie auf dem Schulweg und nach der Schule auf dem Weg nach Hause begleitete, dass er in den langen Schulpausen ihre Nähe suchte. Aber Helena nahm keine Notiz von ihm, sie wollte sich nicht mit ihm verabreden. Sie wollte kein Mitleid und konnte sich nicht vorstellen, dass sie geliebt werden konnte, so wie sie war.

>>Aber letztendlich wurde aus euch ein Paar.<<

>>Ja, ich war dann überglücklich. Wir waren das Traumpaar des zwanzigsten Jahrhunderts.<<

An der Stelle machte Oscar einen Schnitt. Der erste Teil wurde erzählt. Bei nächstem Mal wollte er über die fast vier Jahre mit Helena sprechen.

Als Elena ihn bat, die Geschichte über Helena und sich zu erzählen, da hatte er zuerst Bedenken. Er wusste nicht wie er reagieren und wie er es verkraften würde. Jetzt war er überrascht, dass er so frei erzählen konnte, dass er sich ganz genau an alles erinnern konnte, und dass die Erinnerungen nicht mehr wehtaten. Vielleicht lag es daran, dass Helena schon so lange tot war. Es tat ihm sogar gut, über manche Ereignisse zu sprechen. Jedes Mal fragte er, ob sie sich alles so vorgestellt hätte, wie es gelaufen war, ob er langsamer sprechen sollte, ob er öfter eine Pause anlegen sollte.

>>Du machst es wirklich prima. Wenn du nicht mehr können solltest, musst du es mir sagen.<<

>>Du vermittelst den Eindruck, sehr interessiert zu sein, du passt gut auf und nimmst jedes Detail wahr<<, lobte Oscar sie.

Elena und Oscar überlegten, was sie mit dem Rest des schönen Tages anfangen könnten. Elena schlug eine Fahrradtour vor. Unterwegs wollten sie in einem berühmten Café eine Pause machen. Das Café bot verschiedene leckere Torten und Kuchen an, und alles hausgemacht und relativ günstig. Auf seinem Fahrrad konnte Oscar abschalten, er musste nicht an Helena denken. Ab und zu machte er Elena auf einen besonderen Baum oder auf seltene Pflanzen aufmerksam. Mit der Zeit kannten sich beide sehr gut mit der Natur aus. Als Elena noch ein Kind war, weckte er ihr Interesse an Flora und Fauna. Auch wegen des Hundes, der brav im Korb saß, machten sie öfter kleine Pausen. Als sie am Abend nach Hause kamen, hatten sie die beste Laune. Während Oscar seine Sauna besuchte, bereitete Elena das Abendbrot vor. Sie war die ganze Zeit mit den Gedanken bei Helena und Oscar.
Julia hatte noch am Abend angerufen um zu fragen, ob alles in Ordnung wäre. Sie wollte wissen, wie Oscar das Erzählen verkraftet hätte. Sie machte sich ernsthafte Sorgen um ihren Vater.

>>Mami, mache dir, bitte, keine Sorgen. Opa geht es gut und wir beide kommen sehr gut miteinander aus.<<

>>Das freut mich. Grüß Opa von uns allen, und ich rufe morgen wieder an, wenn du nichts dagegen hast.<<

>>Klar habe ich nichts dagegen, ich würde mich freuen. Morgen kannst du mir erzählen, wie es Maxi geht.<<

>>Das kann ich dir schon heute sagen – er vermisst dich sehr und zählt die Tage.<<

>>Er wird es schon überleben. Ich werde ihm jeden Tag paar Sätze schreiben. Ich schicke ihm jeden Tag ein E-Mail und ein Foto.<<

Niemals wird sie den Tag vergessen, an dem ihre Mutter mit Maxi nach Hause kam. Sie legte ihn ihr behutsam in die Arme. Oft stand sie dann an seinem Kinderbett, wenn er schlief. Er war ein so bezauberndes Baby. Sie konnte nicht abwarten, dass er laufen und sprechen anfängt. Unaufhaltsam wurde aus ihm ein Kleinkind, mit dem sie spielen konnte.

Am Abend im Bett hatte Oscar vor, sich für den nächsten Bericht vorzubereiten, damit seine Erzählung nicht chaotisch wird, damit er nichts vergisst. Er verfiel in Trübsal. Mit Elena zu sprechen, hatte die Sehnsucht nach Helena wieder voll aufleben lassen, hatte Kummer und Schmerz neu entfacht. Trotzdem war er eingeschlafen und schlief die ganze Nacht durch.

Am nächsten Vormittag saßen wieder beide im Helenas Zimmer, vor Oscar das Diktiergerät und ein Glas Wasser. Er sprach über die Jahre mit Helena. Es war für ihn eine wunderschöne Zeit, in der sie nie einen Streit hatten.

>>Ich wollte alles für sie tun. Das war das Wunderbare bei uns beiden – jeder konnte dem anderen wirklich alles sagen. Es hatte lange gedauert, bis sie mir endlich vertraute. Nach dem ersten Kuss sagte sie: >Wenn man einen Mann küsst, bedeutet es noch lange nicht, das man ihn liebt. Das zwischen uns ist keine Liebe.<<

Nichts wollte er beschönigen und erzählte, was für ein gutes Einfluss Helena auf ihn hatte: Er schwänzte die

Schule nicht mehr, er machte seine Hausaufgaben und er lernte mehr.

>>Ich war nicht dumm, sondern faul. Zum Schluss schaffte ich das Abitur doch nicht. Ich versprach Helena, eine Abendschule zu besuchen, um das Abitur nachzuholen, was ich dann später getan hatte. Deine Oma machte ihr Abitur mit Auszeichnung. Sie war eine gute Schülerin, sie war ehrgeizig, intelligent und klug.<<

Oscar erzählte Elena, dass auf ihre Bitte er nicht mit dem Rauchen und Trinken angefangen hatte. Er erinnerte sich noch ganz genau, was seine Klassenkameraden behaupteten – er wäre unter Helenas Pantoffel. Es stimmte aber nicht – Zigaretten schmeckten ihm nicht und ein Bier ab und zu kann jeder trinken. Er traf sich mit Helena fast jeden Tag, in den Ferien waren sie ganze Tage zusammen. Oscar erzählte Elena auch darüber, wie Helenas Leben wegen ihm schwieriger geworden war. Manche Mitschüler und Lehrer konnten nicht verstehen, warum sie und Oscar ein Paar waren.

>>Irgendwann hatte sie die Nase voll und meinte zu einem Lehrer, dass, was sie in der Freizeit täte und wer ihr Freund wäre, ginge die Lehrer nichts an, und dass ihre Noten darunter nicht leiden würden.<<

>>Es war sehr mutig von ihr. Hatte sie damit was erreicht?<<

>>Ja, die Lehrer machten keine Bemerkungen mehr. Vielleicht hatten sie auch bemerkt, dass ich mich verändert hatte.<<

Oscar erzählte über das letzte Jahr, in dem sie sich nicht so oft sehen konnten, weil er seinen Wehrdienst ableisten musste. Zum Gelöbnis waren seine Eltern und Helena gekommen. Seine Eltern waren ziemlich früh nach

Hause gefahren, damit die Verliebten auch alleine für sich bleiben konnten.

Später konnte Helena ihn öfter besuchen oder sie sahen sich, wenn er Urlaub bekam. Wenn er Urlaub hatte, hätte er am liebsten die ganze Zeit mit Helena verbracht: Tag und Nacht. >>Es war nicht möglich die Nächte zusammen zu verbringen. Auch kein Sex vor der Ehe – das war Helenas Philosophie.<<

>>Und deine?<<

Oscar war überzeugt, dass Elena nicht überfordert ist, dass sie allen Themen gewachsen wäre. Sie war ein kluges Mädchen, fast erwachsen.

Deshalb beantwortete er wahrheitsgemäß: >>Ich habe es respektiert, aber je länger wir ein Paar waren, desto schwieriger konnte ich mich daran halten. Einmal war es fast soweit – deine Oma sagte aber nein. Ich liebte sie und habe mir vorgenommen, sie nie wieder zu drängen.<<

Oscar erzählte weiter über Helenas Abiball, zu dem er sie begleitet hatte. Er wusste noch heute, was Helena anhatte, dass er in Uniform erschien. Helena war an diesem Abend sehr glücklich. Mit Liebesbekundungen war sie normalerweise sparsam, aber diesmal sagte sie ihm immer wieder wie sehr sie ihn liebt. Auch das Küssen vor allen anderen machte ihr nichts aus.

>>Ich war auch unheimlich glücklich. Knapp ein Jahr hatte ich noch zu ableisten. Ich wollte sehr bald Helena heiraten. Ich war ihr drei Jahre lang treu. Ich hatte keine andere angesehen. Sie war auch mein Freund – immer und überall, in allen Lebenslagen.<<

>>Hatte Oma auch über Heirat gesprochen?<<

>>Sie meinte, dass wir noch zu jung wären und wir uns Zeit lassen sollten, bis sie mit ihrem Studium fertig wäre.

Es wären noch vier lange Jahre.<<

>>Und zu einer Heirat war es nicht gekommen. Glaubst du, ihr währet damals glücklich, wenn sie dich geheiratet hätte?<<

>>Ich weiß es nicht. Das kann man nicht vorher wissen. Das Leben hat viele Gesichter. Niemand kennt sie alle. Man darf nicht zu schnell verzichten. Das habe ich gelernt. Es fällt mir eben ein Satz auf: *Hoffe nie ohne Zweifel, und zweifle nie ohne Hoffnung.*
Aber über unsere Trennung erzähle ich dir ein anderes Mal; für heute muss es reichen.<<

Nach dem Mittagessen haben beide in der Tafel gearbeitet. Zwei Mitarbeiter hatten Urlaub und zwei waren krank. Elena hatte die Arbeit viel Spaß gemacht und sie kam auch auf andere Gedanken. Zusammen mit zwei Männern hatte sie die Transporter abgeladen und alles zur Ausgabe vorbereitet. Oscar war sehr stolz auf sie. Er hatte seine Enkelin jedem vorgestellt. Manche kannten Elena von früheren Besuchen in der Tafel, als sie sich auch nützlich machte. Eine Mitarbeiterin versuchte ihr immer etwas Polnisch beibringen und war sehr über Elenas Kenntnisse erstaunt. Auf die Frage, wo Elena so gut Polnisch gelernt hätte, antwortete sie: >>Die Grundlagen lernte ich an der Volkshochschule, dann selbst lernen, lesen, hören. Und bei meinem Opa, der mit mir regelmäßig Polnisch spricht. Polnisch ist für mich eine Fremdsprache, wie jede andere auch.<<

>>Ja, was du kannst, kann dir niemand wegnehmen.<<
Zum Schluss kam noch der Sohn von dem Fahrer, Herrn Jankowski, und hatte beim Aufräumen geholfen. Er und Elena unterhielten sich und lachten viel dabei. Da Jan

perfekt Deutsch sprechen konnte, gab es keine Sprachbarriere zwischen den beiden. Seine Oma und seine Mutter sprachen mit ihm viel Deutsch. In der Schule belegte er auch Deutsch. Er wollte auch Germanistik studieren und als Lehrer arbeiten.

Nachdem Elena zu Hause geduscht und ihre Haare gewaschen hatte, stand sie länger als sonst vor ihrem Kleiderschrank. Sie entschied sich für eine weiße Capri Hose, eine gelbe Bluse, eine weiße Weste und Sandaletten. Als sie im Wohnzimmer vor Oscar stand, fragte er: >>Gehen wir heute noch aus?<<

Elena wusste nicht, was sie sagen sollte und stammelte nur: >>Wir, eh, nein…<<

>>Du bist mit Jan verabredet, nicht wahr?<<

>>Woher weißt du es?<<

>>Ich war auch mal jung. Ich habe deine Blicke bemerkt, mein Kind. Du hast ihn förmlich angehimmelt. Oh, er hatte dich auch entzückt angesehen. Jan ist ein guter Junge, eigentlich ein junger Mann. Er hat einen drei Jahre jüngeren Bruder. Vor drei Jahren starb plötzlich ihre Mutter.

Weißt du, was Jan zu seinem Vater dann gesagt hatte? >>Du verdienst das Geld, ich kümmere ich um Eric, der mir im Haushalt hilft. Lass uns es probieren, bevor eine Haushaltshilfe ins Haus kommt.<<

>>Und? Wie ging es weiter?<<

>>Erst vor einem halben Jahr wurde eine Hilfe engagiert, damit beide Jungs mehr Zeit zum Lernen und für Freunde haben. Der Vater ist sehr stolz auf eine Söhne.<<

>>Wir gehen vielleicht ins Kino und Eis essen. Ich komme bestimmt nicht spät nach Hause.<<

>>Ich möchte, dass Jan dich nach Hause bringt oder du nimmst dir ein Taxi.<<

>>Okay, wird gemacht. Und was wirst du machen?<<

>>Mach dir um mich keine Sorgen – ich habe ein spannendes Buch vor drei Wochen angefangen. Ich wünsche dir einen wunderschönen Abend.<<

Eine Stunde später rief Julia an. Sie wollte nur Hallo sagen und mit Elena sprechen. Oscar musste ihr sagen, dass Elena nicht da wäre.

>>Ist sie bei ihrer Freundin?<<, fragte Julia.

Lügen wollte er nicht und es blieb ihm nur die Wahrheit zu sagen. Julia meinte: >>Meine Tochter verliebt sich vielleicht. Na so was. Und die große Entfernung; sie werden sich nicht treffen können, außer in den Ferien. Ist das nicht fürchterlich, Papa?<<

>>Es ist noch nicht gesagt, dass sie sich einander verlieben würden, man muss abwarten, wie es weiter geht.<<

>>Ja, du hast Recht. Sage Elena, dass sie paar Tage länger bei dir bleiben kann. Vorausgesetzt du bist einverstanden.<<

>>Mach dir keine Gedanken oder Sorgen. Ich werde dich anrufen, sobald ich mehr erfahre. Du weißt, Elena hat keine Geheimnisse vor mir.<<

Julia machte sich aber Sorgen, wie jede Mutter. Sie hoffte, dass Elena keine dummen Fehler machen würde, wenn sie in das Alter kommt, sich für Jungen zu interessieren. Sie hoffte, sie würde den richtigen finden und mit ihm glücklich werden.

Und die erste Verliebtheit muss doch nicht gleich für immer sein, dachte sie. Sie hatte sich auch mit siebzehn verliebt und war mit ihrer ersten Liebe drei Jahre zusammen. Sie hatten sogar ein Jahr lang zusammen gewohnt. Und dann lernte sie eines Tages Dirk kennen. Und wieder war sie verliebt, wenn auch anders. Mit der ersten Begegnung wusste sie, dass er der Mann ist, mit dem sie alt werden wollte. Sie wusste es schon immer, dass man die Kinder ihren eigenen Weg gehen müssen, dass man sie ihre eigenen Fehler machen lassen muss. Sowenig es den Eltern gefällt. Sie können sich dem Trend der Zeit nicht widersetzen. Die jungen Leute treffen ihre eigenen Entscheidungen. Und trotzdem wollte sie Elena immer noch beschützen. Ihre Eltern ließen Ines und sie auch eigenen Fehler machen, bereit sich einzumischen, wenn sie in Gefahr wären.

Elena kam um 22: 00 Uhr nach Hause. Sie war gut gelaunt, setzte sich zu Oscar hin und sagte: >>Du wirst bestimmt der Letzte sein, der mich nicht ernst nimmt. Du hast mich bei deiner Erzählung gefragt, ob ich mir vorstellen kann, dass...<<

>>Ich weiß, was ich gesagt habe — Liebe auf den ersten Blick. Ich sage noch mehr: Im Laufe der Jahre begreift man, wie selten und kostbar es ist, einem Menschen zu begegnen, der einem das Gefühl gibt, dass aus zwei Hälften ein Ganzes entsteht.<<

>>Das ist schön. Hast du noch eine Weisheit für mich? Jan und ich — wir gehören zusammen. Tief in meinem Inneren weiß ich es. Seine Berührung traf mich wie ein Schlag. Ich wollte was sagen, doch die Worte blieben mir im Hals stecken. Was ist das?<<

>>Du hast dich verliebt, ich freue mich für dich.<<

>>Du kannst Mitleid mit mir haben — wir werden uns nicht so oft sehen können.<<

>>Man kann niemanden dazu bringen, uns zu lieben, wir können uns nicht entscheiden zu lieben oder nicht zu

lieben. Ihr werdet zusammen kommen, wenn das Schicksal es so will. Es ist erstaunlich, womit Menschen mit der Zeit zurechtkommen können. Das Leben ist wunderbar, Elena, aber du weißt genauso gut wie ich, dass es einen auch ziemlich hart treffen kann, wenn man am wenigsten damit rechnet.<<

Irgendwo in ihr gab es Tränen. *Nur nicht hier und nicht jetzt.* Sie wusste, dass es Dinge gibt, über die man keine Macht hat.

Am nächsten Tag machten sie zu viert einen Tagesausflug auf die Insel Wollin. Oscar hatte es Elena vorgeschlagen, dass Jan mitkommen könnte. Dieser Tag sollte ein polnischer Tag werden: Elena wollte nach Möglichkeit nur polnisch reden und zum Mittagessen nahmen sie sich vor, typisch polnisch zu speisen. Sie verlebten einen wunderschönen Tag mit Wanderung, mit gutem Essen und mit Spielen mit dem Hund. Elena stellte endgültig fest, dass der Hund <<zweisprachig<< war. Er verstand alle Befehle in beiden Sprachen.

Eine halbe Stunde machte Oscar einen Spaziergang mit Filou und Elena und Jan waren nur für sich. Am Abend wollten sich Elena und Jan in der Stadt treffen.

Der nächste Vormittag war für weitere Erzählungen reserviert. Elena war schon sehr gespannt auf alles, was Oscar noch erzählen würde. Sie fand, dass er es sehr gut macht und sie hatte einen großen Respekt vor seinen Gefühlen.

Er hat sie total geliebt, dachte sie immer wieder. Oscar erzählte, dass Helena sich geändert hätte, seit sie studierte und im Studentenwohnheim wohnte. Sie wäre sicherer und selbständiger geworden, sie benutzte jetzt sogar

Make-up, lackierte sich die Fingernägel, verpasste sich eine moderne Frisur und achtete noch mehr auf ihre Kleidung. Oscar fand es nicht schlimm, aber im Zusammenhang mit immer weniger Zeit für ihn, machte er sich doch Gedanken. >>Helena behauptete, dass sie sehr viel lernen müsste und wir sahen uns immer seltener.<<

Elena merkte, dass ihn was bewegte, woran er sich vielleicht nicht gerne erinnern wollte. Für einen Moment sah sie Tränen in Oscars Augen. Oscar fuhr fort: >>Eines Tages sagte sie zu mir: Sei nicht verbittert! Ich bin nicht das erste Mädchen, das denkt, sie liebt jemand, und sich paarmal täuschen muss, ehe sie den Richtigen findet.<< Auch sagte sie: >>Ich kann nicht deine Frau werden, weil es zu viel ist, was uns trennt.<<

>>Obwohl ich so was vermutet hatte, war es für mich ein Schock. Ich versuchte sie umzustimmen, aber...<<

Tränen kamen in seine Augen. Nach einer Pause, in der er überlegte, ob er Elena wirklich alles erzählen sollte, fuhr er weiter: >>Ich habe ihr alles Gute gewünscht. Ich wusste, ich werde niemals aufhören, sie zu lieben, mit meinem ganzen Herzen. Ich habe sie bedrängt, ich wollte sie nochmal küssen und mit ihr schlafen. Ich glaubte, Frauen haben es gern, wenn sie mehr als einmal gefragt werden. Dann fühlen sie sich begehrt und sind geschmeichelt. Ich dachte, wenn sie mit mir schläft, wird sie bei mir bleiben. Ich weiß, es war naiv. Als ich sie küsste, versuchte sie sich freizumachen. Ich drückte sie fest an mich und ich wollte nicht gehen. Ihre Augen waren traurig und ich sah in ihren Augen Ablehnung und Angst. Dafür musste ich mich dann sehr schämen. Ich entschuldigte mich mehrmals. Und sie? Sie stellte immer alle anderen über sich selbst und sagte, dass sie mir nicht böse sei und, dass wir immer noch Freunde sein könnten. Und das konnte ich nicht.<<

>>Du warst zu sehr verletzt an diesem Tag, deshalb konntest du dir keine Freundschaft vorstellen. Auch später nicht?<<

>>Auch später nicht. Eines Morgens war ich noch glücklich aufgewacht, um sich abends dann vor Verzweiflung wie erstarrt ins Bett zu legen.
Jetzt wusste ich, dass nichts im Leben für immer ist. Jeden Tag hatte ich mir gewünscht, ich könnte sie herauf beschwören, doch diese Gabe hatte ich nicht.<<

Oscar erzählte weiter, dass er sehr unglücklich war, dass er am liebsten nicht mehr leben wollte.

>>Wenn man von jemandem verlassen wird, den man liebt, trägt man ein gebrochenes Herz davon. Warum wird Liebe durch getrenntsein stärker? Weißt du warum?
Als ich dann erfahren hatte, dass Helena heiraten wird, und dass sie schon schwanger war, ging es mir noch schlechter. Ich sagte mir: *Du hast dich geiert, Helena passt nicht zu dir*. Manchmal wunderte ich mich, dass ich so viel Kraft hatte. Und dann hatte ich plötzlich unsinnige Sehnsucht nach ihr. Ich liebte sie so. Sie fühlte mein ganzes Sein aus. Meine Seele und mein Leib brannten nach ihr. Ich hatte die eine Chance verpasst, die ich im Leben hatte, die Frau verloren, mit der ich eine Familie gründen wollte.<<

Er erzählte ihr, was Helena ihm viel später sagte, dass sie sich in Maximilian und seine Poesie verliebte, aber eine große Liebe war es nicht.

>>Wenn sie ihn nicht richtig liebte, warum hatte sie ihn dann geheiratet? Nur wegen des Kindes? Konnte oder wollte sie nicht abtreiben?<<

>>Nein, nicht. Die Erziehung, genau gesagt unsere Religion verbot eine Abtreibung. Was noch schlimmer war, sie ließ auch keine Verhütung zu. Deine Oma blieb später zwar gläubig, aber mit der Kirche als Institution hatte sie gebrochen. Ganz schlimm war es für sie, als publik wurde, dass viele katholische Priester Kinder und Jugendliche misshandelt hatten.<<

Er erzählte über Helenas kirchliche Hochzeit, die er im Beichtstuhl verfolgt hatte.

>>Was wolltest du dort?<<

>>Ich weiß nicht, was ich mir dabei gedacht hatte. Helena hätte einen Mann nie am Altar stehen lassen. Sie nicht!
Ich hätte sie mit dem Kind, das ein Teil von ihr war, genommen. Man sagt, eine Welt, in der es keine Liebe mehr gibt, ist keine Welt mehr. Für mich war es so. Wo es um Liebe geht, ist kein Platz für Stolz.
Maximilian bekam Helena. Ihre Jugend, ihre Schönheit, ihre blauen Augen und ihre Lippen, die ich geküsst hatte. Er bekam all das, was ich nicht bekommen hatte. Nach einiger Zeit dachte ich voll Zärtlichkeit und ohne Neid an sie. Lebe wohl, Helena, sagte ich.<<

>>Und du hast sie nie danach gesehen, nie mit ihr gesprochen?<<

>>Obwohl wir im gleichen Ort wohnten, sind wir uns damals nie begegnet. Nach zwei Jahren hatte ich sie von weiten gesehen und mir fehlte die Mut, sie anzusprechen.<<

>>Du hast dann später selbst geheiratet. Wie war deine Frau?<<

>>Ich habe versucht, mir einzureden, dass ich ohne Helena leben könnte. Als ich endlich auf dem Weg der

Besserung war, fürchtete ich nur eines, nämlich dass ich jemandem begegne, der ihr ähnlich sah. Ich habe hundertmal geglaubt, sie zu erblicken, und wenn ich eine Frau sah, deren Gestalt mich an sie erinnerte, blieb mir jedes Mal das Herz stehen. Ich habe mir geschworen, nie wieder so zu lieben.

Ich habe meine Frau nicht geliebt, manchmal redete ich mir ein, dass ich sie doch liebte. Mir war die kleine Liebe zu wenig, ich kannte die große Liebe, meine große Liebe. Ich habe mit meiner Frau geschlafen, wir hatten gemeinsam eine Tochter.

Immer wieder hatte ich sie betrogen. Ich war nicht glücklich in der Ehe. Ein jeder macht sich das Bett selbst, in dem er liegen will, sagt man. Merke dir – Liebe funktioniert nicht nach Plan.<<

>>Und sie? Liebte sie dich?<<

>>Ja, sie liebte mich sehr, obwohl sie über Helena und meine Gefühle Bescheid wusste. Manchmal hatte ich im Schlaf nach Helena gerufen.<<

>>Mensch, es war bestimmt nicht einfach für sie mit einem Phantom zu leben.<<

>>Du sagst es.<<

Oscar erzählte weiter – über ihre Begegnung nach acht Jahren.

Elena sagte mit geheimnisvoller Stimme: >>Jetzt wird es ganz spannend. Mama hatte mir schon manches erzählt, aber aus deinem Mund möchte ich es trotzdem hören.<<

>>Ich war ihr wiederbegegnet. Acht Jahre lang habe ich geträumt. Es war wie damals. Sie erschien mir noch viel schöner, reizvoller, hinreißender und begehrenswerter. Sie war kein Mädchen mehr. Sie war eine Frau. Ich wusste

nicht, wie ich mit ihr umgehen sollte. Ich gab ihr irgendwann einen flüchtigen Kuss. Unsere Lippen berührten
sich nur eine Sekunde lang, aber das reichte schon, um all
das wieder wachzurütteln, was ich gefühlt hatte. Nach der
ersten Begegnung konnte ich nicht mehr aufhören, an sie
zu denken, und ich wollte sie wieder sehen.<<

Oscar berichtete, dass Helena sich mit ihm nur treffen
wollte, wenn er die Vergangenheit, Vergangenheit bleiben
lässt, wenn sie Freunde bleiben. Er war einverstanden,
obwohl er wusste, dass er sie immer noch liebte.

>>Ein Mensch, mit dem man innig verbunden war,
kann einem nie ganz verloren gehen. Einige Zeit ging es
gut, bis ich deine Oma zu Hause besuchte. Die Atmosphäre in der Wohnung änderte sich, etwa so wie sich die
Luft vor einem Gewitter verändert. Ihre Augen trafen
meinen Blick und wir sahen einander einen verwirrenden
Moment an. Dann küssten wir uns. Es war so ein tolles
Gefühl. Und Helena sagte: >>Wenn man einen Mann
küsst, bedeutet es noch lange nicht, dass man ihn liebt.
Das ist keine Liebe.<<

>>Und was hast du gesagt oder getan?<<

>>Ich sagte ihr, dass sie es schon einmal zu mir gesagt
hätte. Mir war, als hätte sie eine noch nicht vernarbte
Wunde aufgerissen. Ich sah sie an, sie sah mich an. Und
plötzlich war es, als zögen sich unsere Körper magnetisch
an. Einen Augenblick später lagen wir uns in den Armen.
Wir hatten keine Kontrolle über unsere eigenen Körper.
Später hatte ich mich gefragt, warum Helena es getan hatte. Es war gegen ihre Grundätze. Sie war von Natur eine
aufrichtige Person. Ich hielt sie für die anständigste Frau,
der ich jemals begegnet bin. Anständig sein bedeutet Lie-
benswürdigkeit, Großzügigkeit, Güte, Aufrichtigkeit. Die

Abneigung, etwas darzustellen, was man nicht ist, gehörte ebenso zum Anständig sein. Ich wollte mit ihr leben, aber ich wusste nicht wo und wie. Eine Wohnung zu finden war kaum möglich, ich hätte meine Tochter verloren und vielleicht müsste Helena ihre Kinder mitnehmen. Ich war feige, ich habe es aufgegeben, bevor ich anfangen konnte. Ich hatte sie nicht gefragt, warum sie ihren Mann betrüge, weil ich Angst hatte, sie könnte erwachen und der Zauber wäre vorbei. Ich möchte nicht übertreiben, aber ganz ehrlich, das war der beste Sex meines Lebens<<, er sah Elena und meinte: >>Entschuldige, ich habe zu viel Gesagt.<<

Elena hatte noch nicht mit einem Mann geschlafen und konnte über Sex nicht mitreden. Sie war Oscar dankbar, dass er so offen mit ihr sprach, wie mit einer erwachsenen Frau. Sie mahnte Oscar:

>>Opa, sei nicht albern, ich bin kein Kind mehr. Ich glaube ihr Herz konnte wohl nicht nein sagen. *Ein schöner Satz*, dachte Oscar.

>>Vielleicht liebte sie dich auch noch. Wie lange dauerte eure Affäre?<<

>>Insgesamt fast ein Jahr, die richtige Affäre paar Monate. Als Helena sie beendete, sagte sie nichts über ihre Schwangerschaft. Und nochmal, obwohl uns nur zwei Straßen trennten, sind wir uns nicht mehr begegnet. Sie fehlte mir, ich wollte, sie wäre wieder da in meinem Leben. Im Namen der Liebe ertragen die Menschen so manches. Über das Kind erfuhr ich Monate später von ihrem Mann, der mir einen Besuch abstattete. Es gab Beschimpfungen, er war sogar auf mich losgegangen. Er teilte mir mit, dass ich der Vater, der leiblicher Vater des Kindes wäre. Mehr sollte ich nie werden. Meine Frau hatte alles mitbekommen. Ich dachte, dass sie sich scheiden lässt.

Aber nein, sie hatte mir ganz verziehen, nachdem sie erfahren hatte, dass Helena mit dem Kind nach Deutschland ausgewandert war.<<

>>Und wie ging es dir dabei?<<

>>Ich nahm aus dem Kinderwagen den Schnuller und machte heimlich den Vaterschaftstest. Von jetzt an vermisste ich nicht nur Helena, sondern auch meine Tochter. Mein Kind, dachte ich, meine Tochter. Ich fühlte ganz deutlich, was dieses Wort bedeutete. Selbst wenn man nicht bei seinem Kind ist, bleibt man trotzdem Vater. Ich wäre bereit mit Helena ein neues Leben anzufangen, aber sie war weg...<<

>>Warum hat Maximilian sich damals nicht von ihr getrennt?<<

>>Er wollte die Familie zusammenhalten. Er liebte seine Kinder. Nicht viele Männer würden sich damit abfinden, dass die Frau ein Kind von einem anderen bekam. Maximilian hatte es akzeptiert, um das Gesicht zu wahren und nicht ausgelacht zu werden. Er wollte nicht wie ein Narr dazustehen, wollte nicht vor seinen Freunden, vor seinen Eltern und den Geschwistern das Gesicht verlieren.<<

>>Und er hat seine Frau geliebt, nicht wahr?<<

>>Ja, deine Oma erzählte mir oft, wie gut die beiden sich verstanden hatten. Sie wollte Maximilian die Wahrheit gleich sagen. Er hatte ein Recht darauf, es zu erfahren. Sie erzählte mir, dass sie mehrfach einen Ansatz machte, aber jedes Mal zitterten ihre Hände, ihr wurde regelrecht heiß und ihre Stimme versagte. Sie hatte Angst, sie schämte sich und sie wollte Maximilian nicht verlieren.<<

>>Warum hattest du schon früher nichts unternommen, um Oma zu finden?<<

>>Ich wollte ihre Familie nicht zerstören, ich hatte Angst, dass sie mit mir nichts zu tun haben mochte. Für alle Dinge im Leben gibt es eine richtige und eine falsche Zeit. Man darf nicht zu schnell verzichten. Irgendwie glaubte ich, dass ich eines Tages mit Helena glücklich werde. Jetzt ist aber genug für heute.<<

>>Der Meinung bin ich auch und ich danke dir für deine Geduld. Ich bin schon jetzt auf die Fortsetzung gespannt.<<

Sie sagten einander gute Nacht. Oscar war überhaupt noch nicht müde, im Gegenteil: er fühlte sich hellwach und angespannt. Er fürchtete sich davor, im Dunkeln dazuliegen und auf den Schlaf zu warten, der ohnehin nicht kommen würde. Er ging in die Küche und kochte sich einen Becher Tee, ging damit ins Wohnzimmer und setzte sich an den Kamin. Die Wärme umfing ihn von allen Seiten, und er dachte an Helena und sehnte sich nach ihrer Gegenwart. Er wollte sie nicht tot, er wollte sie lebend, hier bei ihm, in diesem Zimmer. Er brauchte sie jetzt.

Auch Elena konnte nicht schlafen. *Was für eine Geschichte?* dachte sie. So viel Leid und auch so viel Glück. Sie fand es schade, dass sie ihre Oma nicht kennenlernen konnte. Auch Maximilian würde sie gerne kennenlernen. Sie fragte sich, was Maximilian für sie wäre: Opa, Onkel oder ein Freund der Familie? Solche und andere Gedanken beschäftigten sie noch lange. Als sie ins Bad musste, taumelte sie vor Müdigkeit und ist dann sofort eingeschlafen.

Nach zwei Tagen Pause, in denen sie Ausflüge gemacht hatten, in denen Elena viel Zeit mit Jan verbrachte, wollte

Oscar weiter erzählen. An der Reihe war das Wiedersehen in Deutschland nach fünfundzwanzig Jahren. Er erinnerte sich an sein Herzklopfen, als er mit Blumen und Pralinen vor Helenas Haustür stand.

>>Als ich sie fand, hatte ich mich gefunden. Ich hatte sie damals geliebt, ich hatte sie nicht vergessen, und ich liebte sie immer. Alleine ihren Namen auszusprechen, bedeutete fast so viel wie sie berühren zu können.<<

>>Aber wie hattest du sie gefunden?<<

>>Ich engagierte einen Privatdetektiv, der lange gesucht hatte. Helena war mehrmals umgezogen, was das Aufspüren erschwerte.<<

Er erzählte Elena, dass er seine erwachsene Tochter kennenlernen und Helena alle seine Briefe geben wollte. Helena hatte an diesem Tag keine Zeit mehr und er sollte morgen wiederkommen. Seine Fähigkeit, vernünftig zu denken, hatte sich bereits mit Helenas Lächeln verflüchtigt.

>>Welche Briefe wolltest du ihr denn geben?<<

>>Jedes Jahr schrieb ich einen Brief zu ihrem Geburtstag. Ich hatte die Briefe nie abschicken können. Als ich am nächsten Tag kam, hatte mich Maximilian empfangen. Er teilte mir mit, dass Helena nach einem Suizidversuch im Krankenhaus wäre. Ich bin nicht nach Hause gefahren. Ich hatte Helena nach drei Tagen besucht und dann fast täglich in der psychiatrischen Klinik.<<

>>Und Helena? Wie war sie?<<

>>Wir waren Freunde, wie früher – immer und überall, in allen Lebenslagen. Ich bettelte um Helenas Gunst. Mit der Zeit wurde es mehr. Ich wollte erst von Liebe reden, wenn sie es mir gestatten – oder wenn sie es wünschen sollte. Ich wusste, was ich fühlte, ich wusste worauf

ich mich einließ, ich wusste, dass ich sie liebte. Eines Tages sagte ich zu ihr: >Liebe verzeiht alles. Um eines kommen wir ja nicht herum – dass ich der Vater bin. Wir sind keine Teenager mehr, Helena. Jedes Spiel hat seine Grenzen.<<

>>Und was erwiderte sie?<<

>>Ich bin keine zwanzig, keine dreißig mehr. Was willst du mit einer Frau, die alt, hässlich, dick, krank ist und eine Behinderung hat?<<, sagte sie.

>>Das hatte sie zu dir gesagt? Und du?<<

>>Ich sagte: Außer deiner Behinderung, die mich nie gestört hatte, ist alles nicht wahr: Du warst, du bist und du bleibst die schöne Helena.<<

Oscar erzählte Elena noch eine Sache: Schon damals hatte er das viele Geld. Er hatte mehrmals nachgedacht, Helena über seinen Reichtum die Wahrheit zu sagen. Er wollte aber nicht, dass sie denkt, er wollte sie kaufen, und so schwieg er mehrere Monate.

>>Darf ich dir eine Frage stellen? Welcher Tag war der wichtigster, der schönste in deinem Leben?<<

>>Es gab viele solche Tage. Niemals vorher hatte es einen solchen Tag gegeben, niemals werde ich diesen Tag vergessen, diesen leuchtenden aller Tage, den größten Tag, den ich jemals in meinem ganzen Leben erlebte.<<

>>Aber welcher?<<

>>Es war der Tag, an dem Helena in meinen Wagen einstieg und wir nach Swinemünde fuhren, um ein neues Leben anzufangen. Es lagen strahlende Hoffnung und Vertrauen in ihrem Blick. Mein Körper glühte vor Vorfreude. Und als ich sie dann über die Schwelle unseres Hauses trug, ja, dies war der schönste Tag meines Lebens.<<

Eine Weile waren sie beide still, jeder mit eigenen Gedanken beschäftigt, bis Elena fragte:>>Und der schlimmste Tag?<<

>>Auch davon gab es genug. Auf einmal verlor ich meine ganze Familie durch einen Unfall, und Helena starb auch infolge eines Unfalls. Helenas Tod hatte mich deshalb so getroffen, weil sie so früh sterben musste, nicht mal zwei Jahre waren wir zusammen.
Für mich ist sie immer gegenwärtig. Es wäre wunderbar, wenn wir die Zeit zurückdrehen könnten, wenn wir alle unsere Fehler wiedergutmachen könnten.<<
Er schaute Elena an, aber er sah sie nicht wirklich. Er war irgendwo anders.

>>Damit beende ich meine Erzählungen. Solltest du noch irgendwelche Fragen haben, werde ich sie dir beantworten. Ansonsten hast du genug Material, um sogar zwei Bücher zu schreiben. Du kannst alles verwenden, oder aber nicht. Deine Phantasie kannst du frei entfalten und daraus ein interessantes Roman schreiben. Warte damit nicht zu lange – ich möchte noch dein Buch oder deine Bücher lesen können.<<

>>Kannst du mir sagen, warum Oma krank war, mal Himmelhoch jauchzend oder zu Tode betrübt?<<

>>Die Schuld, die sie ihr Leben lang mit sich herum tragen musste, hatte sie zu der Frau gemacht, die alle kannten. Ihr Leben lang hat sie dafür Buße getan. Helena war erschüttert. Sie hatte am Altar gesagt, dass sie Maximilian nie untreu werden würde. Sie hatte gesagt, dass sie nie Geheimnisse voreinander haben würden.<<

>>Aber Maximilian hatte ihr doch verziehen!<<

>>Ja, aber sie konnte sich selbst nicht verzeihen. Erst in Swinemünde dachte sie anders.<<

Am nächsten Tag beim Frühstück war Elena nicht besonders gesprächig, sie hatte auch keinen Appetit. Oscar fragte sie, ob sie vielleicht Kopfschmerzen hätte oder was anderes.

>>Es war schön dir zuzuhören. Trotz einiger tragischer Momente ist es eine schöne Liebesgeschichte im einundzwanzigsten Jahrhundert. Du hast Helena drei Mal getroffen und du hast sie dreimal erobert und zuletzt ganz. Mir brennen schon die Finger, so sehr möchte ich anfangen zu schreiben.<<

Oscar wartete nicht lange mit seiner nächsten Frage:

>>Würdest du mich auf einer Reise in die Vergangenheit begleiten wollen?<<

>>Eine Reise in die Vergangenheit? Was meinst du damit? Möchtest du doch noch mehr aus deinem Leben erzählen?<<

>>Ich möchte mein Geburtsort besuchen: Meine und Helenas Schule, ich möchte sehen, was aus meinem Elternhaus geworden ist und das Grab meiner Eltern möchte ich auch sehen. Danach besuchen wir den Ort, in dem Helena und ich wohnten, wo wir uns nach Jahren begegneten. Damit es eine wirkliche Reise in die Vergangenheit wird, werden wir auch mit Bussen und Straßenbahnen fahren. Nicht bequem, aber so ist die Realität.<<

>>Und wie kommen wir dorthin? Mit dem Zug?<<

>>Ich habe keine Lust fast den ganzen Tag hinter dem Steuer zu sitzen oder im Zug zu verbringen. Etwas Luxus können wir uns gönnen: wir fliegen einfach nach Kattowitz und nehmen uns dort Zimmer im Hotel. Was meinst du?<<

>>O ja, eine hervorragende Idee. Glaubst du, wir bekommen rasch den Flug und das Hotel?<<

Oscar stellte immer wieder, dass Elena den Optimismus und die Spontanität zweifelsohne von Helena geerbt hatte.

>>Keine Sorge, ich habe vorreserviert und Morgen kann es los gehen.<<

>>Schon morgen? Wie lange bleiben wir?<<

>>Vielleicht drei, vier Tage, mit der Option auf Verlängerung. Wir sollten noch deine Eltern anrufen und sie fragen, ob du mit mir fahren darfst.<<

>>Was sollten sie dagegen haben? Aber informieren müssen wir sie, da hast du Recht. Bist du bestimmt aufgeregt, weil du nach so langer Zeit nach Hause zurückkehrst?,<< fragte Elena.

>>Irgendwie schon. Heißt es nicht, *man kann nicht zweimal in denselben Fluss steigen*?<<, meinte Oscar. >>Bestimmt hat sich alles sehr verändert in all den Jahren. Ich möchte es gern sehen und dann wieder nach Swinemünde zurückfahren, wo mein Zuhause ist.<<

An dem Tag wollte Elena nichts unternehmen. Sie war einfach zu aufgeregt. Zum Glück war Jan mit seinem Vater und seinem Bruder für paar Tage verreist. Seit zehn Jahren zelten sie paar Tage.
Elenas Eltern wünschten ihr schöne Tage in Oberschlesien. Sie sollte auf Oscar aufpassen und Oscar auf sie. Paar Sachen von ihr und Oscar mussten noch gewaschen und getrocknet werden. Am Abend hatte sie ihren kleinen Koffer gepackt, in dem ihre Kamera am wichtigsten war. Sie nahm sich vor, ganz viele Fotos zu machen. Vielleicht wird sie sie gebrauchen können.
Am ersten Tag ihrer Reise waren sie in Kattowitz geblieben. Elena gefiel die Stadt mit über 300.000 Einwohnern und 22 Stadtteilen. Der *Spodek,* deutsch U*ntertasse,* ist eines

der Wahrzeichen der Stadt. Es ist eine Mehrzweckarena. In der Anlage sind neben der Arena eine Eislaufhalle und eine Sporthalle untergebracht. Auch ein Hotel ist integriert. Das Hallendach wurde in Form eines schräggestellten Diskusses errichtet. Die Mitte des Daches wird von einer gläsernen Kuppel eingenommen, die von einer Galerie umschlossen wird. Im *Spodek* werden jährlich verschiedene Festivals und andere Kulturereignisse veranstaltet. Elena machte mehrere Fotos und kaufte ein paar Postkarten für Maxi.

Sie besuchten das Museum der Stadtgeschichte, das Erzdiözesenmuseum, die sich im Erzbischöflichen Palast befindet, das Schlesischer Theater am Ring, die Schlesische Philharmonie und das Schlesische Museum mit ethnologischen und archäologischen Exponaten, die mit der Stadt und der Region Oberschlesien zusammenhängen. >>Kattowitz ist eine Universitätsstadt, hier studierte deine Oma vier Jahre lang. Hier lernte sie ihren Mann kennen<<, informierte Oscar seine Enkelin.

Am nächsten Tag fuhren sie mit dem Bus und erreichten nach einer Stunde Fahrt Oscars Geburtsort. Er hatte die kleine Stadt kaum wiedererkannt. Er wusste kaum mehr, wo er war, selbst wenn man sich eine eigene Kindheit und Jugend lang das Netz der Straßen in den Kopf eingeschrieben hatte.

Zuerst war das Gymnasium auf dem Plan. Es waren Sommerferien und die Schule war zu. Als sie das Gebäude von allen Seiten betrachteten, fanden sie den Hausmeister im Garten. Oscar erzählte ihm, dass er und Elenas Oma vor Jahren Schüler des Gymnasiums waren. Als er hörte, dass Elena aus Deutschland kommt, durften sie kurz das Gebäude betreten.

>>Die Schule von gestern werden Sie nicht finden. Wissen Sie, dass sie 120 Jahre alt ist? Es gab ein großes Fest deswegen. Viele ehemalige Schüler hatten an den Festlichkeiten teilgenommen.<<

Sie haben sich bei dem Mann herzlich bedankt und machten sich auf den Weg zu Oscars Elternhaus. Unterwegs erzählte Oscar:

>>Damals mussten wir in den Pausen auf den Korridoren immer im Kreis gehen. Wie im Gefängnis, kam es mir vor. Alle Schüler trugen das Schulemblem am Ärmel und unterwegs noch eine Schirmmütze.<<

>>Eine Schuluniform auch?,<<fragte Elena.

>>Ja, wir mussten sie tragen. Zu Hause habe ich ein Klassenfoto aus Gymnasium, da kannst du es selbst sehen. Bin gespannt, ob du mich erkennst.<<

>>Ich glaube, ich würde dich auf jedem Foto erkennen.<<

Oscar sagte nichts, musste gegen seinen Willen lächeln.

Sein Elternhaus stand immer noch und hatte sich sehr verändert: Dach und alle Fenster waren neu. Auf dem Hof, wo früher drei Schuppen standen, befanden sich nun eine überdachte Terrasse, paar Bäume, Rasen und Blumenbeete. Die Haustür war mit einer Sprechanlage ausgestattet, so dass Oscar das Treppenhaus nicht sehen konnte. Er könnte bei jemandem klingeln, hatte es aber nicht getan.

Von dort ging es zu Helenas Wohnung, in der sie zehn Jahre lebte. In zehn Minuten waren sie da. Auch hier gab es manche Veränderungen: die Fassade war alt und bröckelte ab, viele Wohnungen standen leer und das Treppenhaus war ungepflegt. Es war kein schöner Anblick nach so vielen Jahren.

>>Vielleicht werden die Häuser abgerissen um Platz für neue und moderne zu machen, oder sie werden demnächst saniert<<, meinte Elena. Sie sah, dass zwei andere Häuser schon besser ausgesehen hatten.

Auf dem Weg zum Friedhof erzählte Oscar über die Industrie der Region. Früher gab es Steinkohlebergbau und Hüttenwerke, die ohne Rücksicht auf Faktoren wie Umwelt oder die Gesundheit der Bevölkerung, produzierten. Mindestens jeder zweite Mann arbeitete als Bergmann.

>>Wenn man sich die Nase putzte, war das Taschentuch schwarz. Viele Menschen, vor allem Kinder, waren an den Atemwegen erkrankt. Weiße Wäsche sollte man lieber nicht draußen trocknen lassen, sonst wurde sie grau vom Staub.

Mit der Wende 1989 kam die Privatisierung der Mehrzahl der Staatsbetriebe. Die staatlichen Subventionen waren ausgeblieben und nach und nach wurden die Bergwerke geschlossen.<<

>>Ist St. Barbara nicht die Patronin der Bergleute?<<

>>Ja, St. Barbara ist ein Fest der Bergmänner am vierten Dezember. Ein Festtag, der durch die schwarzen Uniformen geprägt wurde. Ein Schachthut mit Federbusch – schwarz für die Bergleute, weiß für das Aufsichtspersonal und rot für die Musiker der Bergmannskapelle. An dem Tag wurde immer groß gefeiert, wir bekamen eine zusätzliche Geldprämie. Am Abend sah man immer viele betrunkene Bergmänner auf den Straßen.

Im Laufe der Zeit gab es viele Schäden an den Häusern – manche waren sogar sturzgefährdet, andere bekamen Risse an den Wänden. Auch viele Kirchen waren betroffen. Aus vielen ehemaligen Zechen sind inzwischen Touristenattraktionen geworden.<<

Oscar wurde nachdenklich – er dachte über die viele Jahre als Bergmann, Jahre von schwerer Arbeit und auch Angst, ob er nach der Schicht gesund nach oben käme.

>>Opa, möchtest du noch andere Städte besuchen oder mir zeigen?<<

>>Vielleicht Königshütte, genau gesagt den Kultur-und Erholungspark. Eröffnung des Parks war 1956. Er bietet viele Attraktionen: Kultur-und Erholungspark - *Wesole Miasteczko* (Amüsement Park), ein offizielles Nationalstadion. Genutzt wird es für Länderspiele der polnischen Nationalmannschaft, Konzerte, auch internationale Fußballspiele. Interessant sind noch: Schlesische Tierpark, Schlesisches Planetarium, Rosengarten, Schmalspurbahn und eine Seilbahn Sie war bis 2007 der längste Flachlandseilban Europas. 1967 wurde sie in Betrieb genommen. Es existieren Pläne, in naher Zukunft eine zwei Kilometer lange Seilbahn zu errichten (Vorher waren es nur sechs Kilometer). Am 22. Juli gab es in dem Park immer ein großes Fest. Als Kind war ich mit meinen Eltern da, später mit Freunden und mit deiner Oma.<<

Elena war eine ausgesprochen aufmerksame Zuhörerin. Sie hatte ihren Opa immer bewundert, dass er ihr alle Fragen beantwortete. Wenn er mal keine Antwort wusste, gab er es zu und machte sich im Lexikon oder Internet schlau. Er brachte ihr auch bei, dass es nicht schlimm wäre, nicht alles zu wissen, wenn man weiß, wo man nach gebrauchten Informationen suchen kann.

Sie unterbrach Oscar und fragte: >>Warum ausgerechnet der 22. Juli?<<

>>Das kann ich dir genau sagen. Es ist aber etwas kompliziert – der Polnische Unabhängigkeitstag ist ein Nationalfeiertag in Polen, der zuerst am 11.11. gefeiert wurde. Anlass ist die Wiedererlangung der Unabhängigkeit 1918 nach 123 Jahren der Teilung durch Preußen, Österreich-Ungarn und Russland. Die Feierlichkeiten fanden zum ersten Mal 1937 statt. Nach dem zweiten Weltkrieg wurde der Termin auf den 22. Juli verschoben. Am 22. Juli 1944 war die Veröffentlichung des Manifestes des kommunistischen Komitees. Nach dem Ende des Sozialismus 1989, kehrte der Unabhängigkeitstag auf sein ursprüngliches Datum zurück.<<

>>Du weißt aber gut Bescheid. Ich danke dir, für die ausführliche Erklärung. Ich glaube, ich kann nichts mehr aufnehmen, mein Kopf ist voll von Daten, Begriffen und Geschichte.<<

>>Mehr werden wir nicht besichtigen und morgen fliegen wir nach Hause, wenn du möchtest.<<

>>Du hast mir versprochen, dass ich von dem schlesischen Dialekt was zu hören bekomme.<<

>>Wir werden in der Buchhandlung was Gutes besorgen und zu Hause werde ich dir dann paar Witze oder eine Kurzgeschichte vorlesen. Du wirst kaum was verstehen. Ich habe sehr viel vergessen, obwohl ich diesen Dialekt jahrelang sprach. Weißt du, ich freue mich schon jetzt darauf. Vielleicht bekommen wir auch eine CD mit bekannten polnischen Liedern im schlesischen Dialekt. Du weißt, dass deine Oma Lehrerin war und in Ruda unterrichtete. Sie sagte immer, dass ohne die Kenntnisse des Dialektes hätte sie Probleme, ihre Schüler und deren Eltern zu verstehen. In der Schule war zwar der Dialekt verboten, aber du kennst die Kinder. Die hielten sich nicht

daran. Helena unterrichtete an einer Schule, derer Schüler überwiegend aus Arbeiterfamilien kamen und die immer nur Dialekt sprachen.<<

Am Friedhof angekommen suchte Oscar das Grab seiner Eltern. Die Grabstädte machte einen gepflegten Eindruck. Die Blumen, die Elena ausgesucht hatte, stellte er in eine Vase. Eine Weile stand er nur so da, ohne irgendwelche Gedanken, und dann erzählte er seinen Eltern über sein halbes Leben: über Helena und ihren Tod, über seine Familie und über sein Leben in Swinemünde. Zum Schluss meinte er: >> Ihr braucht euch keine Sorgen um mich zu machen – ich bin glücklich.<<

Elena ließ ihn alleine am Grab stehen und setzte sich auf eine Bank und wartete geduldig. Sie hörte, dass Oscar sogar für seine Eltern betete.

>>Wir können gehen<<, sagte Oscar nach einer Weile.

>>Was hast du so lange am Grab gemacht, Opa?<<

>>Ich war hier vor zwanzig Jahren und hatte viel zu erzählen und es hat mir gut getan. Und gebetet habe ich auch.<<

In dem Moment ging ein Mann an ihnen vorbei, dann machte er zwei Schritte zurück, schaute Oscar an und fragte: >>Oscar, bist du es? Oscar Baron? Ich kann es nicht fassen.<<

Auch Oscar hatte ihn jetzt erkannt. Es handelte sich um seinen besten Schulfreund Richard. Die beiden umarmten sich und Oscar stellte ihm Elena vor.

>>Deine Enkelin? War deine Familie nicht bei…?<<

>>Es ist eine lange Geschichte. Ich kann es dir später erzählen. Gut siehst du aus, was machst du so?<<

Richard lud Oscar und Elena zu sich nach Hause. Es war Mittagszeit und Richards Frau servierte *Bigos* mit frischem Brot und Pudding zum Nachtisch.

Richard und Oscar hatten sich viel zu erzählen. Elena lauschte ihren Erinnerungen.

Richard sagte zu ihr: >>Dein Opa war intelligent und klug, aber faul. Öfter hatten wir gemeinsam unsere Hausaufgaben gemeinsam gemacht und gelernt. Ohne mich wäre er bestimmt nicht so weit gekommen.<<

Nach zwei Stunden verabschiedeten sie sich von Richard und seiner Familie. Oscar lud ihn sogar nach Swinemünde ein.

>>Ich habe Platz genug und deine Frau kannst du ruhig mitbringen.<<

>>Vielleicht kommen wir irgendwann. Danke für die Einladung.<<

>>Warte aber nicht zu lange. Wir werden immer älter und bequemer.<<

Elena war wirklich voll von neuen und interessanten Eindrücken. Die paar Tage waren für sie eine Art Studienreise mit ganz vielen Aufnahmen für ihr Fotoalbum. Sie wollte zu Hause alles aufschreiben – man weiß nie, wofür es später gut sein könnte.

Oscar kaufte ihr ein schönes Fotoalbum mit Bergbauwerk Motiven auf dem Umschlag.

Als Elena mit Julia telefonierte, hätte sie ihr am liebsten gleich am Telefon alles erzählt. Maxi schickte sie, wie versprochen, jeden Tag ein E-Mail und ein Foto. Einmal schrieb er zurück, dass er sie um die Reise fast beneidet. Oscar hatte ihm dann versprochen, auch mit ihm eine Reise zu machen.

Während Elena früh schlafen gegangen war, dachte Oscar darüber nach, wohin er mit Maxi fahren könnte. Mit Hilfe einer Karte, hatte er die Route im Nu fertig. Diesmal wollte er mit dem Wohnwagen unterwegs sein.

Da Jan auch wieder zu Hause war, beschloss Elena drei Tage länger bei Oscar zu bleiben. Mit jeder Stunde wurde sie trauriger. Bei Oscar suchte sie Trost und Rat.

>>Was soll ich machen? Ich möchte nicht jahrelang warten zu müssen. Jan wird in Warschau studieren; wo ich einen Studienplatz bekomme, weiß ich noch nicht. Soll ich ihn lieber gleich vergessen?<< Tränen sickerten aus ihren Augen.

>>Ich möchte dir nichts raten. Du bist erst mal verliebt. Du kannst dir Zeit lassen um zu sehen, wie es sich weiter entwickelt, ob daraus eine Liebe wird. Das Leben lässt dir nicht die Zeit, dich einmal zu fassen. Es fährt einfach weiter. Es tut mir leid, dass ich dir nichts Besseres sagen kann. Dein Leben fängt gerade erst an, Elena. Du bist jetzt siebzehn, oder fast achtzehn, und damit noch viel zu jung, um zu wissen, was genau du vom Leben erwartest. Liebe verändert die Menschen. Liebe zeigt sich in vielerlei Facetten, und meist überkommt sie uns, wenn wir es am wenigsten erwarten. Die Liebe gibt den Menschen die Möglichkeit, sich zu verändern.<<

>>Du hast ja Recht, so werde ich es machen.<<

>>Man muss tapfer sein, um sich zu verlieben.<<

>>Warum tapfer?<<

>>Einem könnte das Herz gebrochen werden. Du sollst dir keine Gedanken machen. Weißt du, Kleines, ich möchte nur, dass du glücklich bist. Genau wie deine Eltern.<<

Es war Elenas letzter Tag bei Oscar. Am Vormittag waren sie in die Stadt gefahren, um für Elena neue Turnschuhe zu kaufen. Im Schaufenster sah Oscar eine schicke Jacke.

>>Wäre es nicht was für dich, Elena?<<, fragte er nebenbei.

>>Die Jacke ist wirklich schön, aber viel zu teuer.<<

In der Schuhabteilung fanden sie schnell die Schuhe, die Elena haben wollte. Oscar ging dann in die Oberbekleidung und überredete Elena die Jacke anzuprobieren. Elena schaute sich im Spiegel an und musste zugeben, dass ihr Opa einen guten Geschmack hätte. Obwohl ihr die Jacke sehr gefallen hatte, sagte sie: >>Ich könnte sie haben, aber ich muss sie nicht besitzen.<<

Am Abend spielte Elena Klavier, während sie auf Jan wartete. Auch für eine Frage an Oscar war noch genug Zeit.

>>Du hast ganz viele Lebenserinnerungen. Gibt es eine besondere Situation, die du gesondert magst, die in deiner Erinnerung einen festen Platz hat?<<

>>Ich kann mich jederzeit an Helena erinnern. Ich brauche kein Foto dafür. Ich weiß, wie sie mit siebzehn, mit dreißig und mit fünfundfünfzig ausgesehen hatte. An alles, was wir zusammen erlebt haben, erinnere ich mich immer wieder, weil sie meine große Liebe war. Wir haben Weihnachtsplätzchen gebacken und haben wie kleine Kinder gealbert – wir hatten uns mit Mehl beworfen, lachten und hatten viel Spaß dabei. Die Plätzchen waren trotzdem ausgezeichnet. Das nächste Weihnachten war sie nicht mehr unter uns. Ich lebte mit meiner großen Liebe und hatte zwei wundervolle Jahre mit Helena. Manchmal fühle ich mich immer noch betrogen, weil wir nicht mehr

Zeit zusammen hatten.<< Plötzlich vermisste er sie so, dass es ihm den Atem verschlug.

Elena war mit Jan verabredet. Sie waren zuerst in der Stadt Eis essen und dann machten einen Spaziergang am Strand. Beide waren nicht besonders gesprächig, die sonstige Fröhlichkeit war wie weggeblasen. Elena hatte sich gewünscht, dass Jan sie küssen würde. Sie hatte überlegt, ob sie vielleicht den ersten Schritt machen sollte. Beim Spaziergang waren sie zum ersten Mal Hand in Hand gegangen.

Nach zwei Stunden meinte Elena: >>Ich möchte jetzt nach Hause. Ich muss noch packen und mein Zimmer aufräumen. Nach dem Frühstück fahren wir los.<<

Jan schaute sie einen Augenblick an, strich zärtlich ihre Wange und sagte nur: >>Ich rufe dich heute Abend an. Ich werde an dich denken.<<

Oscar saß im Wohnzimmer in einem Buch vertieft. Er blickte hoch, als Elena nach Hause kam. Sie lächelte ihm zu, als wollte sie ihm versichern, dass alles in Ordnung sei. Aber an ihrem Gesichtsausdruck merkte er, dass etwas nicht stimmte. Was war mit Elena los? Warum war sie schon da? Sollte er mit ihr reden? Er wusste, dass sie lieber allein damit fertigwerden wollte. Wenn junge Menschen mit einem reden wollten, musste man sich ernsthaft Sorgen machen. Das wusste er auch; und wenn Elena reden möchte, wird sie schon zu ihm kommen.

>>Ich muss noch packen und das Zimmer aufräumen.

Es ist alles in Ordnung, Opa.<<

Sie gab Oscar einen Kuss auf die Wange und ging in ihr Zimmer. Bevor sie mit dem Packen anfing, musste sie nachdenken. War dieser Spaziergang heute ein Anfang gewesen? Wie würde es zwischen ihnen weitergehen? Niemand konnte es wissen. Vielleicht dachte Jan ja auch, dass dies der Anfang von etwas ganz Besonderem war. Sie wünschte es sich sehr und dachte: *heute und jetzt.*

Elena wollte in den Wagen einsteigen, als unerwartet Jan gekommen war.

>>Elena, ich muss dich kurz sprechen, bitte.<<

Oscar war wieder ausgestiegen.>> Ich muss zurück ins Haus; ich habe was vergessen.<<

Elena war sich sicher, dass er sie alleine mit Jan lassen wollte. Sie musste sich zurückhalten, nicht ihre Arme um ihn zu schlingen. Ihr Herz schlug stark, ihre Lippen bebten, als ob sie nur auf seine Berührung warteten. Jan kam auf sie zu, und dann ging alles ganz schnell.

>>Ich möchte dich küssen<<, sagte er.

>>Warum fragst du, statt es zu tun?<<

Er legte den Arm um ihre Hüfte, zog sie an sich und küsste sie. Seine Lippen waren weich und warm, sein Kuss zärtlich. Ihr wurde auf einmal bewusst, dass sie sich genau das von ihm gewünscht hatte. Als Jan sie wieder losließ, glühten ihre Wangen. Sein Blick war liebevoll.

>>Ich komme dich bald besuchen. An einem Wochenende. Du fährst wieder nach Hause, aber ich vertraue dir. Ich vertraue uns. Möchtest du es nicht wenigstens mit uns versuchen? Nur weil du nicht hier sein kannst, empfinde ich doch nicht anders. Ich liebe dich mehr, als ich je einen Menschen geliebt habe.<<

Die Vorstellung, Jan zu verlieren, erschien ihr nun unerträglich. >>Ich liebe dich auch, Jan. Bin ich verliebt oder liebe ich? Ich weiß es nicht. Bis bald,<< und sie stieg in den Wagen. Sie hupte kurz, damit Oscar zurückkommt. Nun war sie nicht mehr traurig, was auch Oscar sofort bemerkte.

>>Alles Okay, mein Mädchen? Hast du ein gutes Gefühl?<<

>> Ja, alles bestens. Solltest du es nicht mitbekommen, wir haben uns geküsst. Auch über Gefühle haben wir gesprochen, und Jan wird mich bald besuchen.<<

>>Das freut mich sehr. Ich mag nicht wenn du traurig bist, wenn du nicht lachst. Auf dem Rücksitz ist ein Päckchen für dich. Vielleicht kannst du dich noch mehr freuen.<<

Elena packte es aus, und zum Vorschein kam die Jacke, die sie gestern anprobierte.

>>Ich freue mich wirklich, aber Mama wird es nicht gefallen, dass du mir die Jacke schenkst. Danke, danke. Den Kuss bekommt du später, wenn wir eine Pause machen würden.<<

>>Mit deiner Mutter spreche ich, und sie wird garantiert nicht meckern.<<

Sie wurden schon in Lübeck sehnlichst erwartet, vor allem von Maxi. Nachdem Elena ihm die Fotos gezeigt hatte, wollte er wissen, wann und wohin seine Reise gehen würde, wann werden sie fahren und für wie lange. Oscar zeigte ihm auf der Karte die geplante Route.

>>Werden wir mit dem Auto unterwegs sein?<<, wollte Maxi wissen.

>>Ja und nein, wir werden mit einem Wohnwagen reisen.<<

>>Du hast aber keinen Wohnwagen!<<

>>Man kann ihn mieten oder ich nehme den von meinem Freund, der mir schon öfter seinen angeboten hatte.<<

>>O ja, das ist viel besser als mit dem Auto und im Hotel zu schlafen.<<

>>Wir nehmen unsere Fahrräder und einen Kajak mit. Überall auf unserer Strecke gibt es schöne Seen, in den man schwimmen oder eine Bootsfahrt machen kann. Langweilig wird uns bestimmt nicht.<<

>>Zwei Paddel und zwei Schwimmwesten müssen wir auch mitnehmen, obwohl wir gute Schwimmer sind. In Schwimmwesten kann uns nichts passieren, nicht wahr?<<

>>Ja, es stimmt. Man kann nie wissen, was auf einem See passieren könnte. Ich habe die Orte, die wir besuchen werden, der Reihe nach aufgeschrieben. Wenn du möchtest, kannst du dich vorweg im Internet informieren.<<

>>Ich lasse mich überraschen. Nachlesen kann ich später.<<

>>Eine gute Entscheidung. Wir müssen nun den Zeitpunkt unserer Reise bestimmen: Entweder in den Herbstferien oder nächstes Jahr in den Sommerferien. Ich persönlich bin für den Sommer.<<

>>Ich auch, wenn ich bloß nicht so lange warten müsste. Können wir nicht noch in diesem Sommer fahren, bitte, Opa.<<

>>Grundsätzlich wäre es möglich – du hast noch zwei Wochen Ferien und soweit ich weiß, bleibt ihr zu Hause.<<

Julia, die die Unterhaltung mitbekam, hatte auch noch ein Wort zu sagen. Sie machte sich Sorgen um ihren Vater, dass es ihm zu viel sein könnte. >>Du bist nicht der jüngste, Papa. Du nimmst dir viel zu viel vor, statt sich zu erholen. Nächstes Jahr finde ich passender.<<

>>Man muss sich neuen Herausforderungen stellen, sonst wird das Leben langweilig. Wir könnten auch in den Herbstferien fahren. Meistens gibt es im Polen das goldene Herbst, oft mit Temperaturen um die zwanzig Grad. Maxi, wollen wir im Herbst unsere Reise starten?<<

>>Danke, Opa, dass du mit mir fahren möchtest. Im Herbst kann es auch schön sein und nicht so heiß, wie im Sommer. Ich habe fast zwei Wochen Herbstferien.<<

>>Also abgemacht. Ich kümmere mich um den Wohnwagen. Der Wohnwagen meines Freundes ist sehr modern und bietet viel Platz. Er ist mit allem ausgestattet:: eine Küche mit Kühlschrank, mit einer Dusche, sogar mit Fernseher. Außerdem gibt es noch ein Vorzelt und Gartenmöbel. Es wird uns bestimmt gefallen zu campen. Sollte mein Freund den Wohnwagen selber brauchen, werde ich einen mieten für uns, oder...<<

Er wollte schon sagen: >>oder einen kaufen<<. Kaufen wollte er ihn nicht, obwohl er darüber nachdenken wollte. Mit so einem Wohnwagen wären alle viel mehr unabhängiger, weil man nicht an ein Hotel gebunden wäre. Er könnte immer wieder allein fahren, seine Familie könnte ihn jederzeit nutzen, auch Elena und Max, könnten später mit ihren Freunden mit dem Wohnwagen verreisen.

<u>Elenas Tagebuch</u>

Am liebsten möchte ich ihn sofort anrufen, aber wir haben uns noch vor paar Stunden gesehen. Ich war nervös und völlig verkrampft, die Wörter kamen ganz durcheinander aus meinem Mund. Bestimmt hält er mich für total bescheuert. Es ist wie ein Zauber, mit ihm zusammen zu sein, so etwas wovon man sonst nur hofft. Schauer rasen durch mich hindurch. Seine Küsse sind wie Musik. Ich frage mich, ob er genauso für mich empfindet.

Jedes Neue, auch das Glück erschreckt.
Friedrich von Schüller

Als Oscar wieder zu Hause war, die Vergangenheit holte ihn wieder ein. Sie nahm ihn gefangen. Sie lauerte ihm hinter jeder Ecke auf. Er konnte sich kaum noch auf etwas anderes konzentrieren. Es kam ihm vor, als wäre die Zeit stehen geblieben, als ginge es überhaupt nicht richtig weiter. Die Erinnerungen verfolgten ihn überallhin; er konnte ihnen nicht entrinnen.

Er blickte auf sein Leben zurück – es gab so vieles, das er versäumt hatte in all den Jahren, falsch gemacht oder verspielt hatte. Es hatte ihn viel Kraft gekostet Vergangenes ruhen zu lassen und nach vorn zu schauen.

Er wusste, dass das Leben niemandem die Zeit lässt, sich einmal zu fassen. Es fährt einfach weiter.

Er rieb sich die Augen, als er am Klavier saß. Er war sich nicht im Klaren, ob das blendende Sonnenlicht ihm Tränen in die Augen getrieben hatte oder ob es an seiner Stimmung und seiner Grübelei über die Vergangenheit lag.

Er erinnerte sich an die Zeit nach Helenas Tod. Über Monate lag ein Schleier aus Traurigkeit, der alles bedeckte, was er tat. Zum Glück sollte er die Reise mit Maxi vorbereiten. Wie geplant, sollte in den Herbstferien die Reise mit dem Wohnwagen stattfinden. In der Zeit sollten Julia, Dirk und Elena in Swinemünde bleiben. Elena freute sich auf paar Tage mit Jan. Täglich hatten sie sich gesehen und gesprochen per Skype.

Schon drei Tage nach der Trennung fragte Jan: >>Elena, hast du mich vermisst? Habe ich dir gefehlt? Hast du wach gelegen und an mich gedacht?<<

Und dann wurde sie von einer Sehnsucht übermannt, die ihr den Atem abschnürte. Und sie antwortete: >>Ich habe nie aufgehört, an dich zu denken. Obwohl jeder Sommer einmal zu Ende geht.<<

Zwei Wochen später machte sich Jan auf den Weg nach Lübeck. Er sollte den Wagen seines Vaters für das Wochenende bekommen, wenn plötzlich die Bremsen nicht versagt hätten. Oscar traf Jan am Freitagnachmittag in der Stadt. >>Wolltest du nicht heute zu Elena fahren?<<

>>Ja, wollte ich, aber das Auto ist kaputt. Übers Wochenende passiert nichts.<<

Oscar überlegte kurz und meinte: >>Du kannst meinen Wagen haben. Im ernst.<<

>>Aber Herr Baron, ich habe noch nicht viel Fahrpraxis, ich danke Ihnen für Ihr Angebot, aber…<<

>>Keine Angst, du willst doch Elena besuchen? Dann musst du den Wagen nehmen. Mit deinem Vater kriegen wir es geregelt. Ist er zu Hause?<<

Als Jan nur nickte sagte Oscar: >>Ich komme mit und spreche mit deinem Vater.<<

Am frühen Vormittag stieg Jan aus Oscars Wagen vor Elenas Haus. Maxi hatte den anfahrenden Wagen gesehen und rief laut: >>Opa ist da, Opa ist gekommen.<<
Dann sah er, dass ein fremder junger Mann ausgestiegen war. Wieder rief er: >>Es ist nicht Opa, aber es ist sein Auto!<<

In dem Moment klingelte es an der Haustür. Maxi lief hin und machte die Tür einen Spalt auf. Jan schaffte nicht mal *Guten Tag* zu sagen, als Maxi schimpfte: >>Warum haben Sie den Wagen von meinem Opa? Haben Sie ihn gestohlen? Wir rufen die Polizei.<<

Jan sagte: >>Du bist bestimmt Maxi, Elenas Bruder.<<

>>Und du, Sie, Sie sind Jan?<<, stotterte Maxi.

>>Du kannst ruhig du sagen. Ist Elena zu Hause?<<

>>Ja, und meine Eltern auch.<<

Da Maxi die ganze Zeit ziemlich laut war, kamen auch Elenas Eltern in die Diele. Elena war in der Küche. Sie stand auf, um Jan zu begrüßen, aber ihre Beine wollten ihr nicht gehorchen. Eine berauschende Mischung aus Freude und Schrecken überkam sie. In ihre Wangen schoss die Hitze und ihre Kehle wurde trocken. Sie brachte kein Wort heraus. Sie konnte ihren Augen nicht trauen; die Überraschung war gelungen. Sie stellte Jan ihrer Mutter und ihrem Vater vor und nahm Jan in ihr Zimmer mit. Jan umfasste ihr Gesicht und küsste sie. Es verschlug ihr den Atem und eine sonderbare Wärme verbreitete sich in ihrem Bauch. *Schmetterlinge im Bauch,* dachte sie.

Sie fragte ihn wie lange er bleiben kann, ob er übernachten darf. Sie klärte ihn auf, dass ihre Eltern mit der Übernachtung einverstanden wären und ein Gästezimmer stände zur Verfügung.

>>Das ist phantastisch – dein Opa gibt mir seinen Wagen, deine Eltern lassen mich bei euch schlafen. Nur Maxi hält mich für einen Verbrecher.<<

>>Er wollte schon Opa anrufen um zu fragen, ob er sein Auto vermisst. Mein Vater hat ihm die Sache mit dem Auto erklärt. Maxi ist ein lieber Junge, sehr aufgeweckt und ziemlich direkt, auch Fremden gegenüber. Eigentlich wusste er wer du bist, oder sollte es wissen, weil ich ihm viele Fotos von uns gezeigt habe. Wenn es um Opa geht, spielt er den Helden.<<

>>Apropos Fotos, ich habe dir auch ein paar mitgebracht, die ich von dir gemacht hatte.<<

Jemand klopfte an Elenas Tür. Es war ihre Mutter, die in einer Viertelstunde das Mittagessen ankündigte. Bei der Gelegenheit bot sie Jan das Gästezimmer an. Jan bedankte sich, brachte seinen Rucksack in das Zimmer und machte sich im Bad frisch.

Am Tisch war eine lockere Atmosphäre; viel geredet hat nur Maxi, der Jan viele Fragen gestellt hatte. Er wollte wissen, wie Jan zu Opas Wagen kam, welche Schule er besucht, ob er Geschwister hat und was seine Eltern machen. Als Jan sagte, dass seine Mutter vor paar Jahren gestorben wäre, tat es Maxi leid.

>>Entschuldige, bitte, dass ich gefragt habe. Ich wollte nicht indiskret sein.<<

Jan schaute ihn an und meinte: >>Es muss dir nicht leidtun, du hast es nicht gewusst.<<

Für eine Weile war Maxi still und dann platzte er mit seiner nächsten Frage: >>Wie war das für dich? Für dich und für deinen Bruder ohne Mama?<<

>>Komm, Schätzchen, setzt dich neben mir und stell Jan keine Fragen mehr<<, schnitt Julia Maxi das Wort.

>>Lassen Sie ihn, ich möchte ihm antworten. Heute kann ich darüber reden.<<

Alle haben gesehen, dass Jan erst tief Luft holte, bevor er angefangen hatte zu sprechen.

>>Es war schlimm, unsere Mutter von heute auf morgen zu verlieren. Ich fragte jeden, warum sie, warum musste sie so früh gehen. Ich las irgendwo, dass Gott, die Menschen, die er besonders liebt, früh zu sich holt. Das hatte mir auch nicht geholfen.

Ich brauchte einige Zeit, um damit fertig zu werden. Wegen meinem Bruder ging es vielleicht leichter; ich fühlte mich für ihn verantwortlich. Ich war der große Bruder, der nicht weinen durfte. Heute sind wir drei Männer, die sich prima verstehen und ergänzen. Meine Mutter werde ich nie vergessen.<<

Am Nachmittag waren Elena und Jan unterwegs in der Stadt. Elena wollte ihm heute manche Sehenswürdigkeiten zeigen. Zuerst waren sie in der Altstadt, die von der UNESCO zum Weltkulturerbe erklärt wurde. Damit wurde erstmals in Nordeuropa eine ganze Altstadt als Weltkulturerbe anerkannt. Die Altstadt besteht aus weit über tausend Denkmälern.

>>Wusstest du, dass die Altstadt >Stadt der sieben Türme< genannt wird?<<

>>Nein, erzähle mal.<<

>>Das Bild der Altstadt wird von den sieben Kirchtürmen geprägt, die den fünf großen Altstadtkirchen zuzuordnen sind. Wollen wir zum Holstentor gehen?<<

Elena spielte die Stadtführerin sehr gut. >>Holstentor ist das Wahrzeichen Lübecks. Im Inneren befindet sich ein Museum der Stadtgeschichte. Das andere erhaltene Stadttor ist das Burgtor. Als das Burgtor im Jahr 1444 gebaut wurde, war der Durchlass ausreichend groß – für die Kutschen. An Sattelzüge und Doppeldecker-Busse hat damals keiner denken können. Auch bauliche Veränderungen nützten wenig. Es gibt noch was sehr interessantes – die Gänge und Höfe. Sie waren eher aus Platznot in den Hinterhöfen der Wohnhäuser entstandene Wohnquartiere, die früher für die ärmsten Stadtbewohner errichtet wurden. Heute sind sie ein begehrter Wohnraum. Es gibt in der Lübecker Altstadt circa 85 kleine Gänge.<<

>>Elena, du könntest glatt als Stadtführerin arbeiten. Vielleicht hätte es dir sogar Spaß gemacht.<<

>>Bestimmt, aber ich bleibe lieber bei Kinderärztin.

Die vielen Kirchen und weitere Sakralbauten müssen wir uns nicht anschauen. Aber die Plattform der Petri Kirche. In 50,45 Meter Höhe ist ein guter Rundblick auf die Altstadt möglich.

In Lübeck gibt es viele Stiftungen. Seit dem Mittelalter hat das Stiften in Lübeck Tradition. Ursprünglich wollten sich begüterte Kaufleute so ihr Seelenheil sichern. Lübeck ist heute die Stadt mit der größten Stiftungsdichte Schleswig-Holsteins.

Es gibt regelmäßig verschiedene Veranstaltungen und Bräuche. In der Nacht zum ersten Mai findet gegen Mitternacht das alljährliche Mai-Singen unter den Arkaden des Rathauses statt. Junge und alte Sänger begrüßen dabei mitten in der Nacht den Mai mit dem Lied: *Der Mai ist gekommen.* Die Veranstaltung ist nicht organisiert und wird nicht kommerziell ausgenutzt.

In Lübeck gibt es vier staatliche Hochschulen. An der Universität zu Lübeck ist zum Beispiel ein vollständiges Studium der Medizin möglich.

Zu den bekanntesten Lübeckern gehören die beiden Nobelpreisträger Willy Brandt und Thomas Mann.<<

>>Und wo bleibt der Lübecker Marzipan?<<, unterbrach Jan Elena.

>>Lübecker Marzipan ist eine von der EU geschützte geographische Herkunftsbezeichnung.

Die Lübecker Marzipan Hersteller halten sich per Selbst-
verpflichtung an bestimmte Qualitätsgrundsätze: 70%
Marzipanrohmasse, höchstens 30% Zucker. Eine Bekannte meiner Mutter arbeitet in der Fabrik. Sie kauft für uns
Marzipan günstiger als im Laden. Bestimmt haben wir
noch welches zu Hause. Oder magst du kein Marzipan?<<
    <<Doch, doch, aber nur den echten.<<

Als sie Hunger bekamen, setzten sie sich draußen vor
einer Pizzeria. Noch schien die Sonne und sie genossen
die letzten Strahlen. Die Abende waren jetzt schon kühl,
aber sie hatten ihre Jacken mit. Elena kam auf das Gespräch am Mittagstisch zurück.
    >>Es tut mir leid, dass Maxi dich nach deiner Mutter
gefragt hatte.<<
    >>Mach dir keinen Kopf deswegen, die Erinnerungen
tun nicht mehr weh.<<
    >>Einen Menschen, den man liebt zu verlieren, muss
schrecklich sein. Als mein Opa einen Tumor hatte, wollte
ich mir nicht mal vorstellen, wie es ohne ihn weiter gehen
sollte. Er sagte mal zu mir, dass der Weg zurück ins nor-
male Leben lang wäre und bräuchte Zeit. Er hatte meine
Oma durch einen Unfall verloren, und er brauchte auch
lange.<<
 Der abendliche Spaziergang im Park brachte sie näher.
Sie gingen Hand in Hand und küssten sich auch.
    >>Jan, ich hatte es nicht zu hoffen gewagt und mir
doch jeden Tag gewünscht, dich zu sehen. Wie soll es mit
uns weitergehen? Ich möchte so viel Zeit wie möglich mit
dir zusammen sein. Es geht aber nicht.<<
    Er verschloss ihr den Mund mit einem leidenschaftli-
chen Kuss. >>Meine liebe Elena, ich habe mich in dich

verliebt, als ich Dich zum ersten Mal in der Tafel gesehen habe. In diesem Moment war ich Dir bereits verfallen. Ich weiß, ich möchte es auch. Wir schaffen es, wenn wir beide es wollen.<<

Um 22:00 Uhr waren sie zurück zu Hause. Elena überließ Jan das Bad. Nachher hatte sie geduscht, wünschte Jan eine gute Nacht und ging in ihr Zimmer.

Irgendwann drehten sich ihre Gedanken nur noch im Kreis. Sie wollte weiter wach bleiben und nachzudenken, doch dann drifteten alle bewussten Wahrnehmungen davon.

Sie dachte noch einmal an Jan, an seinen leidenschaftlichen Kuss. Mit diesem Bild vor Augen schlief sie auf der Stelle ein. Als sie wieder wach wurde, hätte sie schwören können, nur ein paar Augenblicke geschlafen zu haben, und doch war ein Großteil der Nacht verstrichen.

Draußen zogen bereits die ersten grauen Schleier der Morgendämmerung. Da sie nicht mehr schlafen konnte, bereitete sie das Frühstück vor. Als alles fertig war betätigte sie den Gong, der in der Küche an der Wand hing. Er rief drei Mal am Tag zum Essen. Nach und nach fanden sich alle am Frühstückstisch. Jan wurde gefragt, ob er gut schlafen konnte.

Elenas Eltern hatten einen Ausflug nach Travemünde vor.

>>Ihr könnt mit, wenn ihr wollt, ihr könnt frei entscheiden.<<

Elena und Jan hatten sich für den Tag zu zweit entschieden. Schon gestern hatten sie besprochen, wie sie den Tag verbringen wollten. Zuerst spielte Elena Klavier für Jan, dann spielten sie Scrabble, und nach dem Essen waren sie in der Stadt unterwegs. Am frühen Abend musste Jan wieder nach Hause.

Beim Abschied sagte Elena: >>In den Herbstferien komme ich nach Swinemünde und wir werden wieder mehr Zeit zusammen verbringen können. Ich werde die Tage zählen, bis wir uns wieder küssen werden.<<

>>Ja, das wird schön. Bis dahin telefonieren wir jeden Abend um 21:00 Uhr. Wenn ich nach Hause komme, garantiert wird mich Mike mit Fragen bombardieren. Er ist genauso wie Maxi. Zum Glück hatte ich mehrere Fotos gemacht, die ich ihm zeigen kann.<<

>>Egal, wie Brüder manchmal nerven, aber ist es nicht schön, einen zu haben?<<

>>Das stimmt, und wir werden sie bestimmt nicht tauschen wollen<<.

Jan nahm Elenas Hände in seine und schaute ihr tief in die Augen.

>>Ich werde jetzt zu dir sagen, was ich noch zu keiner anderen Frau gesagt habe. Diesen Satz sollte man aussprechen, wenn man sich ganz sicher ist – und nicht bloß, weil es schön klingt. Ich liebe dich. Ich wollte dir das schon so oft sagen, aber dann... ich wollte, dass es etwas Besonderes ist, etwas an das du dich erinnern kannst.<<

Er zog sie an den Schultern zu sich heran und küsste sie. Sie wünschte sich, er würde nie mehr mit Küssen aufhören. Ihr Herz klopfte und lachend umfasste sie sein Gesicht

>>Ich liebe dich. Ich habe es sofort gewusst, ich weiß es jetzt. Ich werde dich immer lieben, wahrscheinlich bis zu dem Tag, an dem ich sterbe.<<

Sie wollte nicht daran denken, was wäre, wenn... Sie wollte jetzt leben und das Leben genießen.

Eine Woche lang musste sie Halstücher tragen, weil Jan vielleicht zu heftig ihren Hals geküsst hätte. Aber das störte sie nicht und machte die Zeit bis zum Wiedersehen erträglicher. Manchmal betrachtete sie ihren Hals im Spiegel, um sich zu vergewissern, dass es sie und Jan wirklich gab.

Zwei Tage vor der Reise nach Swinemünde merkte Julia, dass ihre Tochter anders als sonst war. Sie hatte Elena nicht angesprochen, weil sie wusste, dass Elena, wenn sie Hilfe und einen Rat braucht, zu ihrer Mutter kommen würde. Julia täuschte sich nicht – ein Tag später bat Elena um einen Gespräch. Elena hatte nie Probleme mit ihrer Mutter zu reden. Bis heute.

Julia wollte ihr entgegen kommen. >>Was bewegt dich? Kann ich dir helfen?<<

>>Ich weiß nicht wie ich mich verhalten soll. Nicht jetzt, sondern überhaupt.<<

Ihr wurde klar, was sie ihre Mutter fragen wollte und plötzlich verließ sie der Mut. Nach einer Weile fing sie sich und redete entschlossen weiter. >>Soll ich mit dem Sex bis zur Hochzeit warten? Wann schläft man miteinander? Sofort, nach paar Monaten oder erst nach Jahren?<<

>>Es gibt keine Regeln, außer man soll sich lieben. Nur du bestimmst den Zeitpunkt, kein anderer. Wenn es so weit ist, vergiss nicht die Verhütung.<<

Julia musste daran denken, dass Elena erwachsen ist: Kein Kind und kein Teenager mehr. Sie hoffte, dass ihre Tochter noch paar Jahre im Elternhaus bleibt. Sie war froh, dass Maxi sechs Jahre jünger als Elena ist und nicht so schnell ein erwachsener Mann wird.

>>Danke, Mama. Ich wusste, dass du mir die richtige Antwort gibst.<<

>>Es gibt noch die Pille danach. Ja, die gibt es. Nach einem ungeschützten Geschlechtsverkehr eingenommen, kann eine ungewollte Schwangerschaft verhindert werden. Sie muss innerhalb der ersten drei bis fünf Tagen eingenommen werden. Noch ist sie bei uns nicht rezeptfrei.<<

Julia sah, dass Elena ihr aufmerksam zuhört. Nach einer Weile sprach sie ganz frei weiter.

>>Mit der Pille wird der Eisprung verzögert oder gehemmt, sofern er noch nicht stattgefunden hat. So treffen Ei und Samenzellen nicht mehr aufeinander und es kommt nicht zur Befruchtung und Schwangerschaft. Durch die Pille danach wird eine bestehende Schwangerschaft nicht abgebrochen. Sie ist nur eine absolute Notfall-Lösung. Im Internet kannst du bestimmt noch mehr darüber lesen.<<

>>Wie war es bei dir und Papa?<<

>>Wir waren schon fast zwei Jahre zusammen. An einem romantischen Abend passierte es. Beide liebten wir romantische Momente.<<

>>Leider haben Männer wenig Sinn für Romantik<<, bemerkte Elena.

>>Romantik will erarbeitet sein und eine Frau kann genauso wie ein Mann für Romantik sorgen. Jeder von uns ist etwas Besonderes.<<

>>Wie soll ich denn eine romantische Atmosphäre am Telefon oder am Bildschirm schaffen?<<

>>Ich bin sicher, dass dir was einfallen wird. Wenn nicht, du weißt...<<

>>Dass du mir helfen wirst. Ich möchte zu dir kommen, wenn ich das erste Mal mit Jan geschlafen habe. Ich würde mich besser fühlen und ich bräuchte mir keine Gedanken darüber zu machen, was du denkst – hatte sie oder

hatte sie nicht? Du verstehst mich, oder? Ich freue mich darauf und habe auch Angst davor. Ich bin so froh dass du mich verstehst. <<

>>Ja, das tue ich.<<

>>Ich danke dir für dein Vertrauen und, weil du eine wunderbare Mutter bist, und Papa der beste Vater der Welt.<<

>>Und du bist die Tochter, die sich Eltern nur wünschen können. Wir möchten, dass du glücklich bist.<<

Kurz danach telefonierte Elena mit Oscar.

>>Opa, ich bin krank. Eine seltsame Krankheit hatte mich befallen. Das Leiden traf mich wie ein Schlag aus heiterem Himmel. Ich bekam Fieber mit Schüttelfrost, Atemlosigkeit, Herzrhythmusstörungen.<<

Oscar lächelte, was Elena aber nicht sehen konnte.

>>Das, was du hast, ist eine seltene Erscheinung – du bist auf eine Art liebeskrank, wie man es nur einmal im Leben durchmacht. Ursache und Heilung liegen in ein und derselben Person begründet: Jan.

>>Ja, ja, mach dich nur über mich lustig, ich möchte dich an meiner Stelle sehen. Ich weiß nicht mehr, wie mir geschieht, mir ist heiß, dann wieder kalt, ich habe Magenkrämpfe, meine Hände werden feucht.<<

>>Mehr nicht? Ist nicht schlimm, es vergeht wieder.<<

>>Bist du sicher, oder machst du dich nur lustig über mich?<<

>>Lustig über dich? So was würde ich mir nie erlauben. Wenn du mir nicht glaubst, frage deine Eltern. Sie können sich bestimmt noch daran erinnern. Die Liebe kann die Menschen verwandeln. Sie kann bewirken, dass sie über sich selbst hinauswachsen. Sie kann einen blind machen für Schwächen des Menschen, den man liebt. Die Liebe

kann einen dazu treiben, Dinge zu tun, die man sonst nicht täte. Es ist, als hätte man den Verstand verloren. Man kann nur noch an den einen Menschen denken. Unser eigenes Ich lassen wir hinter uns und ein Anderer ist uns wichtiger als wir uns selbst.<<

>>Ich glaube dir vollkommen. Es gab Zeiten, da hattest du auch so was mitgemacht. Und du hat es überlebt. Gute Nacht Opa, und bis bald.<<

Elenas Tagebuch

Ich empfinde so viel für Jan, dass ich fast platzen könnte. Es ist das Verliebt sein. Opa versteht mich gut. Egal worum es geht, ich kann ihm immer mein Herz ausschütten. Ich dachte einmal, dass Mama eifersüchtig wäre, wenn ich mit Opa über alles spreche. Sie ist aber nicht neidisch; sie freut sich immer, wenn sie uns zusammen sieht oder wenn ich mit Opa telefoniere. Mama denkt immer zuerst an andere, damit alle zufrieden sind, und zum Schluss denkt sie erst an sich. Papa nennt sie manchmal liebevoll *meine Heldin,* oder *Mutter Theresa.*

Ein Kuss, ein Lächeln, die Berührung seiner Hand hatten mich für immer verändert. Opa hat Recht - Liebe ist wie eine Krankheit. Sie erwischt einen, wenn man am wenigsten damit rechnet. Es gibt kein Heilmittel dagegen. Ich war nicht darauf gefasst gewesen, sich in Jan zu verlieben. In der Tafel erfuhr ich, was Liebe auf den ersten Blick bedeutete. Er sah in meine Augen und ich war verloren.

Ich hatte mir die Liebe auf den ersten Blick ganz anders vorgestellt — wie in Büchern, die ich gelesen hatte. Ich hatte geglaubt, sie müsste von etwas Spektakulärem begleitet sein. Ich wusste nicht recht, wie ich mit dem neuen Zustand umgehen sollte, der mich so plötzlich überfahren hatte. Dauernd muss ich an ihn denken.

Ein paar Küsse mit Jan – warum konnten sie etwas aus mir machen, worüber ich keine Kontrolle habe?

Bin ich wirklich verliebt oder ist es nur eine Schwärmerei? Ich wünsche mir insgeheim eine große Liebe, so wie die von Oscar und Helena. Sie soll aber nichts entbehren müssen und nie enden. Erwarte ich zu viel?

Während Julia und Dirk die paar Tage Ruhe genossen, während Elena viel Zeit mit Jan verbrachte, waren Oscar und Maxi mit dem Wohnwagen unterwegs.

Julia erlaubte sich länger zu schlafen, danach ein Frühstück mit Dirk mit Zeitung lesen und Unterhaltung. Zum Mittag kochten sie überwiegend einfache Gerichte, die schnell zubereitet wurden: Spagetti, Chili, Kartoffelpuffer oder ein Eintopf.
Das Wetter war herrlich – ein richtiges goldenes Herbst. Jeden Nachmittag machten sie einen langen Spaziergang am Strand. Beide nutzten die Zeit zum Lesen von Büchern, die sie mitgebracht hatten. Die Ruhe, Gelassenheit, keine Alltagshektik tat ihnen gut.

Elena lernte Jans Bruder und Vater kennen. Von erster Begegnung an waren sie sich sympathisch. Am Samstag musste Jan nach Danzig – die Schwester seines Vaters und Jans Patentante hatte Geburtstag. Elena wurde auch eingeladen. Ihre Eltern hatten nichts dagegen, dass sie mitfährt. Elena wollte nicht mit leeren Händen erscheinen und so kaufte sie eine kleine Orchidee im Topf. Die steckte sie in ein dekoratives hohes Glas, das sie mit Moos ausgelegt hatte. Als ihr Gesteck fertig war, zeigte sie es ihrer Mutter. >>Du hast dich wieder selbst übertroffen. Eine

Gärtnerin hätte es nicht besser machen können. Du bist so… anders.<<

>>Was meinst du unter anders?<<

>>Du bist klug, intelligent, du interessierst dich für so viele Sachen, du hast einen Sinn für Schönheit und gleichzeitig für einfache Dinge, du denkst zuerst an andere, du…<<

>>Genug mit dem Lob. Ich denke, manche Dinge sucht man sich nicht aus. Vielleicht werden sie einem in die Wiege gelegt und sie entwickeln sich weiter. Mit Schwuppdiwupp hat es bestimmt nur wenig zu tun.<<

In Danzig angekommen, nach der Kaffeetafel hatten Jan und Elena noch zwei Stunden Zeit, die sie in der Stadt verbrachten. Jan erzählte ihr über Danzig das, was sie noch nicht wusste. Die zwei Stunden vergingen für beide im Nu. Als sie zum Haus Jans Tante zurückkamen, war schon Zeit heimzufahren. Jans Tante hatte sich nochmal für das Geschenk bei Elena bedankt und sich herzlich verabschiedet: >>Du bist jede Zeit gern bei uns gesehen. Ich wünsche dir noch paar schöne Tage in Swinemünde.<<

Immer wieder musste Elena feststellen, dass die enorme Gastfreundschaft der Polen wirklich wahr ist und, dass die Polen gar nicht so viel Wodka trinken, wie immer behauptet wird. Die Polen, die ihr bis jetzt begegneten, waren freundlich und hilfsbereit. Noch nie spürte sie eine Ablehnung, weil sie eine Deutsche war. Ihre Mutter meinte immer noch, *wie du mir, so ich dir,* auch eine Rolle spielen würde.

Zu Hause hatte sie ihren Eltern kurz geschildert, wie der Tag verlaufen war. Relativ früh legte sie sich schlafen.

Vorher erkundigte sie sich nach Maxi und Opa. Die hatten vor einer Stunde aus Neustettin angerufen.

Maxi bewährte sich als Beifahrer. Aber erst nach zwei Stunden Fahrt. Er war am Abend so aufgeregt, dass er kaum schlafen konnte. Obwohl sie Navi hatten, passte Maxi auf, damit sie sich nicht verfahren. Alle Schilder mit Orts- und Straßenamen versuchte er zu lesen. Oscar war überrascht, wie gut Maxi es konnte. Als er ein Lied mit Oscar singen wollte, kam die Wahl auf >>Meister Jacob<<, weil Oscar keine anderen Lieder auf Deutsch singen konnte. Sie hatten es sogar als Kanon versucht. Und dann sagte Maxi: >>Und jetzt auf Polnisch<<.

>>Wie, sollte ich etwa alleine singen?<<

>>Ich singe mit. Lass dich überraschen.<<

Und tatsächlich kannte Maxi den Text auswendig. Sogar seine Aussprache war nicht schlecht.

>>Da staunst du, Opa, gib es zu.<<

>>Ja, und wie. Aber warum…woher…?<<

>>Elena lernt mit mir. Wir machen eine halbe Stunde täglich und ich kann auch alleine üben.<<

>>Aber warum lernst du Polnisch?<<

>>Wenn ich bei dir bin kann ich mich mit niemandem richtig unterhalten. Mein Englisch reicht noch nicht.<<

>>Ist das der einzige Grund? Na, komm schon.<<

>>Elenas Freundin hat eine Schwester in meinem Alter. Wir versuchten uns auf Englisch zu unterhalten, was reine Katastrophe war.<<

>>Vielleicht solltet ihr lieber Englisch intensiver pauken, statt eine neue Sprache zu lernen.<<

>>Was meinst du mit *ihr*? Du hast in Mehrzahl gesprochen.<<

>>Neulich traf ich Jolas Mutter, die hatte mir erzählt, dass Jola tüchtig Deutsch lernt. Da hattet ihr beide die gleiche Idee; schaden kann es nicht, wenn man eine Fremdsprache beherrschst.<<

>>Meine Rede. Polnisch ist auch eine Fremdsprache. Sie ist nicht leicht zu erlernen, aber ich gebe mein Bestes.<<

Nach einer Weile, in der jeder mit eigenen Gedanken beschäftigt war, fragte Maxi: >>Kennst du vielleicht das Lied: >Hej sokoły (Falken)? Das kenne ich auch schon.<<

>>O ja, das habe ich in meiner Jugend gelernt. Ich fürchte, dass ich inzwischen nicht den ganzen Text kenne. Aber wir können es gerne singen.<<

Aus vollem Hals haben sie es zwei Mal gesungen und danach gelacht, weil Maxi der Meinung war, dass die vorbei fahrenden Fahrer sie für total verrückt gehalten hätten.

>>Mir hat es Spaß gemacht<<, meinte Oscar. >>Schon lange habe ich nicht so laut gesungen.<<

>>Kennst du vielleicht noch andere Lieder, die du mir beibringen könntest?<<

>>Da muss ich nachdenken und tief in meinem Gedächtnis graben. Ich bin sicher, dass ich was finde.<<

Maxi hatte beschlossen, so wie früher es Elena gemacht hatte, eine Chronik der Reise zu schreiben.

1. Tag

Auf dem Weg nach Marienburg machten wir in Neustettin einen Zwischenstopp. Die Stadt liegt im Zentrum der Draheimer Seenplatte. In der Parkanlage am Streitzigsee wurde 2008 ein Gedenkstein für die ehemaligen deutschen Bewohner der Stadt und des Kreises errichtet, der der Erinnerung, der Völkerverständigung und dem Frieden zwischen deutschen und Polen dienen soll. Das fand ich persönlich sehr schön. Auf dem Friedhof haben polnische Bürger und Schüler eine Gedenkstätte zur Erinnerung an die hier gelebten und verstorbenen Deutschen errichtet. 120 alte deutsche Grabsteine sind noch vorhanden. Einen weiteren Denkmal gibt es im Stadtpark – für die Toten Neustettins mit der Inschrift in deutscher und polnischer Sprache: >>Zum Gedenken an unsere Toten aus der Stadt und dem Landkreis Neustettin<<.

Auf dem Streitzigsee besteht ein regelmäßiger Fährverkehr mit zwei aus Deutschland stammenden Schiffen, der MS Bayern und der MS *Księżna Jadwiga* (Fürstin Hedwig). Wir hatten Glück und konnten den MS Bayern sehen.

Während des Zweiten Weltkriegs gab es in der Stadt zwei Zwangsarbeiterlager. Im Juni 2010 gab es die 700-Jahr-Feier.

Am Abend sind wir auf dem See Kanu gefahren und wir waren nicht die einzigen, die das schöne Wetter nutzten.

Maxi hatte alle Sehenswürdigkeiten und die schöne Panorama der Stadt fotografiert. Elena hatte ihm sogar ihre Kamera dafür geliehen. Oscar musste ihm schon vor der Reise versprechen, dass sie nicht jede Kirche besichtigen würden.

>>Polen ist ein katholisches Land mit jeder Menge Kirchen; viele davon sind sehr alt und berühmt, aber ich muss sie nicht alle sehen<<, meinte Maxi.

2. Tag

Die nächste Kleinstadt auf der Route war *Chojnice* (Konitz) in der Kaschubei. Leider haben wir das Folklorfestival, das seit einigen Jahren im Juli stattfindet, verpasst. Auch Internationale Gruppen treten mit Volksmusik auf.

Wir machten einen Abstecher in die *Bory Tucholskie* (Tuch-oler Heide). Teil der Heide ist 1996 gegründeter National-park. Auf dem Gebiet des Nationalparks gibt es über zwanzig Seen, auf denen internationale Kanuslaloms statt-finden. Auch der Segelsport wird auf den größeren Seen aktiv betrieben. Wir hatten das längste Aquädukt Polens sowie das älteste Freilichtmuseum gesehen.

3. Tag

Heute ging es weiter nach *Marienburg*. Marienburg war die bedeutendste Ordensburg der Deutschordensritter. Mit ihrem Bau wurde 1272 begonnen und sie galt nach ihrer Fertigstellung als mächtigste Festungsanlage in Europa. Im Zweiten Weltkrieg wurde die Burg zu 60 % zerstört und vom polnischen Staat wiederaufgebaut. Seit 1997 zählt Marienburg zum Weltkulturerbe der UNESCO. Die Burg wird überwiegend als Museum genutzt.

Es gab so viel zu sehen, zum Staunen und wir haben be-schlossen, zwei Tage hier zu bleiben. Opa gibt mir jeden Abend ein Zettel mit einem Lied. Bei schwierigen Texten übe ich das Lesen mit ihm. Bei der weiteren Fahrt wird dann gesungen. Das neue Lied heißt: >>*Jak dobrze nam zdobywać gór*y<< (Wie schön ist es, die Berge zu erklimmen)

4. Tag.

Auf dem Weg nach *Thorn* waren wir einen Tag in Grau-denz (Grudziądz) geblieben. Die Stadt hatte uns sehr ge-fallen. Sie liegt am Ostufer der Weichsel.

Graudenz ist vor allem für ihre schöne landschaftliche Lage und ihre sehenswerte Altstadt mit den alten Spei-chern, Wassertor, der Altstadt und für die alte Festung bekannt, die man teilweise besichtigen kann.

Bekannt ist Thorn vor allem für seine Altstadt sowie für den Astronomen Nikolaus Kopernikus. Die Altstadt wurde von der UNESCO zum Weltkulturerbe erklärt.

Die *Thorner Kathrinchen*, ein Lebkuchengebäck, sollen im 16. Jahrhundert im Kloster von Thorn erfunden worden sein. Die Thorner Lebkuchen gelten weithin als Symbol ihrer Herkunft, ähnlich den Nürnberger Lebkuchen oder Achener Printen.

Selbstverständlich haben wir alle Sorten probiert und auch welche als Mitbringsel gekauft.

Und wieder habe ich ein neues Lied gelernt: >>Góralu czy ci nie żal<< (Gebirgler, hast du Sehnsucht?)

5. Tag

Von Thorn ging es nach Gnesen (Gniezno).

Der Name der Stadt leitet sich vom polnischen Wort *gniazdo* ab, was auf Deutsch Nest bedeutet. Nach der Legende gab es drei Brüder: Lech, Czech und Rus, die beschlossen hatten, in die Weite zu ziehen. Czech siedelte südlich und Rus östlich. Lech beschloss nach Norden zu ziehen. Als er im Schatten eines Baumes ruhte, beobachtete er dabei in der Abendröte einen weißen Adler. Lech beschloss sich hier niederzulassen und die Stadt Gniezno zu gründen. Von diesem Zeitpunkt an ist der weiße Adler Teil der Nationalflagge Polens, wobei die Farbe Rot für die Abendröte steht.

Eine prächtige Erzkathedrale wollte ich mir doch ansehen. Anlässlich des Besuchs Papst Johannes Paul II in Polen 1997 schuf der deutsche Künstler Heinrich Gerhard Brücker einen neuen Hochaltar, der vom Papst geweiht wurde. Heute wurde ein neues Lied: >>Wszytkie rybki śpia...>> (Alle Fischlein schlafen im See) gesungen. Opa kennt leider immer nur die erste Strophe und den Refrain. Es macht trotzdem Spaß und im Laufe der Fahrt sangen wir es mehrmals.

6. Tag

Wałcz, ehem. Deutsch Krone liegt reizvoll von zwei Stadtseen und mehreren Wäldern umgeben. Es bestehen hier beste Wassersportmöglichkeiten. Wir hatten uns für die Schwimmhalle entschieden.

Am *Magnetischen Berg* wird das physikalische Gesetzt der Schwerkraft ausgehebelt. Dort rollen Autos den Berg hinauf statt hinunter. Das ist unglaublich, wenn man es mit eigenen Augen nicht sieht.

Heute gab es das Lied:>>Upływa szybko życie<< (Wie schnell das Leben vergeht).

Ein Urlaub mit einem Wohnwagen ist wirklich schön. Wir haben alles, was wir brauchen. Es ist besser als eine Wohnung, weil man jederzeit weiterfahren kann. Das war eine prima Idee von Opa! Frühstück und Abendbrot bereiten wir uns selbst. Jeden Morgen holt Opa frische Brötchen, die viel besser schmecken als die deutschen. Und erst das Brot – man kann es ohne nichts essen. Einmal hatten wir frischen Fisch gekauft und ihn gegrillt. Es schmeckte wunderbar.

Ich habe wergessen zu schreiben, dass wir in jedem Ort mit den Fahrrädern unterwegs sind. Gleich am ersten Tag mussten wir mein Fahrrad reparieren. Zum Glück hatte Opa sein Flickzeug mit.

Es gibt nur wenige Fahrradwege, aber in vielen Städten werden welche gebaut. Europa Anpassung eben. Vor jeder weitern Radtour werden die Fahrräder von uns geputzt und kontrolliert. Es ist auch richtig so.

7.Tag

Wir machten einen Stopp in Schneidemühl. Heute leben hier noch ungefähr 800 Deutsche, die sich zu einem Freundeskreis>>Deutsche Sozial-Kulturelle Gesellschaft in Schneidemühle<< geschlossen habe. Es ist eine Stadt mit zahlreichen Industrieanlagen. Mitte des 19. Jahrhunderts machte die Jüdische Gemeinde der Stadt 20% der Bevölkerung aus.

Die nächste Stadt war *Naklo* (Nakel) an der Netze. Hier besuchten wir eine gute Schwimmhalle>>Naquarius<< und wir hatten viel Spaß.

Danach kam *Drawsko Pomorslie* (Dramburg) an die Reihe. Hier gibt es Reste der Stadtmauer aus dem 14. Jahrhundert, ein Fachwerk-Salzspeicher aus der Zeit um 1700. Selbstverständlich auch eine Kirche aus dem 15. Jahrhundert. In Vorraum der Kirche befinden sich zwei große Buntglasfenster mit Familienwappen von fünf Familien, die 1914 von ihnen gestiftet wurden. Bis 1945 zählten die Familien zu den einflussreichsten Großgrundbesitzern des Kreises Dramburg.

8. Tag

Auf der weiteren Fahrt brachte mir Opa ein neues Lied bei: >>Pije Kuba do Jakuba<< (Kuba prost Kuba zu).

In *Goleniów* (Golinow) erkundeten wir *das Wolliner Tor* aus dem 15. Jahrhundert, das einzige gebliebene von vier Stadttoren. Der Turm ist 25 Meter hoch und hat fünf Stockwerke.

In der Nähe gibt es das Flughafen Stettin-Golenow mit Flügen nach Warschau, Oslo, Dublin, London. Golinow besitzt einen eigenen Flughafenbahnhof, der die Bahnreisenden direkt an den Terminal bringt.

Ich lerne ein neues Lied: >>Głęboka studzienka<< (Tiefes Brünnlein). Opa fragte mich, welches Lied mir am besten gefiel. Alle Lieder waren schön oder lustig. Vielleicht weil es zu der Zeit gut passte, entschied ich mich für >>Wie schnell das Leben vergeht.<<
Mit Opas Hilfe habe ich das Lied übersetzt:

Wie schnell das Leben vergeht,
wie ein Bach rinnt die Zeit,
in einem Jahr, in einem Tag, in einem Moment
werden wir nicht mehr beisammen sein.
Und unsere jungen Jahre
werden schnell vergehen.
In unserm Herzen bleiben
Sehnsucht, Trauer und Leid.
Also solange die Jugend,
solange fröhliche Tage,
da sollen zumindest jetzt
keine bitteren Tränen fließen.
Auch wenn die Erinnerung an uns
in absehbarer Zeit vergeht,
das Lied soll in die Ferne strömen,
solange wir beisammen sind.

Ich freue mich schon jetzt, wenn wir zu Hause unser Lied in beiden Sprachen vorsingen werden. Und wenn Opa noch die Noten dazu findet und dazu Klavier spielt, dann wird es noch schöner.

Als sie zurück in Lübeck waren, hatte Maxi jede Menge zu erzählen. Auf Julias Bitte sollte er damit lieber bis morgen warten.

>>Ich habe mit Opa was Wichtiges zu besprechen. Bitte, es kann nicht warten.<<

Als Maxi in seinem Zimmer verschwand, setzte sie sich zu ihrem Großvater. Ihr Gesichtsausdruck verriet nichts Gutes, deshalb fragte er: >>Hast du Sorgen? Hast du was auf dem Herzen?<<

Sie zwang sich zu einem Lächeln bevor sie zu sprachen anfing.

>>Was du jetzt brauchst, ist eine kleine Verschnaufpause, um deinen Akku wieder aufzuladen. Ich mache mir Sorgen – du bist nicht mehr der Jüngste.<<

>>Es freut mich, dass du dich um mich sorgst, aber ich hatte mich prächtig erholt. Der Urlaub mit Maxi war überhaupt nicht anstrengend.<<

Er umarmte sie und versprach ihr, auf sich zu achten.

>>Ich werde einfach faulenzen und es mir gut gehen lassen. Ich will lange Spaziergänge und Fahrradtouren unternehmen, etwas Gartenarbeit, sich mit Freunden treffen, Klavier spielen, lesen und… und. Reicht das?<<

>>Wenn du dich daran hältst, dann bin ich zufrieden.<<

Auch die Zeit für Elena und Jan war schnell vergangen. An einem Morgen hatte Jan Julia zum Angeln mitgenommen. Ausgestattet mit Gummistiefeln, Regenjacken, einem kleinen Eimer und zwei Angelruten machten sie sich früh am Morgen mit den Fahrrädern auf den Weg. Jan hatte ihr alles, was sie wissen müsste, erklärt.
Eine halbe Stunde war um, als zuerst bei Elena ein Fisch angebissen hatte. Sie war aufgeregt und freute sich riesig. Jan meinte, dass es Anfänger Glück wäre. Er hatte ihr geholfen, den Fisch nach oben zu ziehen. Kurz darauf bewegte sich auch seine Angel und noch ein Fisch landete

im Eimer. Elena wollte wissen, was mit den gefangenen Fischen passieren wird.

>>Wir nehmen sie nach Hause und ich brate sie zum Mittagessen.<<

>>Was? Das geht nicht, die armen Fische. Können sie nicht wieder zurück ins See?<<, quengelte Elena.

>>Das ist nicht dein Ernst, Elena! Wozu waren wir denn angeln?<<

>>Wir haben Zeit miteinander verbracht, ich habe was gelernt. Bitte!<<

<<Also gut, aber das musst du schon selbst machen.<<

Elena fragte ihn noch, warum er angeln geht, warum stehen die Angler ganz früh auf um Fische zu fangen; sie sitzen manchmal stundenlang mit der Angel in der Hand, und das bei jedem Wetter.

>>Angeln beruhigt, ich kann nachdenken und ich bin alleine mit der Natur, die ich manchmal neu entdecke.<<, verteidigte sich Jan schmollend.

Als sie nach Hause kamen, fragten Julia und Dirk im Chor: >>Wo sind die Fische? Habt ihr etwa keine gefangen?<<

Elena schaute mitleidig Jan an. Er sagte: >>Ihr müsst euch bei Elena dafür bedanken, dass heute kein Fisch auf den Tisch kommt.<<

Julia hatte angefangen zu lachen und konnte sich nicht beruhigen. Ihr war klar was passierte.

>>Ich wollte dir gleich sagen, dass es so enden würde. Hattet ihr trotzdem einen schönen Vormittag gehabt?<<

Beide antworteten mit lauten <<Ja<<.

Julia fragte: >>Wolltet ihr jetzt in die Sauna?<<

Elena sagte ziemlich empört: >>Mama!<<

>>Was Mama? Du brauchst nicht nackt zu sein, du kannst dein Bikini anziehen, ein Handtuch tut es auch.<<

Elena schaute Jan an, Jan schaute sie an. >>Also ich hätte Lust, wenn du mitkommst.<<

>>Also gut, ich ziehe mir nur meinen Bikini an. Handtücher gibt es dort.<<

Sie hatten wirklich Spaß und alberten wie kleine Kinder. Elena hatte Jan mit dem kalten Wasser abgespritzt und als er dasselbe tun wollte, war sie ins Haus gelaufen. Jan lief ihr barfuß hinterher: >>Warte, ich kriege dich schon. Zur Strafe gehst du jetzt unter die kalte Dusche.<<

Das Wunsch glücklich zu sein,
kennt keine Grenzen.
Dali Lama

Oscar war übers Wochenende zu Besuch in Lübeck gewesen. Zum Feier des Tages hatte Elena sogar Kuchen gebacken. Nach dem Kaffeetrinken fragte Oscar: >>Elena, wie läuft es mit Jan?<<

Elena wurde rot und meinte: >>Können wir uns später in meinem Zimmer unterhalten? Vielleicht in einer halben Stunde?<<

>>Klar, ich komme dann zu dir.<<

Die verbliebene halbe Stunde musste Oscar zuerst mit Maxi verbringen, der ihm über die Schule, über seine Freunde berichtet hatte. Er zeigte Oscar die neuesten Fotos, die er in Lübeck gemacht hatte.

>>Phantastisch, Maxi.<< Er betrachtete lange die Bilder.

>>Hm, da ist dir wirklich etwas Gutes gelungen. Interessant. Anders. Du bist gut, Maxi, wirklich gut. Vielleicht wirst du ein großer Fotograf und deine Fotos wird man überall auf der Welt bewundern. Wäre es nicht großartig, berühmt zu sein?<<

>>Das glaube ich nicht. Fotografieren bleibt eher mein Hobby. Ich möchte doch Anwalt werden.<<

>>Ich bin sicher, dass, egal was du tun wirst, du wirst immer hundert Prozent geben.<<

>>Damit kannst du Recht haben. Jetzt kannst du zu Elena gehen.<<

Oscar klopfte an Elenas Tür und trat ein. Er wiederholte seine Frage. Sie ließ sich mit der Antwort Zeit und blieb ganz ruhig.

>>Weitermachen oder die Sache beenden, bevor sie richtig anfing?<<

>>Warum? Die Liebe ist nichts, worüber man nachdenkt, sie ist einfach da oder nicht.<<

>>Er ist eigentlich nicht der Mann, den ich mir vorgestellt habe<<, die erste Träne brach sich bereits ihre Bahn.

>>Warum liebst du ihn denn? Was hat er für Qualitäten?<<

>>Ich weiß nicht. Ich mag ihn einfach. Er bringt mich zum Lachen, er ist aufrichtig. Schmetterlinge im Bauch habe ich immer noch, wenn ich ihn sehe.<<

>>Weil er nicht einer perfekten Fantasie entspricht?<<

Er sprach weiter ohne zu bemerken, dass Elena Tränen über die Wangen liefen.

>>Du hast dich in ihn verliebt, so wie er ist, und nicht, wie du ihn gerne hättest. Man braucht euch nur zusammen zu sehen, um zu erkennen, dass er rasend in dich verliebt ist.<<

>>Wenn wir telefonieren, fragt er, ob ich ihn vermisse und ob er mir fehlt, ob ich manchmal wach liege und an ihn denke. Ich muss mich erst an meine Gefühle gewöhnen.<<

>>Es ist ein schönes Gefühl, mit jemandem zusammen zu sein, dem etwas an einem liegt. Und es ist toll, wenn man das nicht nur hofft oder glaubt, sondern es mit Bestimmtheit weiß.<<

>>Vielleicht sollen wir lieber zurückrudern, bevor die ganze Sache noch komplizierter würde.<< Beim letzten Wort brach Elenas Stimme.

>>Hör endlich auf, ihn und dich selbst zu hinterfragen. Genieß, was zwischen euch passiert. Nimm es, wie es gerade kommt. Wahre Liebe findet immer einen Weg. Das Leben hat viele Gesichter und niemand kennt sie alle. Du hast doch Hoffnungen für die Zukunft. Ich wünsche dir Liebe, Heim, eine Familie, einen guten Job. Hast du schon mit Mama darüber gesprochen?<<

>>Ja, das habe ich. Sie sagte mir fast dasselbe. Sie hofft, dass ich keine dummen Fehler machen werde. Sie ist zuversichtlich, dass ich den richtigen finde und mit ihm glücklich werde. Ich habe keine Ahnung, was die nächsten Jahre mir bringen würden. Nach außen zeige ich die Unsicherheit nicht, sondern tue so, als ob die Ungewissheit mir nichts ausmachen würde.<<

>>Niemand weiß, was ihm die Zukunft bringt. Und es ist auch gut so. Bei guten Sachen würden wir es vielleicht gerne wissen. Aber wie steht es mit den schlechten? Unser ganzes Leben lernen wir, und wir lernen auch aus unseren Fehlern. Jan ist ein Gentleman und würde nichts tun, was du nicht möchtest.<<

Elena war mit ihren Gedanken ganz woanders. Schließlich blickte sie auf. >>Was soll ich tun?<<

>>Was möchtest du tun?<<, fragte er leise.

Sie schaute in seine Augen. >>Für die Liebe gibt es wahrscheinlich kein Heilmittel. Ich möchte mit ihm zusammen sein, aber nicht nur in den Ferien, dass schaffe ich nicht.<<

>>Dann hast du die Entscheidung doch schon getroffen, oder?<< Es war eher eine Feststellung und keine Frage. >>Wenn du das sagst, klingt es so einfach. Alle sagen, man muss seine Probleme selbst lösen.<<

>>Das stimmt und es kann einfach sein. Das Leben ist immer so einfach, wie man es sich einrichtet. Du darfst Jan oder einen anderen Mann nur heiraten, wenn du dir das Leben ohne ihn nicht mehr vorstellen kannst. Nicht jede erste Liebe endet vor dem Altar.<<

Wie bei mir. Meine erste große Liebe endete auch nicht vor dem Altar, dachte Oscar und war für eine Weile abgelenkt.

In Elenas Kopf und in ihrem Herzen ging es drunter und drüber, sie wartete darauf, was Oscar ihr noch zu sagen hätte, um sie zu trösten.

>>Sei gelassen genug, das zu akzeptieren, was du nicht ändern kannst, mutig genug, das zu ändern, was du ändern kannst, und vor allem klug genug, den Unterschied zu erkennen.<<

Elena fragte kleinlaut: >>In welchem Alter gelingt einem das?<<

>>Manche schaffen es erst am Ende des Lebens. Schlaf drüber. Wenn du Probleme hast und nicht weißt, was du tun sollst, schieb es eine Weile beiseite und ruh dich aus, damit dein Kopf klar wird. Und, mein liebes Kind, nur du kannst die Entscheidung treffen, egal, was es ist. Nur du. Jeder muss selbst wissen, was für ihn das Beste ist. Es ist möglich, dass die Entscheidung einem nicht leicht fällt, dass man sie auch korrigieren möchte.<<

>>Du hast dein ganzes Leben lang dieselbe Frau geliebt. Ich bewundere dich dafür. Das war eine große, große Liebe!<<

>>Nur eine wirkliche Partnerschaft erfordert nicht viel Zeit und Nähe<<, antwortete Oscar mechanisch. >>Ich habe mir mein Leben ganz anders vorgestellt, als es nun verlaufen ist. Manchmal fragte ich mich, ob sie genauso für mich empfand. Ich wollte ihr immer jeden Wunsch

von den Lippen ablesen, aber sie hatte meistens keine. Sie war glücklich mit dem, was sie hatte. Meine Oma sagte, dass eine große Liebe nur einmal einem Menschen geschenkt wird. Es war, als hätte man ein Stück von meinem Leben abgeschnitten nach Helenas Tod.

Glückliche Tage, nicht weinen, wenn sie vorüber,
dankbar, dass sie gewesen.
Dante Alighieri

Am Nachmittag waren Elena und Maxi aus dem Hause. Elena wollte ihre Freundin und Maxi derer Schwester Jola, mit der er sich gut verstanden hatte, besuchen. Elena behauptete sogar, dass Maxi in ihr verliebt wäre, was er aber nicht zugab.

>>Mir kannst du es doch sagen. Verliebt zu sein ist ein schönes Gefühl, mein Brüderchen.<<

>>Das glaube ich dir sogar. Wenn es so weit kommt, werde ich es dir bestimmt sagen.<<

Die Erwachsenen nutzten die Zeit für einen Nachmittagsschlaf. Nach einer knappen Stunde tranken sie gemeinsam mit Oscar Kaffee auf der Terrasse. Dazu gab es frischgebacken Kuchen. Julia las dann ein Buch, Dirk und Oscar ihre Zeitungen. Nach einer Weile machte Oscar den Vorschlag, die Sauna zu benutzen. Julia und Dirk war es nicht danach, und Oscar ging alleine. Nach einer halben Stunde kam Julia aus ihrem Zimmer und fragte Dirk: >>Wo ist Vater? Ist er schon aus der Sauna zurück?<<

>>Ich habe ihn nicht ins Haus kommen sehen. Ich gehe und schaue nach ihm.<<

In ein paar Sekunden hörte Julia Dirk rufen: >>Ruf schnell den Notarzt, schnell!<<

Bei diesem Ruf holte sie tief Luft, und ihr schauderte bei der Erinnerung von Maximilians Tod. Nach dem Anruf eilte Julia zu der Sauna. Ihr Vater lag bewusstlos auf dem Boden im Vorraum der Sauna. Dirk war mit der Herzmassage dabei. Nach drei Minuten hat Julia übernommen. Der Rettungswagen und der Notarzt waren kurz danach am Ort und Stelle.

>>Der Tod aus dem nichts, plötzlicher Herztod<<, lautete die Diagnose des Arztes.

Es hatte ein paar Augenblicke gedauert, bis Julia hatte sprechen können. Die Tränen schossen ihr mit Gewalt in die Augen. Sie konnte sie nicht zurückhalten.

>>Wollen Sie damit sagen, dass mein Vater tot wäre?<< Julia holte tief Luft. >>Mein Vater war nicht krank, auch sein Lebensstiel war gesund, er rauchte und trank nicht, ernährte sich ausgewogen, hatte kein Übergewicht, seine Blutwerte waren immer gut…Gucken Sie mich nicht so an<<, flehte sie mit bebender Stimme.

>>Das erschütternde Ereignis kommt wie aus heiterem Himmel. Es kann jeden treffen und jederzeit passieren. Urplötzlich sackt ein Mensch in sich zusammen, verliert das Bewusstsein, reagiert nicht auf Ansprache und Schmerzreize, sein Herz stockt, es kommt zum plötzlichen Herztod,<< verssuchte der Arzt zu erklären.

Es dauerte eine Weile, bis Julia begriff, was der Arzt gerade gesagt hatte. Sie war wie betäubt. Sie spürte lediglich einen Schmerz in der Brust. Dirk zog sie in seine Arme um sie zu trösten.

Nach einer kurzen Pause fuhr er Arzt dann fort: >>Der Betroffene, auch Ihr Vater, hatte nur die Chance zu überleben, wenn sofort Wiederbelebungsmaßnahmen ergriffen wurden, innerhalb von Sekunden oder Minuten. Ein plötzlicher Herztod mit weit über hunderttausend Fällen pro Jahr, ist eine der häufigsten Todesursachen. Somit zählt der plötzlicher Herztod laut Statistik noch vor Krebs und Schlaganfall zu den häufigsten Todesursachen. Es tut mir leid, aber...<<

>>Ich möchte das alles nicht wissen, ich möchte nur...,ich will, dass mein Vater gleich aufsteht und...<< sagte Julia und brach zusammen.

>>Beruhige dich Julia, bitte beruhige dich<<, sprach Dirk sanft zu ihr. Durch seine besänftigende Stimme fühlte sie sich ein wenig ruhiger.

Nachdem der Leichnam abgeholt wurde, konnte Julia nicht aufhören zu weinen. So sehr sie auch trauerte, musste sie an ihre Kinder denken, die es noch nicht wussten, die bestimmt gute Laune haben, die auch Trost brauchen werden. Dirk rief Elena an und bat, dass beide so schnell wie möglich nach Hause kommen.

>>Papa, warum sollen wir nach Hause? Was ist passiert?<<

>>Bitte Elena, nicht am Telefon, kommt bitte nach Hause.<<

Nach nur fünf Minuten standen sie im Wohnzimmer. Ihre Eltern saßen auf der Couch, die Augen ihrer Mutter waren rot vom Weinen. Fast gleichzeitig fragten sie: >>Wo ist Opa? Wenn das hier ein Familienrat sein sollte, muss Opa dabei sein.<<

Weder Julia noch Dirk antworteten. Sie konnten die schreckliche Nachricht nicht aussprechen. Erst als Elena nochmal fragte, weinte Julia bitterlich und stotterte: >>Vater...Opa...Oscar ist vor einer Stunde plötzlich gestorben.<<

Ein paar Minuten stand Elena mit hängenden Armen, unfähig, sich zu rühren, unfähig was zu sagen, bis sie schluchzte und fragte: >>Gestorben? Das kann nicht sein, er war doch nicht krank!<<

Elena glaubte immer noch an ein Scherz, obwohl sie genau wusste, dass ihre Eltern sich keinen Scherz mit dem Tod erlauben würden. Sie musste nicht weinen, weil sie glaubte, dass ihr Opa lebt.

>>Ich kann nicht glauben, dass er nicht mehr da ist, das kann nicht sein.<<

Als sie die Tränen in Mutters Augen sah, wusste sie Bescheid. >>Und, und was sollen wir nun tun?<<, hörte sie sich schließlich fragen.

Während sie an Julias Schulter schluchzte, suchte Maxi Trost bei seinem Vater. Das ist ungerecht, dachte Julia, gerührt von den Schauern, die den ganzen Körper ihrer Tochter überliefen.

Julia sammelte alle ihre Kräfte und erzählte ihnen genau das, was der Notarzt gesagt hatte. Ihren Worten fehlte die Kraft und die Tränen stiegen in ihr wieder auf. Und jetzt weinten sie zu viert. Julia wischte ihre Tränen ab und tröstete ihre Kinder so gut sie nur konnte.

>>Opa bleibt in euren und unseren Herzen für immer. Wir haben so viele schöne Erinnerungen an ihn, die nimmt euch niemand weg. Er war ein wunderbarer Mensch. Ich glaube zwar fast gar nicht an ein Leben nach dem Tod, aber wenn es doch irgendwas gäbe, wird Opa euch beschützen und vielleicht euch ein Zeichen geben.<< Auch Dirk versuchte den Kinder Mut zusprechen:

>>Selbst wenn wir ihn nicht mehr sehen können, sind die Menschen, die wir lieben, uns nahe<<, erklärte er mit leiser Stimme.

>>Ihr habt beide Glück, ihr seid jung, ihr kommt darüber hinweg, ihr könnt weiterleben. In ein paar Jahren

habt ihr alles vergessen. Wir werden versuchen, die Vergangenheit hinter uns zu lassen und neu anzufangen.<<

>>Vergessen?<< ,sagte Elena.>>Ich werde ihn nie vergessen, nie!<< Sie merkte, wie ihr schon wieder die Tränen in die Augen stiegen.

>>Und ich auch nicht! <<sagte Maxi weinend.

>>Ihr könnt ihm Briefe schreiben und...<<. Julia wurde von Maxi unterbrochen: >>Welchen Sinn soll es haben, einem Geist Briefe zu schreiben?<<

>>Versuche es einfach und überzeuge dich selbst.<< Sie war sicher, dass Maxi und Elena es tun werden.

Julia konnte in der Nacht keinen Schlaf finden. Sie lag wach bis zum Morgengrauen. Zu viele Gedanken geisterten in ihrem Kopf umher.

Ohne Dirk hätte sie die Beerdigung nicht organisieren können. Er kümmerte sich um alles. Er erledigte alle Formalitäten bei dem Beerdigungsinstitut. Obwohl es ihr schwer fiel, suchte sie einen Sarg und das Blumenschmuck aus. Sie suchte ein Foto von Oscar aus und Dirk machte eine Vergrößerung davon. Oscars Porträt sollte in der Friedhofskapelle stehen. Auf dem Sarg wünschte Julia nur fünf weiße Rosen. Kein Schmuck mehr. Julia war diejenige, die Ines, Berta und Roland anrufen und ihnen den Termin der Beisetzung mitteilen musste.

Um den Leichenschmaus brauchte sich niemand zu kümmern – die Mitarbeiter der Tafel und des Mittagstreffens in der Kirche wollten alles vorbereiten.

>>Das sind wir Herrn Baron schuldig<<, bekam Julia zu hören. Sie bedankte sich herzlich; sie freute sich, dass so viele Menschen helfen wollten. Ohne fremde Hilfe hätte sie es nicht geschafft. Sie sollte über eine Todesanzeige in der hiesigen Zeitung entscheiden. Zuerst wollte sie keine

Anzeige – wie sollten sich sie und ihre Familie nennen? Dann entschied sie sich doch dafür. Als die Trauenden sollten nur die Vornamen erscheinen: Julia, Dirk, Maxi und Elena. Es sollte ein Spendenkonto zugunsten der Swinemünde Tafel in der Anzeige erscheinen. Gemeinsam mit Dirk suchte sie einen passenden Text für die Traueranzeige aus:

Wenn Ihr an mich denkt, sei nicht traurig.
Erzählt lieber von mir und traut Euch zu lachen.
Lasst mir einen Platz zwischen Euch, so wie ich ihn hatte.

Am Abend vor der Beerdigung rief Pastor Nowak an.

>>Entschuldigen Sie die Störung, aber ich habe eine wichtige Frage: Weiß ihre Familie Bescheid?<<

>> Ja, sie kommen alle.<<

>> Ich meinte, ob ihre Familie weiß, dass Sie Oscars Tochter sind. Ich möchte morgen nichts Falsches sagen.<<

Julia überlegte, wie sie reagieren sollte. Daran hatte sie überhaupt nicht gedacht.

>> Sind Sie noch da?<<, fragte Pastor Nowak nach einer Weile.

Julia schluckte und meinte entschlossen: >> Ja. Ich habe keine Einwände dagegen, dass ich als seine Tochter genannt werde. Die Karten sollen endlich auf den Tisch. Meine Familie soll es endlich erfahren. Mein Vater hätte es auch bestimmt gewollt.<<

Sie klang erleichtert als sie es sagte. Nach einer Viertelstunde stand Pastor Nowak vor ihrer Tür. Er meinte, er fühle sich verpflichtet, persönlich alles zu besprechen. Er sah, dass das Unfassbare, das plötzlich in das Leben der

Familie eingebrochen war, sie verändert hatte. Sie standen unter Schock. Er versuchte ihnen Trost zu spenden indem er sagte: >>Den Tod soll man betrauern und irgendwann akzeptieren. Nur dann kann man weiterleben. Trauern sie, leben sie ihren Schmerz aus, stellen sie sich diesem Kummer.<<

Julias Tagebuch

Minutenlang hatte sie an ihrem Schreibtisch gesessen und zu begreifen versucht, dass Oscar tot ist.

Ich kann seine Präsenz spüren. Er ist nicht fort, auch wenn ich ihn nicht sehen kann. Irgendwie ist er ganz bei ihr. Es ist unfassbar, einfach unfassbar. Es war, es ist wie ein böser Traum.
Meine seelische Verfassung ist schlecht. Traurigkeit und Trübsal. Ist der Tod etwas Großes? Ja, die Welt wird neu geordnet, alles wird sich ändern.
Ich empfinde eine unendliche Dankbarkeit Oscar gegenüber. Seine Liebe gab mir Sicherheit.
Es ist nicht einfach nur Trauer. Es sind meine Schuldgefühle, die mich so rastlos machen. Dirk sagt, dass ich mir zu Unrecht die Schuld an Papas Tod gebe. Ich glaube, wenn ich ihn in die Sauna begleitet hätte, wäre alles anders gekommen.
Nach Oscars Tod sprechen wir eine Weile nicht über ihn. Ich glaube alle sind dankbar, dass sie ihn so betrauern können, wie jeder von uns es für sich braucht.
Es ist seltsam, wenn jemand gestorben ist. Ich weiß, dass Vater fort ist, natürlich weiß ich es, aber nur mit dem Kopf. Mein Herz will es nicht einsehen. Aber ich weiß,

dass es Zeit braucht – so war es bei Daniel, bei Mama und bei Maximilian. Ich werde sie nie vergessen können.

Ich entdecke zu meinem Erstaunen, dass ich über den Verlust meiner Mutter und Maximilians nicht so trauere wie jetzt über den des Vaters. Ich habe ihn so sehr geliebt, dass es schwerfällt, die... Er hat uns zu früh verlassen.

Ich werde für meine Familie immer da sein.

Die Liebe der Eltern für ihr Kind ist was Wunderbares. Wie viele Tage und Nächte haben wir bei ihnen gewacht, versucht sie vor allen Gefahren zu schützen, haben ihnen beim Großwerden geholfen, ihre Tränen getrocknet und sie zum Lachen gebracht.

Die ersten Jahre vergessen sie und dann werden sie gehen. Sobald sich die Tür hinter ihnen geschlossen hat, werden wir alles neu lernen müssen: die leeren Zimmern, nicht mehr auf ihre Schritte lauschen. Man kann den Eltern nicht die Schuld an allen ihren Schwächen zu geben. Letztendlich ist jeder für sein eigenes Leben verantwortlich, und man wird der Mensch, der man werden will.

>>Vielleicht solltest du heute auf das Schreiben verzichten<<, meinte Dirk zu ihr, als er reinkam. >>In den vergangenen Stunden hattest du eine Menge um die Ohren.<<

Freudig überrascht drehte sie sich zu ihm. Beschützend legte er den Arm um sie.

Elena hatte stundenlang geweint. Es war ihre erste echte Erfahrung von Trauer, aber sie hatte sie etwas gelehrt – zu lieben bedeutet auch, jemanden zu verlieren. Die Trauer ist der Preis der Liebe. Sie wusste, dass Oscars Anwesenheit ihnen fehlen wird.

Die Familie, Freunde, Verwandte und viele, viele anderen

Menschen füllten dicht gedrängt die Friedhofskapelle bis auf den letzten Platz. Es war nicht schwer zu verstehen, warum so viele Menschen hiergekommen waren. Der Pastor hielt eine schöne Rede, in der er alles, was Oscar für andere Menschen getan hatte, aufzählte. Julia hörte, dass er sprach, konnte aber nicht verstehen, was er sagte. Beim Anblick des Sarges wäre sie beinahe ohnmächtig geworden. Als er sagte: >>Seine Tochter Julia, seine Enkel Elena und Maxi und sein Schwiegersohn Dirk hatten einen lieben Menschen verloren...<<, da ging kurz ein Rauschen über die ersten Reihen.

Julias Gedanken schweiften weg: *Nun wissen es alle. Jetzt bist du bei deiner Helena. Ich danke dir, für die schöne Zeit.*

Sie starrte geradeaus. *Das passiert nicht echt. Das kann einfach nicht sein.*

Am liebsten wäre sie aufgestanden und gesagt, dass das alles ein schrecklicher Irrtum sei. Manche Leute denken, man könnte einfach einen Schalter umlegen und sein Leben weiterleben, einfach so. Sie war nicht bereit, sich von ihm zu verabschieden.

Während Julia in sich kehrte, dachte Dirk: *Du warst der beste Schwiegervater, du warst für mich viel mehr in den ganzen Jahren. Und du warst der beste Großvater für unsere Kinder.*

Elena sprach auch in Gedanken mit Oscar: *Ich werde den Roman schreiben, auch wenn du ihn nicht mehr lesen kannst.*

Sie erinnerte sich an gestern Abend, an das, was sie gesagt hatte. Sie meinte, dass niemand sie zu beschützen brauchte. Opa ist tot, aber sie möchte die Erinnerung an ihn lebendig erhalten.

Maxi hatte die ganze Zeit die Reise mit dem Wohnwagen vor seinen Augen gehabt. *Du wirst keine Reise mehr mit mir unternehmen können. Unsere erste und letzte bleibt mir immer in Erinnerung und vor allem du selbst. Wir werden an unserem Tisch dir den Platz freihalten.*

Julia wollte doch was sagen. <<Ich…, ich…>> Sie zögerte. Wo sollte sie anfangen? Ihr Blick fiel auf den Sarg vor ihr.

<<Er war glücklich mit seinem Leben.>> Wenn sie weiter darüber nachdenkt, was sie hier tut, wird sie völlig zusammen brechen.

<< Danke, dass Sie gekommen sind. Denjenigen unter Ihnen, die mich nicht kennen, möchte ich mich vorstellen. Ich heiße Julia und ich bin Oscars Tochter.>>

Der Weg zum Friedhof war für alle eine große Herausforderung.

<<Gott lenkt>>, hatte der Pastor am Grab gesagt und den Sarg gesegnet. Als Oscars Sarg in die Grube hinuntergelassen wurde und als der Pfarrer die erste Handvoll Erde auf den Sarg warf, hatten alle die traurige Wahrheit zugelassen. Julia versuchte ihre Tränen zu halten, weil sie Elena und Maxi an den Händen hielt.

Auf dem Friedhof sprach Pastor Nowak wieder ein paar Worte. Er hatte Julia zuvor gefragt, ob sie in der Kapelle oder am Friedhof auch was sagen möchte.

>>Ich kann nicht, ich weiß, dass ich es vielleicht sollte, ich weiß dass ich es nicht schaffen würde, dass die Tränen kommen, dass ich kein Wort… Sie kannten meinen Vater sehr gut, Sie werden es viel besser machen.<<

>>Ja, wir waren sogar Freunde geworden. Ich kann sie gut verstehen. Deshalb übernehme ich gerne die Trauerrede.<<

Julia hatte zusammen mit einer Rose einen Brief ins Grab geworfen. Tränen sickerten aus ihren Augen.

Liebster Vater, als du mir vor Jahren gesagt hattest, dass du mein Vater bist, war ich schockiert; ich wusste zuerst nicht, wie ich mit der Nachricht umgehen sollte. Du hattest mir Zeit zum Nachdenken gegeben. Du hattest mir die Hand gereicht, und du hast mich so genommen, wie ich bin. Du hast immer alles gesehen: manchmal mehr, als mir lieb war. Du warst ein guter Mensch, obwohl du, wie alle anderen auch deine Fehler hattest. Mal machtest du mich wahnsinnig, mal brachtest du mich zum Lachen. Ich habe mir dich nicht anders gewünscht. Außerdem hast du über eine gewaltige Portion Charme verfügt.

Du und wir – wir waren eine Familie, die zusammenhält, in der jeder für jeden da war. Für unsere Kinder, hattest du immer Zeit und ein offenes Ohr. Sogar viel mehr. Manchmal hattest du sie verwöhnt, es hielt sich aber in Grenzen. Einen geliebten Menschen zu verlieren ist furchtbar, doch noch schlimmer wäre es, ihn nie kennengelernt zu haben.

Die Worte bekommen einen anderen Sinn, wenn man sich schuldig fühlt am Tod derer, die man liebt.

Nichts wird je wieder wie früher sein. Jetzt bin ich Vollweise. Wie gerne hätte ich noch Mutter und Vater gehabt! Zum Glück habe ich eine glückliche Familie, wir werden uns gegenseitig trösten und weiter leben.

Ruhe in Frieden, Deine Julia

Ihr war als ob er zu ihr sprach: *Es war doch nicht deine Schuld. War es nicht.*

Auch Elena hatte einen Brief geschrieben. Sie überlegte, ob sie überhaupt einen Brief schreiben sollte. Sie dachte, dass sie es nicht kann. Da sie sich von Oscar nicht verabschieden konnte, schrieb sie doch ein paar Zeilen:

Liebster Opa,
Du warst der beste Opa und mein bester Freund. Du warst immer da, wenn ich dich gebraucht habe, vom ersten Augenblock an.
Mit dir konnte ich immer über alles reden. Immer wusstest du einen Rat oder hattest tröstende und ermunternde Worte für mich parat. Was du sagtest war für mich das Evangelium. Wir hatten auch öfter gelacht und zu fünft viel unternommen.
Unsere Reisen waren einmalig, und sie brachten uns immer wieder näher oder schafften eine andere Ebene, die unserem Alter angepasst war.
Unsterblich ist ein Mensch nur durch die Gefühle, die er teilt. Die hatten wir immer geteilt.
Für den Roman habe ich den Titel festgelegt: >>Glück braucht der Mensch.<< Ich bin mir sicher, dass es dir gefallen hätte.

Ruhe in Frieden.
Deine Elena

Tränen traten ihr in die Augen, doch sie kämpfte entschlossen dagegen an. Rein gefühlsmäßig wusste sie es. Aber ihr Verstand erlaubte ihr nicht, es zu glauben, dass Oscar tot war.

Jan legte ihr die Hände auf die Schultern, beugte sich nach unten und gab ihr einen Kuss auf die Wange. Elena blieb regungslos stehen und sah ihn an. Dann legte sie ihm die Arme um den Hals, zog seinen Kopf zu sich herunter und küsste ihn kurz auf den Mund. Sie fühlte, wie seine Arme sich um sie legten, fühlte, wie er sie an sich zog, so dass sie sein Herz schlagen hörte. Und sie weinte an seiner

Schulter. Seine beruhigende Stimme bewirkte, dass ihre Tränen wieder versiegten.

Sie sah so aufgewühlt aus, dass Julia sie am liebsten in den Arm genommen hätte. Sie suchte selber Trost, doch sie nahm sich fest vor, Elena nicht auch noch mit ihren eigenen Problemen zu belasten.

Maxi hatte immer wieder seinen Brief neu geschrieben, seine Tränen weichten immer wieder das Blatt Papier auf. Bei drittem Anlauf hatte er es endlich geschafft:

Lieber, liebster Opa,
du wirst mir so sehr fehlen. Ich hatte dich immer lieb. Weil wir keine gemeinsamen Reisen mehr machen können, würde ich immer wieder an unseren Urlaub mit dem Wohnwagen denken. Mir zuliebe hast du unermüdlich mit mir gesungen und mich neue Lieder gelehrt.
Wenn ich mal Opa werde, dann möchte ich so sein wie du.
Du hast mich mal gefragt, was ich werden möchte. Ich hatte dir geantwortet: Alles was ich will. Ich werde Jura studieren. Ich möchte vor allem die Menschen unterstützen, die sich keinen teuren Anwalt leisten können.
Ich glaube, das hätte dir gefallen.
Ruhe in Frieden
Dein Maxi

Im Gemeindehaus trafen sich alle Trauergäste. Die engste Familie saß an einem Tisch. Bevor man mit dem Essen angefangen hatte, sprach Julia ein paar Worte.

>>Es ist wahr, Oscar war mein biologischer Vater. Ich hatte es erst vor meiner Hochzeit erfahren. Meine Mutter hatte die Gelegenheit, es mich wissen zu lassen, und hatte

entschieden, es nicht zu tun. Habt bitte Verständnis, wenn ich heute keine Fragen beantworten möchte. Wir können telefonieren und ein Treffen vereinbaren, wenn ihr Einzelheiten wissen wolltet.<<

Der Pastor kam zu Julia um ihr zu berichten, dass jede Menge Spenden getätigt wurden. >>Es war eine sehr gute Idee von Ihnen. Bis heute kamen fast fünftausend Zlotych. Bestimmt sind es noch nicht alle Spenden für die Tafel. Wir alle sind begeistert. Die Menschen haben Ihren Vater geehrt und geliebt.<<

Tränen glitzerten plötzlich in Julias Augenwinkeln und ihre Stimme war kaum mehr als ein Flüstern, als sie sagte:

>>Mein Vater hätte sich auch gefreut. Und meine Mutter auch.<<

Sie schwiegen eine Weile und gingen auseinander.

Im Laufe des Nachmittags sprach Julia noch kurz mit Ines. >>Wir sind nur Halbschwestern. Obwohl ich es seit Jahren weiß, für mich hatte sich nichts geändert. Ich hoffe, dass ich immer deine Schwester bleibe.<<

Ines umarmte sie, küsste sie auf die Wangen und weinte. Sie dachte: *Wie konnte ich das nur zulassen? Warum war ich so gemein? Ich wünschte mir, wir könnten die Zeit zurückzudrehen und noch einmal ganz von vorn anfangen. Vielleicht würde ich dann alles richtig machen...*

>>Jetzt wird mir manches klar, aber warum hast du nie was gesagt? Warum hast dein Geheimnis so lange gehütet?<<, fragte Ines verblüfft.

>>Das Leben kann leider manchmal ganz schön absurd und merkwürdig sein. Aus tragischen Ereignissen kann am Ende das größte Glück entstehen. Ich wartete vielleicht auf den richtigen Moment, auf den richtigen Zeitpunkt,

den es fast niemals gibt. Eigentlich soll man so leben, als ob jeder Tag der letzte in unserem Leben wäre. Mit guten und schlechten Fragen oder Offenbarungen soll man nicht warten, um nicht sagen zu müssen *hätte ich bloß...* Ich hatte meine Erfahrungen damit gemacht und bin gar nicht stolz auf mich.<<

Obwohl es ein langer und anstrengender Tag gewesen war, hatte Elena am Abend Klavier gespielt. Sie spielte für Oscar und für die anderen. Julia fragte ihre Tochter:
    >>Bist du nicht müde? Der Tag war doch sehr strapazierend.<<
    >>Musik wirkt Wunder. Sie hat auf die Menschen magische Kräfte. Musik kann wunderbare Dinge bewirken. Wenn ich spiele, beruhigt das meine Seele und eure bestimmt auch<<, erklärte sie.
    Elena spielte und die anderen hörten zu und waren wie verzaubert. Nach einer Weile spielte Maxi mit. Julia hatte für ein Moment ihre Trauer vergessen können. Dirk und sie hörten dem spielen ihrer Kindern verzaubert zu
    >>Elena, das war eine gute Idee von dir. Deine Musik hat auch meine Seele beruhigt<<, lobte Dirk. >>Wer weiß, vielleicht hatte Opa auch zugehört und sich über euer Spiel gefreut.<<
    >>Was sollen wir jetzt tun? Ich meine ohne Opa, ohne seine Heiterkeit, ohne seine Liebe<<, fragte Max.
    Julia antwortete: >>Auf dem Weg zum Grab geht man hinter dem Sarg, nach Beerdigung dreht man sich um und geht dem Leben entgegen. Man muss loslassen. Das Leben wird auch für uns weitergehen, und irgendwann wird es nicht mehr so wehtun. Es kann einige Zeit dauern, aber die Erinnerungen bleiben uns für immer. Ihr habt so viele

schöne Sachen mit dem Opa erlebt. Wenn du traurig bist, erinnere dich daran, hole dir ein Fotoalbum mit den vielen bildschönen Fotos von und mit Opa. Oder du schreibst ihm einen Brief oder malst du was für ihm.<<

Maxi bedankte sich bei seiner Mutter, die es nur gut mit ihm meinte, aber überzeugt war er nicht. *Tot bleibt tot,* konnte er nur denken.

Elena machte sich schon jetzt Gedanken und Sorgen um Maxi. Sie beschloss, sich vermehrt um ihn zu kümmern, wenn es sein muss, mit ihm zu trauern und die Trauer zu bewältigen. Sie wusste momentan nicht wie ihr das gelingen sollte, aber, dass sie es schon meistern wird, davon war sie überzeugt. *Wir können jederzeit bei Mama und Papa Trost suchen,* dachte sie zuletzt.

Morgen wollte sie vorschlagen, dass sie alle gemeinsam ein Foto von Oscar für den Grabstein aussuchen. Es gab nicht ganz viele Fotos mit Oscar alleine, deshalb sollte es keine Schwierigkeit geben, die beste Aufnahme auszusuchen.

Es war spät geworden, als alle schlafen gingen. Aus Elenas Zimmer hörte Julia ein kurzes leises Weinen. Sie wollte ihre Tochter nicht stören und ging weiter. Sie blieb bei Maxis Tür stehen und hörte ihn reden. Er hatte mit Opa geschimpft, fragte, warum er ihn alleine gelassen hatte, warum er sterben musste. Die Trauer ihrer Kinder stimmte auch sie traurig. Sie ging leise in die Küche um eine Weile allen zu sein. Sie kochte für sich eine Tasse heiße Schokolade. Der Anblick ihrer Tasse tat Julia so weh, dass die Tränen, die sie mühsam zurückgedrängt hatte, erneut hervorschossen. Sie schluchzte nun haltlos. Ihr wurde klar, dass sie nie wieder mit Oscar eine heiße Schokolade trinken und seinen Erzählungen lauschen wird. Er fehlte ihr in jedem Moment des Tages. Sie dachte an Dirk. Sie war froh, dass es jemanden gab, der sie in die Arme nahm, jemanden, an dessen Schulter sie weinen Konnte. Bei dem Gedanken waren ihr schon wieder die Tränen in die Augen geschossen.

Julia wollte eine Danksagung in der Zeitung veröffentlichen. Sie stellte sie sich ungefähr so vor:

Herzlichen Dank,

für die tröstenden Worte, gesprochen oder geschrieben
für einen Händedruck, wenn die Worte fehlten
für jede Umarmung
für die Zeichen der Liebe und Freundschaft
für die Blumen und Geldspenden
für die Teilnahme an der Trauerfeier.
Unser besonderer Dank gilt Pastor Nowak von der Kath. Kirchengemeinde für die liebevollen und tröstenden Worte beim Abschied,
sowie der Tafel für die Hilfe und Unterstützung.

Ende

Nach den Romanen *Glück auf Bewehrung* und *Glück auf Zeit* folgt nun der dritte Teil der Familien Trilogie.

Nach wie vor trauert Oscar um seine geliebte Helena. Die Arbeit bei der *Tafel* und seine Familie bringen ihm aber Trost. Seine Familie und seine ehrenamtliche Tätigkeit machen ihn glücklich und halten ihn jung.
Er hatte seine Freizeit für die Familie und für die öffentlichen Angelegenheiten stets eingesetzt.

Der plötzliche Tod hat ihn viel zu früh den Lebenden entrissen und hinterließ in der Familie und in der Gesellschaft eine große Lücke. Die Welt war um einiges ärmer nach seinem Tod.
Seine Familie tröstete sich mit den vielen Erinnerungen, die sie für immer begleiten werden.